白く高き山々へ

auf weiße hohe Berge

村中 征也

Seiya Muranaka

出版に寄せて

公益社団法人
日本山岳会前会長　**尾上　昇**

村中さんとは、村中さんが、日本山岳会に入会されてからのお付き合いなので二十年越しである。紹介された時の第一印象は、生真面目ないかにも銀行マンらしい律義な人柄とお見受けした。東海支部には村中さんのようなタイプの人間は少ない。雑なのが多い中にあって貴重な存在である。そこで私は、早速ポストの空いていた支部の会計をお願いした。本業だとはいえ、きちんと仕事をされる姿に接し、この人ならということで支部友会の委員長もお願いした。

東海支部に支部友会が発足して五年程、年々組織が拡大して活発な活動が展開されつつある重要な時期であった。この間およそ十年近く、完璧な会計処理と、支部友会の活発化にご尽力頂いた。

と過去形で記したのは、次に副支部長をと当てにしていたのが、見事逃げ

JAC　TŌKAI

られてしまったからである。村中さんがある日突然、支部の仕事から身を引かせてくれと申し出られたのである。訳を聞くと一年位ドイツ語習得を目的に語学留学すると言うのである。そういえば、ちょくちょくアルプスに出掛けていて、支部友会の集会でその体験談を語っていたし、あやしげなドイツリートも披露していた。満を持していたのであろう。村中さんの病、ついに膏肓《こうこう》に入ったのである。

膏肓の様子は、私が語るべくもない。上梓《じょうし》された本書を読んで頂ければ、一目瞭然《いちもくりょうぜん》である。ただただそのエネルギッシュでバイタリティあふれる行動には、いささかあきれ返るばかりである。一体何が、彼をしてここまでのめり込ませたのであろうか。大いに興味の湧くところである。

察するに律儀な村中さんのこと。若い頃は仕事に没頭、ひたすら業務一筋の企業戦士だったに違いない。それが、年齢と共に仕事に余裕が出来、更には一線を引かれた途端、それまでのうっ憤を晴らすかの如く沸々とたぎっていたマグマが、一気に噴出したのであろう。爆発である。

それは、アルプスのピークハントを基調に、様々な分野の趣味に没頭して行かれたのである。以前から凝っていたカメラから、スケッチ、短歌、歌唱、ドイツ語、アルプホルン、オカリナ等々多岐にわたり、手当たりしだいといっ

てよい。そのすごいのは、どれを取っても人並み優れていて、正直実に憎たらしい。一度始めると納得するまで止められない質なのであろう。もち論多才の持ち主であるからそれを可能にしていることは言うまでもない。ドイツ語に挑戦すれば、八か月間の語学留学を即断。アルプホルンもヒノキの大木から、自ら削り出すのである。当り前のことであるが、楽譜も読めなくてはならない。実践力とそのマルチ振りには、敬服の言葉以外ない。

第二の人生という言葉がある。村中さんの有り様は、第二の人生を如何に充実して楽しく過ごすかを示すお手本であると言えよう。日本山岳会の会員としての理想像だとも言えよう。

しかしながら、いくら同調して真似しようとしても、大多数の凡人や、まして私などにはとても無理な相談である。やはり、村中さんだからこそ可能なのである。この際は、多彩な才の持ち主の村中さんに敬意を表し、うらやましがるだけにしておくしかない。

最後に質問を一つ。「ねえ、村中さん、次ぎ何やるの」。

二〇一五年正月

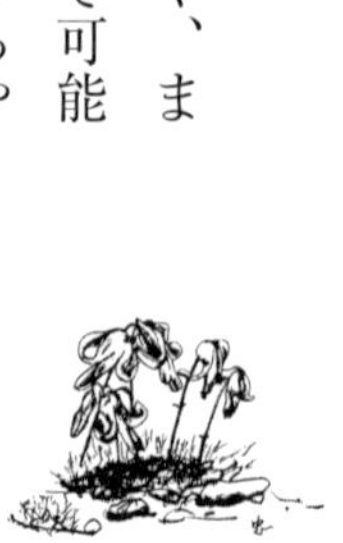

目次

目次

はじめに

今マッターホルンの頂きに立っているかと思うと、あふれる涙を抑えきれなかった。４４７８ｍの他を圧する高みで「青春の夢今こそ！」の感涙に浸った。１９９７年８月11日午前10時、五十八歳の誕生日から二日後であった。

二十歳代で夢中になった登山は、三十歳代には職場での立場が重くなって封印。禁が解けたのは五十歳になってからで、多くの人がたどる道筋である。

この日が人生の転換点となった。「今からでも遅くない」を実感し、『白く高き山々へ』―アルプスが登山の領域に加わった。還暦を迎えてもアルプス登山が可能なことを、同じ思いの中高年の方々に示せればと思い、拙筆を取ることにした。

マッターホルンはあこがれの山、青春のシンボルでもあった。国内の３０００ｍ峰を全部登ってしまい空白を感じていた時、Ｅ・ウィンパーの『アルプス登攀記』に出合った。二十六歳の夏、それは平凡社の『世界教養全集第22巻』に掲載されおり、夢中になって読んだ。

この本との出合いには不思議な縁を感じる。登山再開への希望の灯であったし、方向を示してくれた。アルプスへは締めくくりの積もりで出掛けたが、その魅力

『アルプス登攀記』と著者 E. ウィンパーの写真
資料提供：平凡社 出版部

マッターホルン頂上
のスケッチ

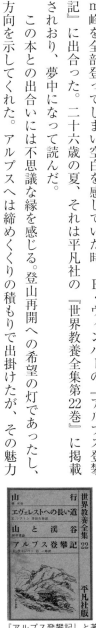

のとりこになり、以後毎夏出掛けることになってしまった。スイス・ヴァリス州のモンブラン・ドゥ・シェヨンに登った時、ディス・ヒュッテで日本人が置いて行った文庫本に出合い、思わず再読してしまった。

当初は、「日本の山がもう1000m高かったら」とよく思ったものであるが、無い物ねだりをしていても始まらないと気付き、夢の実現に向けて五か年計画を立てて取り組んだ成果である。

計画は「三本の柱」で立てた。「岩登り・体力の維持・ドイツ語の習得」である。もう一つ必須となる雪氷技術は、東海銀行山岳部で体験していたが、岩登りは部の方針で外されていた。どこで誰に教わるか？　1992年5月に入会した日本山岳会が役立った。日本人の公認山岳ガイドや元ガイドを紹介してもらった。また現地の様子などを含めて、情報源としての山岳会の存在は大きかった。

体力は、三十歳代から低下すると言われる。いかに維持するかに心を配り、毎夜4㎞のランニングを課した。付合ってくれたのは、愛犬小太郎である。

スイスの主な地域はドイツ語圏、そのためドイツ語を勉強し、ミュンヘンの語学学校に老年留学することになった。まさに『六十歳からの青春』―世界各地からの若者達と肩を並べての生活は刺激的であった。

その後、アルプス登山で出合った『アルプホルン』に夢中になった。この三つが人生の後期に潤いを与えてくれた。少し日時が経ち過ぎてしまったが、「後期

高齢者」を迎えた機会に、十年間の記録をまとめることにした。

アルプス登山へと一歩踏み出したキッカケは、田部井淳子さんの『エプロンはずして夢の山』の一文「やはり人間、思ったことは実行することだ。都会のオフィスの机の前でグダグダ物を言っているだけでは世界は広がらない」であった。

僕の登山は「アルプスの一般ルートでガイド付き」のささやかな冒険だったが、計画から実行まで自分一人で行い、一人で堪能した登山である。自分にとっては、ヒマラヤの８０００ｍ峰へのチャレンジに匹敵する思いであった。そして、ヨーロッパ各地へのトレッキングへと広がった。登山をなさらない方には、登山の部分を飛ばして、「旅行記」として読んで頂ければと願っている。

ここまで来るには、実に多くの人達の指導と援助のお陰である… それを思い起し、感謝を込めて文章をスタートさせたい。

世話になった人達の名前は、国内では「さん」付けで呼ぶが、ヨーロッパでは、ファーストネームでの呼び捨てである。岳友・学友を含めて当地の習いに従わせてもらった。

拙い文に添えるスケッチと短歌は、最初のアルプス行きの時始めた恥ずかしい物ながら、当時の感激を補強してくれると思い、修正せずに添えた。アルプスの山と大自然並びにスイスとヨーロッパの人々の温もりを、この本から感じ取って頂ければ幸いである。

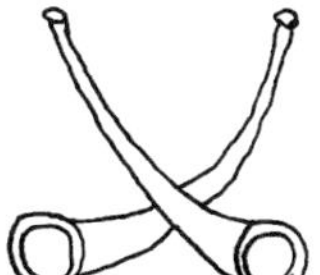

アルプス登山の奨めⅠ　ベルナーオーバーラントの山々

◀モルゲンロートのメンヒ
（フィーシャールホルン登路から）

▼フィーシャールホルンへ登る
初めての 4000m 峰

▼アイガー東山稜と北壁

▲フィンスターアールホルン（ユングフラウ登路から）

▲ヴェッターホルン

朝日を受ける▶
ユングフラウ

▲フィーシャールホルン頂上のガイド二人
後方はグリュンホルンへ続く稜線

▲メンヒ頂上でガイドのゴーディーと

アルプス登山の奨めⅡ　ヴァリス・シャモニーの山々

▲マッターホルン（ダン・ブランシュ頂上稜線から）

▲モンテローザの肩で夜明けを迎える

▲マッターホルンの朝焼け（モンテローザ登路から）

▲チナールロートホルン（オーバーガーベルホルンから）

▲マッターホルンの頂きに立つ

▲モンテローザ（ゴルナー氷河から）

▲モンテローザ・ヒュッテ

▲モンブランを仰ぐ（コスミックルートの登路から）

アルプス登山の奨めⅢ　ミシャベルとヴァリス西部の山々

▲テッシュホルン・ドーム・レンツシュピッツェ

▲ドーム・ヒュッテ

▲リムピッシュホルン

▲ナーデルホルン

▲オーバーガーベルホルン頂上

▲ナーデルホルン頂上で還暦を祝う

▲旗雲なびくダン・ブランシュ（登路から）

▲ダン・ブランシュ頂上（後方はヴァイスホルン）

アルプス登山の奨めⅣ　アルプスの陽光　トレーニングと憩い

▲ガストローゼンの岩峰でトレーニング

▲ダヴィッドとヘルベルトの指導を受ける

▲リスカムの稜線を行く

▲カストールの雪原を行く

▲シュレックホルン（左奥）の夕映え

▲午後の憩い（グレックシュタイン・ヒュッテで）

▲ヴェッターホルン頂上の憩い（後方はメンヒとアイガー）

▲シュパルテンホルン・ヒュッテで
ガイドのベアートと

スケッチブックとアルプスの旅Ⅰ　スイス

▲チューリヒ湖（左）とトゥーン湖のスケッチ▲

▲グリンデルヴァルト駅前

▲シュタウバッハの滝（落差 287m）

▼ツェルマットの教会墓地

▲ツェルマットの街並み

▲マッターホルン初登頂の功労者で
悲劇の主クロの墓

▲ツェルマットの教会のスケッチ

スケッチブックとアルプスの旅Ⅱ　イタリア・ドイツ・オーストリア

▲北イタリア・ミラノ
スカラ座とグラツィエ教会（「最後の晩餐」の壁画）▶

▲北イタリア・ドロミテ　サッソルンゴ（左）とマルモラーダのスケッチ▲

▲ドイツ最高峰　ツークシュピッツェ頂上で

▲ホーエムートの放牧馬　オーバーグルグルで

▲オーストリア・チロル　オーバーグルグルでのスケッチ▲

スイスは第二の故郷Ⅰ　ダヴィットの家族・友人と

▲ダヴィットの母エリザベートと父チャールズ

▲デューディンゲンの両親の家で

▲隣市フリーブルの街並み

▲デューディンゲンの教会のスケッチ

▲ダヴィットの姉サンドラ一家（ツェルマット）
ルカ・フィリップ・サンドラ・アリン（左から）

▲フックス本店（パンと菓子の製造販売）

▲ツェルマットのレストランでスイス音楽を聴く

▲モレゾンの岩峰頂上で勢揃い

スイスは第二の故郷Ⅱ　スイスの休日

▲ダヴィットの三十歳の誕生日を祝う（ブリタニア・ヒュッテで）　軍律違反 ?! のスイス陸軍と

▲ルツェルン　フィーアヴァルトシュテッテ湖

▲カペル橋をバックに

▲ダヴィットの友人たちと室内クライミングボードを楽しむ

▲氷河とシュタインボック
グレックシュタイン・ヒュッテで

◀▼アルプスの三大名花：エーデルヴァイス・エンツィアン・アルペンローゼ（左から）

第1部　白く高き山々へ

第1章 アルプス登山の奨め

アルプスの魅力

山の魅力は様々に語られるが、雪線（万年雪のライン）をはるかに越えた高さは、何物にも勝る気がし、日本の山が及ばない魅力である。僕の年代の山好きにとって、海外の山は大きな魅力であるが、いざ自分が出掛けるとなると、様々な障害があったり、自分の技量に不安があったり、現地の状況が分かり難かったりと心配が先に立ち、足踏みすることが多いのではないかと思う。そんな中でアルプスは、ヨーロッパという気候風土に恵まれた土地で、交通網が発達し、登山ガイドの組織がしっかりしているので、一人で出掛けられる点が大きな魅力である。中高年では、仲間を募っていては前に進まないからである。

これらの山々は書物や映像で数多く紹介されている。鋭い岩峰、白銀に覆われた高い山容、巨大な氷河、一面に広がる牧草地と高山植物など、日本の山にない魅力で迫って来る。しかし、登山の対象として紹介されているとは言い難い。登るのに非常に難しい山から、手の届くものまで実に多様で、選択に迷うのが実情である。しかしそれぞれの魅力に富んでいる。自分に合った山と方法を選べば、楽しく迎えてくれるのがアルプスである。

ダン・ブランシュ頂上からのモンブラン

ヴェッターホルンからのアイガー

登山の領域へ

アルプスは、ハイキングと登山との領域が明確に区分けされている。これは、高さや雪線との関係で自ずと目に見えない線引きがなされているからだと思う。ハイカーに対しても手厚く、2000m～3000mにかけて、無数のハイキングコースが整備され、標高3000mのヒュッテまでは、大勢のハイカーが登って来る。しかし、せっかくアルプスへ出掛けるのであれば、これを越えて登山の領域へ踏み込みたいものである。

街の魅力

街のたたずまいもまた素晴らしい。商店・レストラン・カフェ・教会など、ヨーロッパならではの風物に至る所で触れることが出来る。ホテルも多様である。星の数にこだわる必要はない。建物は古くても部屋は清潔で、食事も応対も心がこもっている。ガストホフと呼ぶレストランが兼営する宿泊施設は、安くて重宝であるし、ユースホステル形式の宿は格安である。早目に着いてこうした宿探しを行うのも、また楽しい経験であった。

一人旅の良さ

しかし、登山と旅行を通じて感じたことの最大のものは、人とのコミュニケーションの大切さであった。国際化が叫ばれても、外国人と接触しなければ一歩も進まない。団体旅行のグループ内での交流や、少人数で黙りこくっている日本人

グルントの駅から仰ぐアイガー北壁

チューリヒのスイス国立博物館

を多く見た。

もっと積極的に飛びこんで行けば、多くの反応が得られ、旅の楽しさが増すのではと思えた。僕の場合は一人旅で、その良さを痛感したが、それなりの準備と心構えが必要なことは言うまでもない。

一人で出掛けることのメリットは多いが、登山においては、ガイドを得ることが必須となる。登山の対象として考える山は、大半がアンザイレン（ザイルで結び合って確保し合う）を必要とすると見てよい。

僕の場合は、現地ガイドと日本人の国際公認ガイドの両方の世話になったが、素晴らしい人達に出会い、それぞれの良さが最大限発揮されて目的を達することが出来た。僕の体験を参考にして頂ければ幸いである。

アルプス登山の参考書として

アルプスはスイスを中心に、フランス・イタリア・オーストリア・ドイツにまたがる広大な地域で、４０００m峰は六十座を越える。

四大山群と言われるのは、ベルナーオーバラント・ヴァリス・モンブラン・ベルニーナである。登れたのは三分の一程度であるが、主要地域と主な山を訪れているので、参考にして頂けると思う。

また、身近な案内書が無いことを痛感していたので、登山記録の最後に、自分の所要したタイムと自分流の難易度を記載した。難易度は、ホテルの５つ星に準えた５段階の自己流である。技術面の他にしんどさを加味し、西部アルプスで用

ツェルマットのガイド組合

グリンデルヴァルトのガイド組合

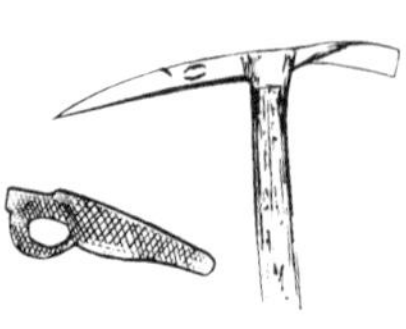

いられている6段階や、日本の岩場でのクレード（1級から6級）も参考にした。努力と準備をすれば、アルプス登山が多くの人に可能であることを示すことが出来れば幸いである。

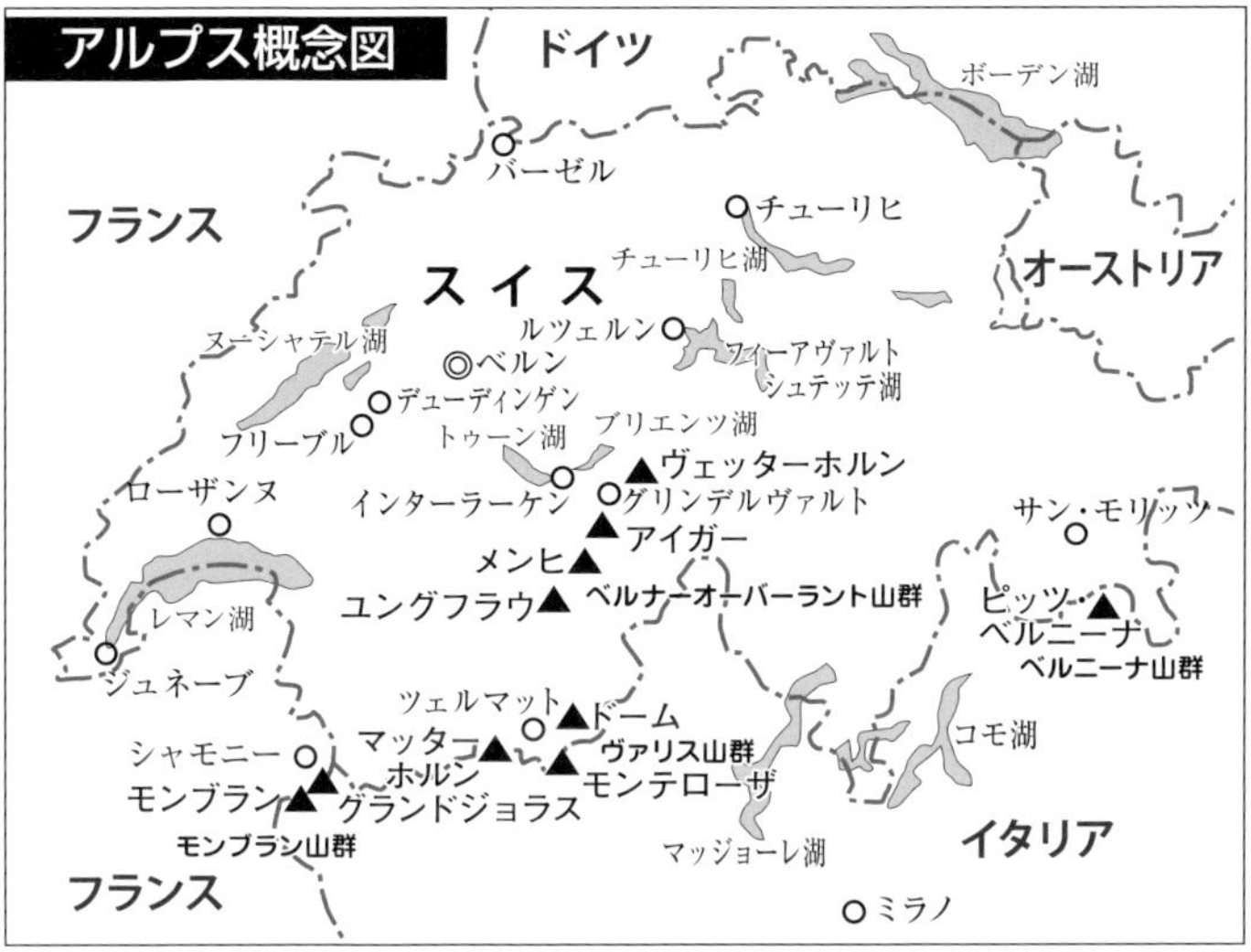

山名・地名のカナ表記など

◆**山の高さ**

原則として、メートル未満を四捨五入して表記した。

◆**WとV**

次の名称は、英語の表記ではなく、ドイツ語の発音に従った表記を用いた。

ヴァイスホルン・ヴェッターホルン・グリンデルヴァルト・シュヴァルツゼー・エーデルヴァイス・ダヴィット

◆**Saas Fee サースフェー**

Sは通常「ザ」と発音するが、サース谷の地名については、多く耳にする「サ」の発音にした。サースフェー・サースグルント

◆**フランス語との兼ね合い**

ヴァリス州の西部は、フランス語圏なので「ヴァレー」と呼ぶが、主要地域はドイツ語なので「ヴァリス」と表記した。

なお、フランス語圏の「フリーブル」「ジュネーヴ」は、ドイツ語圏では「フライブルク」「ゲネフ」と呼ぶ。

◆**ホルンとは**

ドイツ語で動物の角のことで、角笛やアルプホルンとなり、鋭い山の名前に用いられるようになった。

アルプス登山の記録

《初めてのアルプス》	1997年8月1日～28日		
フィーシャールホルン	初めての4000m峰	ベルナー山群	4,049m
ユングフラウ	ベルナーの貴婦人	ベルナー山群	4,158m
メンヒ	ベルナーの宝石	ベルナー山群	4,099m
ブライトホルン	ツェルマット南方の巨人	ヴァリス山群	4,164m
マッターホルン	〝青春のバイブル〟の山	ヴァリス山群	4,478m
モンテローザ主峰	ダヴィットとの出会いの山	ヴァリス山群	4,634m
モンブラン	アルプス最高峰	モンブラン山群	4,807m
《アルプス再訪》	1998年8月9日～16日		
ヴァイスミース	ミシャベルの宝石	ミシャベル山群	4,023m
ドーム	スイス第二の高峰	ミシャベル山群	4,545m
リムピッシュホルン	恐竜の背中を思わす岩峰	ヴァリス山群	4,199m
《3度目のアルプス》	1999年8月11日～22日		
ナーデルホルン	〝我が還暦の山〟	ミシャベル山群	4,327m
シュティックナーデルホルン	ナーデルホルン北部の山	ミシャベル山群	4,241m
ガストローゼンの岩峰	トレーニングの岩場	フリーブル	1,935m
ドルデンホルン	ブリュムリスアルペンの秀峰	ブリュムリス	3,643m
《4度目のアルプス》	2000年8月1日～22日		
ラッギーンホルン	小粒でも歯応えのある山	ミシャベル山群	4,010m
カストール	リスカムへの途中の山	ヴァリス山群	4,228m
リスカム	屋根型の巨人	ヴァリス山群	4,527m
ツムシュタインシュピッツェ	モンテローザの南峰	ヴァリス山群	4,563m
モンテローザ主峰	イタリア側から再登	ヴァリス山群	4,634m
オーバーガーベルホルン	マッターホルン北方の山	ヴァリス山群	4,063m
ツィナールロートホルン	マッター谷西部の赤い岩の巨人	ヴァリス山群	4,221m
フィンスターアールホルン	ベルナーの最高峰	ベルナー山群	4,274m
カイザーエック	ダヴィットの両親の案内	フリーブル	2,185m
《5度目のアルプス》	2001年9月1日～12日		
ラ・モンギア	ベルニナの小さな尖峰	ベルニナ山群	3,415m
アラリンホルン	ミシャベルの秀峰	ミシャベル山群	4,027m
モンブラン・ドゥ・シェヨン	シェヨン谷の白い山	シェヨン	3,827m
シュピッツフルー	エーデルヴァイスの群落	フリーブル	1,951m
《6度目のアルプス》	2004年7月9日～21日		
ピン・ドゥ・アローラ	アローラ谷の尖峰	アローラ	3,790m
ビースホルン	マッター谷西部の最北の山	ヴァリス山群	4,159m
ダンブランシュ	マッター谷西部の巌の巨人	ヴァリス山群	4,356m
《7度目のアルプス》	2008年7月19日～29日		
シュパルテンホルン	ベルナー西部の岩峰	ブリュムリス	3,436m
ヴェッターホルン	グリンデルヴァルト東方に聳える山	ベルナー山群	3,701m

＊ブリュムリスはベルナー山群の一部　　＊ミシャベル・シェヨン・アローラはヴァリス山群の一部

登山の難易度・ランク

《西部ヨーロッパで用いられている　IFASグレード》

F	Facil	簡単
PD	Pen Difficile	やや困難
AD	Assez Difficile	ある程度困難
D	Difficile	困難
TD	Très Difficile	非常に困難
ED	Extrêmement Difficile	極度に困難

《日本のグレード》

日本では、RCC Ⅱグレードが使われており、UIAA（世界山岳連盟）の定めたグレードとほぼ同じで、ルートグレードとピッチグレードに分かれる。

〈ルートグレード〉　1級～6級に分かれ、登りの難易度だけでなく、登攀距離・所要時間・傾斜・ルートファインディングの難易度・エスケープの有無などをみて決定。

〈ピッチグレード〉　20m ～ 50m 位のピッチに分割し、各ピッチにグレード付けし、＋と－を付して細分化。

Ⅰ級	まったく易しい	三点支持不要
Ⅱ級	易しい	三点支持必要
Ⅲ級	やや難しい	ザイルによる確保必要
Ⅳ級	難しい	やや高度なバランスを要する
Ⅴ級	非常に難しい	高度なバランスを要する
Ⅵ級	極度に難しい	極度に微妙なバランスを要する

《自分流のランク》　ガイド付きで悪天候でない場合。

自分の登った山は、ガイドブックによると、全てがF ～ ADまでであるが、岩登りのレベルに氷雪とクレバス・所要時間などのしんどさを加味してランク付けをした。

★	易しい1	メンヒ・ブライトホルン・アラリンホルン・カストール
★★	易しい2	フィーシャールホルン・ヴァイスミース・ラッギーンホルン アラリンホルン(東稜)・メンヒ(南西稜)・ビースホルン
★★★	やや困難	ユングフラウ・ナーデルホルン・モンブランドシェヨン シュティックナーデルホルン・リスカム・ヴェッターホルン ツムシュタインシュピッツェ・ラモンギア
★★★★	かなり困難	モンテローザ主峰・モンブラン・オーバーガーベルホルン フィンスターアールホルン・シュパルテンホルン・ドーム リムピッシュホルン
★★★★★	困難	ダンブランシュ・ツィナールロートホルン・マッターホルン

初めてのアルプス

一か月間の休暇を獲得◎1997年8月

サラリーマンにとって最大の問題（障害）は、「休暇」である。会社に無理をお願いして、8月一杯一か月の休暇届けを受理してもらった。会社に重大問題が発生し、その解決に骨身を削った。事情を知らない人からは、「この大事な時によくも」と言われたが、人生何が幸いするか分からない。一週間を超える休暇は初めてで、サラリーマン生活四十年にしてやっと手に入れた幸運である。監査役の任期は三年なので、7月25日の株主総会で退任する積りで「辞任届」を先に提出したが、こちらは返却されたので、四十年の重みをリュックサックに詰めての出発となった。

登る山は、マッターホルン・モンテローザ・モンブランの「3M」に、ベルナーオーバーラントの三山を追加して、六山を登る計画を立てた。いろいろ研究した積りだったが、何しろ初めてのことで、リュックサックは100ℓの超大型、40kgになってしまった。「登山とテント生活の両立は無理」と分かったのは現地に来てから。必要最小限にする工夫が必要と痛感した。

8月1日10時、家族の見送りを受けて、ルフトハンザ機で名古屋空港を出発、フランクフルト経由で、18時にチューリヒ空港着。宿はチューリヒ市内のホテル・レギーナ。8月1日は丁度スイスの建国記念日に当たり、路地で夜遅くまで花火

チューリヒ中央駅

チューリヒ・リマト川畔

ホテル・レギーナ

を鳴らしてうるさかったので、初めての夜は、気持ちの高まりと相まって眠れなかった。

●ベルナーオーバーラントの山々へ　8月2日

首都ベルンで乗り換えた列車が南進し、行く手に雪を冠った山並みが見えて来た時は、さすがに胸が熱くなった。ベルナーオーバーラント（首都ベルンの後背地の意味）の山々である。初めて登る山として、ここを選んだ。登山基地となるのがグリンデルヴァルトである。

ガイド組合を訪問すると、スイスはこのところ天候が悪く、アイガー・ユングフラウとも入山出来ないと言われてがっかりする。登る山の変更を条件に、三山分のガイド料を支払い、「16時に駅で落合い、最終の登山電車でユングフラウヨッホへ向かう」ことを指示される。ガイドの氏名は「Godi Just ゴーディー・ユスト」と告げられる。

ゴーディ・ユストの名刺

メンヒスヨッホ・ヒュッテへ

16時10分、グリンデルヴァルト駅に現れた青年は、実にスマートで精かんな体付きでどこにも無駄がない。一目で彼と分かった。背がそれほど高くないのにほっとする。新婚と見えて、奥さんの熱いキスの見送りを受け出発。クライネシャイデック駅でユングフラウ鉄道に乗り換え、18時標高3454mのユングフ

メンヒスヨッホ・ヒュッテ

メンヒスヨッホ・ヒュッテで

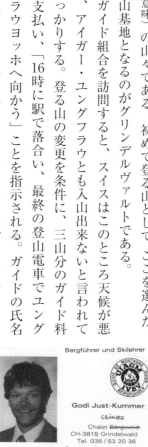

ラウヨッホ駅に着く。トンネルを潜って大雪原に出るが、一面の霧で随分暗く感じた。メンヒの山すそのよく踏まれた雪上を40分歩いて、標高３６５７ｍに建つメンヒスヨッホ・ヒュッテに入った。

空中に浮き出て建つ三階建、機能的で非常に清潔であった。ベッドは二段式で、マットの上に毛布が二枚きちんと畳まれ、枕とともに一人分ずつ並べられていた。全てが予約制なので、日本のようにすし詰めとなることはない。ガイドの部屋は専用の別部屋となる。

19時から夕食となったが、スープ・前菜・メインディッシュの後のデザートにはびっくりした。夕食後にはすぐに席を立たず、同席の人達との団らんに興ずるのも、ヨーロッパならではと感心した。

フィーシャールホルン（４０４９ｍ）　8月3日登頂

初めての四千米の頂きは
われ圧倒す白く高き山々

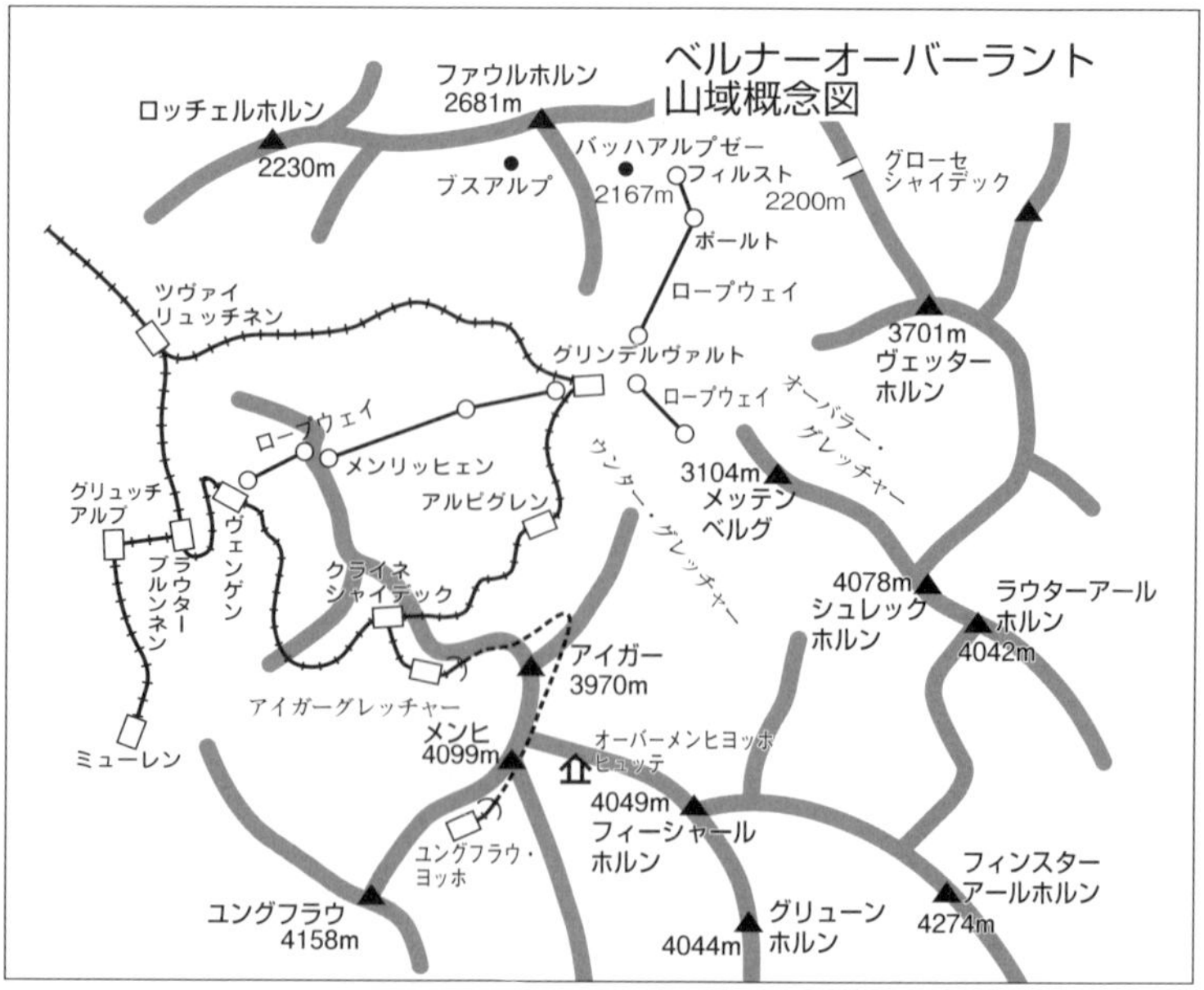

アイガーが悪天候で入山出来なくて変更となり、図らずも最初に登った4000m峰となった。アイガー・メンヒ・ユングフラウと並ぶ三山の後ろの綺麗な三角形の山で、正式にはグロス・フィーシャールホルンと呼ぶ。背後にヒンター・フィーシャールホルン（4025m）を従え、グリューンホルンへと連なる。

「シュテー・アオフ！（起きろ）」―ゴーディーの声に時計を見ると、きっかり4時であった。昨夜寝る時起床時刻を聞いても、「君は心配しなくてよい、私が起こすまでゆっくり寝てなさい」と教えてくれないので、かえって気になって困った。外は満天の星である。昨日まで悪かった天気が、この日を境に一気に好転したのである。

ヒュッテの中でアンザイレン（ザイルで結び合う）して4時45分エヴィグ雪原に降り立った時は、ピーンと全身に力が走る思いがした。ゴーディーが先行し、15mにしたザイルを雪面に垂らし、ヘッドランプの光を頼りに進んでいると、三十年来の様々な思いが去来し、「今アルプスに居るんだ」という感慨が胸を熱くした。

5時15分斜面の登りに取りかかる。登りはガイドが先行して万一に備える。傾斜がきつく足場の悪い所では、ゴーディーが一度ステップ（足場）を踏んでくれた。

5時45分明るさを感じ背後を見ると、朝日を受けた見事な三角形に息をのむ。メンヒのモルゲンロート（朝焼け）である。ここで写真を撮る許可が出て、ゴーディーが僕のリュックサックのポケットからカメラを取り出してくれた。夢中で黄金色に輝く山に向けてシャッターを押す（カラー頁・アルプス登山の奨めⅠ）。

フィーシャールホルンに向かう

登路からのモンブラン遠望

6時15分傾斜が増したので、アイゼンを付ける。登行が随分楽になった。6時30分ついに南北に走る尾根に出る。頂上へは尾根通しに南に向かう。傾斜が急になり、6時55分ストックをデポ（仮置き）して、ピッケルに持ち替える。このストックは、ゴーディーが片方を貸してくれたもので、初めて使ったが、雪面登行での威力を実感した。頂上直下で斜面を左側にトラバース（横断）し、更に真っ直ぐ頂上に向かう。相当な傾斜で、ゴーディーが僕のためにステップを切ってくれる。右手のピッケルを一振りすると、雪面に見事な足場が切られている。ゴーディーの登攀を下から見ていると、実に安定しておりほれぼれする思いであった。

7時55分、急峻《しゅん》な斜面を必死に登り詰めて、ついにフィーシャールホルン4049mの頂きに立った。ゴーディーが手袋を脱いで握手で迎えてくれた。「ダンケ・シェーン！」初めて4000mを越えた喜び、分厚い雪をまとった山々の連なりに圧倒される。三六〇度の展望、それは日本の山では見ることの出来ない圧倒的なスケールで迫る雪と岩のパノラマである。遠くに目をやると、モンブランの白い大きな山塊と、グランド・ジョラスの黒い男性的な姿、その左に頭を覗かせているのはマッターホルンであった。

「トリンケン・ウント・エッセン（飲んで、食べて）」と声が掛り、4000mでのランチとなった。僕は日本から持参したパックの赤飯であるが、ゴーディーはまずそうな硬いパンをかじっていた。ゴーディーがさかんに体調を心配してくれたが、高度障害は全然感じず、すこぶ

フィーシャールホルン頂上で

ユングフラウ頂上からのパノラマ

る快調であった。この日登頂したのは二組、たった四人のぜいたくなパラダイスであった。

8時25分頂上を後にし、登路を下山する。急斜面は僕が先に下り、ゴーディーが確保してくれたが、後はコンティニュアス（同時歩行）で下る。9時30分アイゼンを外し、一気に駆け下る。強い日差しに軟化したエヴィグ雪原を登り返して、11時20分ヒュッテに帰着した。

〔タイム＝上り3：10、下り2：55、計6：05〕難易度★★

所用で外出したゴーディーが戻ったのは遅かったが、今日の好天で雪が締まり、明日はユングフラウへ登れるとの言葉に、安心して床に付いた。

ユングフラウ（4158m）　8月4日登頂　〈処女・乙女の峰〉

ユングフラウは、直訳すると「若い女性」だが、「処女・乙女」を意味するのと地の利から、人気のある山の一つである。

3時50分、素晴らしい星空に飛び起き、勇んでヒュッテを出発した。ロートタール・ザッテル（鞍部）を経て南東稜を登るルートは、クレバスが大きくなり過ぎているので、現在は南方のロートタールホルンの北東稜から大きく迂回して登る。北東稜への取り付き点から稜線に出るまでが、30分程度の岩登りとなるが簡単。問題は、稜線左方のロートタールホルンからの落石で、これを避けるため稜線上を全力で走らされたのにはびっくりした。後は雪の斜面の登りで、傾斜は相当あ

スフィンクス入口で（バックはユングフラウ）

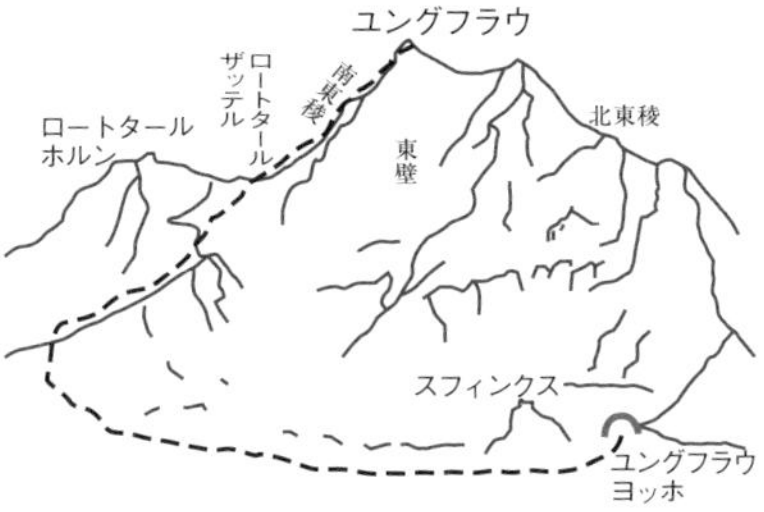

ユングフラウへの登路

るが、難なく頂上に達した。

　頂上からの眺めは素晴らしく、モンブランからモンテローザまでアルプスの大半を見渡すことが出来た。下りの頂上直下の凍った雪の急斜面のトラバースは、僕が先に横断し、後から来るゴーディーのために、ピッケルを打ち込んで自身を確保の上、ザイルを操作した。渡り終えたゴーディー曰く、「その姿勢は大変良い。しかしガイドには確保は不要である」… 思わず笑ってしまった。好天に恵まれた登山であったが、この日ユングフラウへ登ったのは、五パーティー十一人のみ、日本の山では考えられないことであった。

〔タイム＝上り3：25、下り3：10、計6：35〕　難易度★★★

スフィンクスで昼食

　8月4日の昼食は、ユングフラウ・ヨッホの観光施設「スフィンクス」で取る。ゴーディーの案内で、氷のトンネルを歩き氷の彫刻を見るが、日本人の多いのには驚いた。

メンヒ（4099m）　8月5日登頂

　メンヒは三山の真ん中に位置し、整った三角形の山で、最初に登る山として選ばれることが多いが、その多くは簡単な南東稜からである。僕が登りたかったのは南西稜で、２級の岩場を有するからである。

　4時50分起床、今日も好天。ヒュッテからメンヒの山すそを西方に少し戻った

スフィンクスの氷の彫刻前で

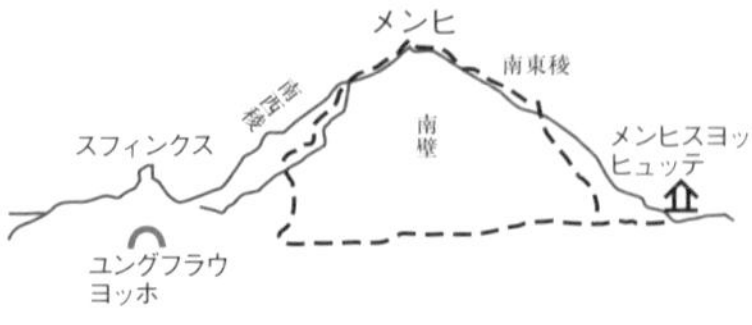

メンヒへの登路

所が取り着き点。アイゼンを付けて雪の混じった岩稜を登り、続いてアイゼンを外した岩登りとなり、最後は再度アイゼンを付けて頂上に達した。頂上はドーム状で広く分厚い雪、ゴーディーがピッケルで僕の座る台を作ってくれた。

当日南西稜を登ったのは、他に二パーティー五人であったが、下りに利用した南東稜はさすがに多くの人達が登って来た。初心者向きの容易な登りであるが、頂上直下の傾斜は相当なものである。登りの人達を待つようなことはせず、2mほど脇を構わず駆け下る。緩んだ雪を蹴《け》散らせての下りは愉快であった。9時55分ヒュッテに帰着。

〔タイム＝上り2：45、下り1：00、計3：45〕　難易度　南西稜★★　南東稜★

ヒュッテに別れ

登頂の握手の出迎え温かく
メンヒのヒュッテは白銀の中に

3日間お世話になったヒュッテに別れを告げる。アルプスの山小屋は初めてだったが、従業員の温かい人柄に救われる思いがした。

登頂を終えてヒュッテに戻り、ヒュッテの従業員に報告すると、握手と拍手で迎えてくれ、登頂を親身に喜んでくれた温かみが忘れられない。

男二人・女四人程で切り盛りする多忙な職場だが、心温まる応対が、「きっと

メンヒ南西稜を登る

メンヒ南東稜を下る

再訪を」という気持ちにさせる。ノートに書いてくれたサインを見てびっくり。女性の一人が「Seija サイヤ」で、僕は「Seiya」（ドイツ語では、y の代りに J を使う）、同名なのでお互いにびっくりした。

運転席の横へ座る

12時00分ユングフラウヨッホ発の下りの登山列車では、運転席の横に座らせてもらった。運転士がゴーディーの友達での特別配慮。お陰でトンネル内部の様子がすっかり見え、ゴーディーがいろいろと説明してくれる。右側に汚水管が走っており、全て下へ降ろして処理していることに感心する。

ゴーディーの自宅へ

ガイド組合に寄って料金を精算した後、グリンデルヴァルトの駅前にあるゴーディーの自宅に案内され、部屋を見せてくれる。こじんまり整って綺麗だった。グリンデルヴァルト周辺をハイキングして回る三日間の宿は、ゴーディーが友人経営のホステルを世話してくれた。自慢のスポーツカーの天井を開け、クラクションを鳴らして去って行くゴーディーに、手を振って別れを惜しんだ。

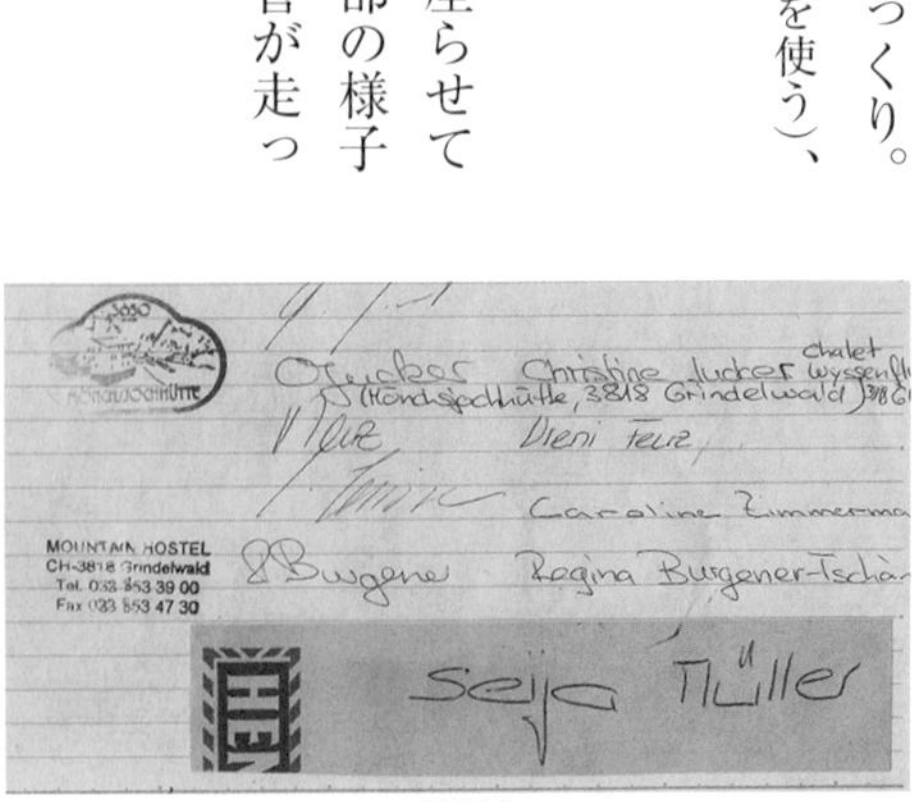

メンヒスヨッホ・ヒュッテ従業員のサイン

《Kolumne/Column/ コラム》

(1) アルプス登山への備え

岩登りの技術

何をおいても、まず岩登りの基本技術の習得が必要。日本山岳会東海支部の先輩方から、プロのガイド田辺治さんを紹介してもらった。

アルプス登山の計画に着手した翌年、1993年4月に友人数名を誘い、御在所岳藤内壁で田辺さんに、雪舞う中で岩登りの手ほどきを受けた。ザイルの結び方から入り、ハーネスやカラビナなどの登攀用具の取り扱いを一から学んだ。基本から学ぶことが絶対に必要と痛感した。

その後、田辺さん主宰の岩登り教室に月2回程のペースで通った。また新たに元ガイドの久野勇さんを紹介され、懇切なトレーニングをして頂いた。

岩稜・岩壁登攀の実践

藤内壁でのトレーニング開始から二か月後の6月初め、雪の前穂高岳北尾根を田辺さんにガイドして頂き、実戦感覚を養った。マッターホルンのヘルンリ稜は、長さがここの三倍に匹敵すると教えられた。

その年の9月、南アルプスの北岳バットレスを、久野さんにガイドして頂き、規模の大きな岩場での身のこなし方を体験させてもらった。久野さんには更に、穂高岳屏風岩の雲稜ルートをガイドして頂いた。

田辺さんや久野さんは、師匠としての存在で、一連の岩稜・岩壁登攀は、アルプス登山への準備として、心身両面で大いに役立ち有難かった。

雪氷技術

アルプスの夏は、日本の春山の季節に近い。豊富な雪と氷の世界、いろんな条件の雪面を、不安なく登下降出来ることが必須である。僕は、東海銀行山岳部で職域山岳会ながら、厳冬期の山で厳しくしごかれていたので、不安がなかったが、機会をとらえて数多く体験しておくことを勧める。

高所順応

ベルナーオーバラントの三山を登った時は、初めてで緊張もあったと思うが、高度障害は全然感

《Kolumne/Column/ コラム》

じなかった。

ヴァリスのモンテローザとシャモニーのモンブランでは、後半に眠くなって困った。後で高度障害と教わった。

ヒマラヤ登山では、3000m辺りから時間をかけて順応の手数を踏む。アルプスでも同様と思うが、休暇の関係でぶっつけ本番であった。

その代わり、5月の連休の残雪の富士山に必ず登った。頂上に一泊するのがベターと言うが、そんな余裕はないので、出来るだけ頂上に長く居て下山した。夏のアルプスまで三か月余りあったが、体が覚えてくれていると確信が持てた。以後毎年これを実行した。

山岳保険

いざという時の保証は山岳保険である。国内では日本山岳会斡旋の「山岳遭難救助付きの保険」に加入していたが、海外登山は対象外。そこで、「東京海上日動パートナーズ」の海外登山を対象とした保険に、必要期間加入して出掛けた。割安で有難かった。

スイスカード

スイスは物価が高く、鉄道料金は驚くほど高いが、打つ手はあった。「スイスカード」を日本で購入して行くのである。外国向け優遇策で、スイス国内では買えない。

当時一万円ほどで、現在は少し高くなっているが、鉄道が半額、ロープウェイと船が三割引きであった。

ガイドの交通費も客が負担することが多いが、ガイド免許を見せると半額になるので、知っておく必要がある。

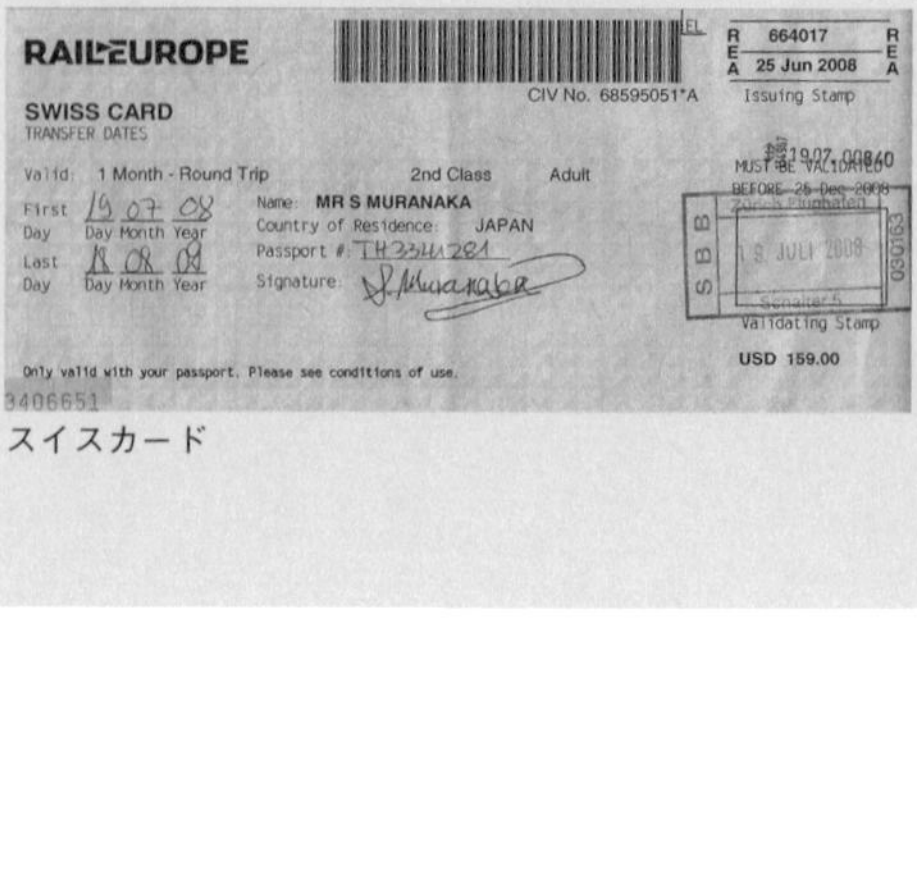

スイスカード

●ヴァリスの山々へ　8月8日

グリンデルヴァルトに別れを告げ、列車でツェルマットへ向かう。途中三回の乗り換えで四時間である。フィスプからマッター谷を川沿いにゴトゴト上って行く赤い電車は風情があった。

右側の座席に座り、白いヴァリスの山並みが見えて来たのはランダ辺りに来てから。マッターホルンが見えたのは一か所、終点一つ手前のテッシュを過ぎてからだったが、初対面はやはり感動的だった。ツェルマットでの宿は、駅前のホテル・ゴルナーグラート。部屋からマッターホルンがよく見えたのが嬉しかった。

増井ガイドの出迎え

ホテルで一息つくと、さっそく増井行照さんが、内野登一さんを伴って来て下さった。メインの山であるマッターホルンは、日本人国際公認ガイドの増井さんにお願いした。現地ガイドだと「客に力がないと、途中で遠慮なく下ろされる」と聞いていたので、大事を取ったからである。併せてモンブランも、言葉の問題（フランス人ガイドは、英語がダメな人も居ると聞いていた）から増井さんにお願いしておいた。

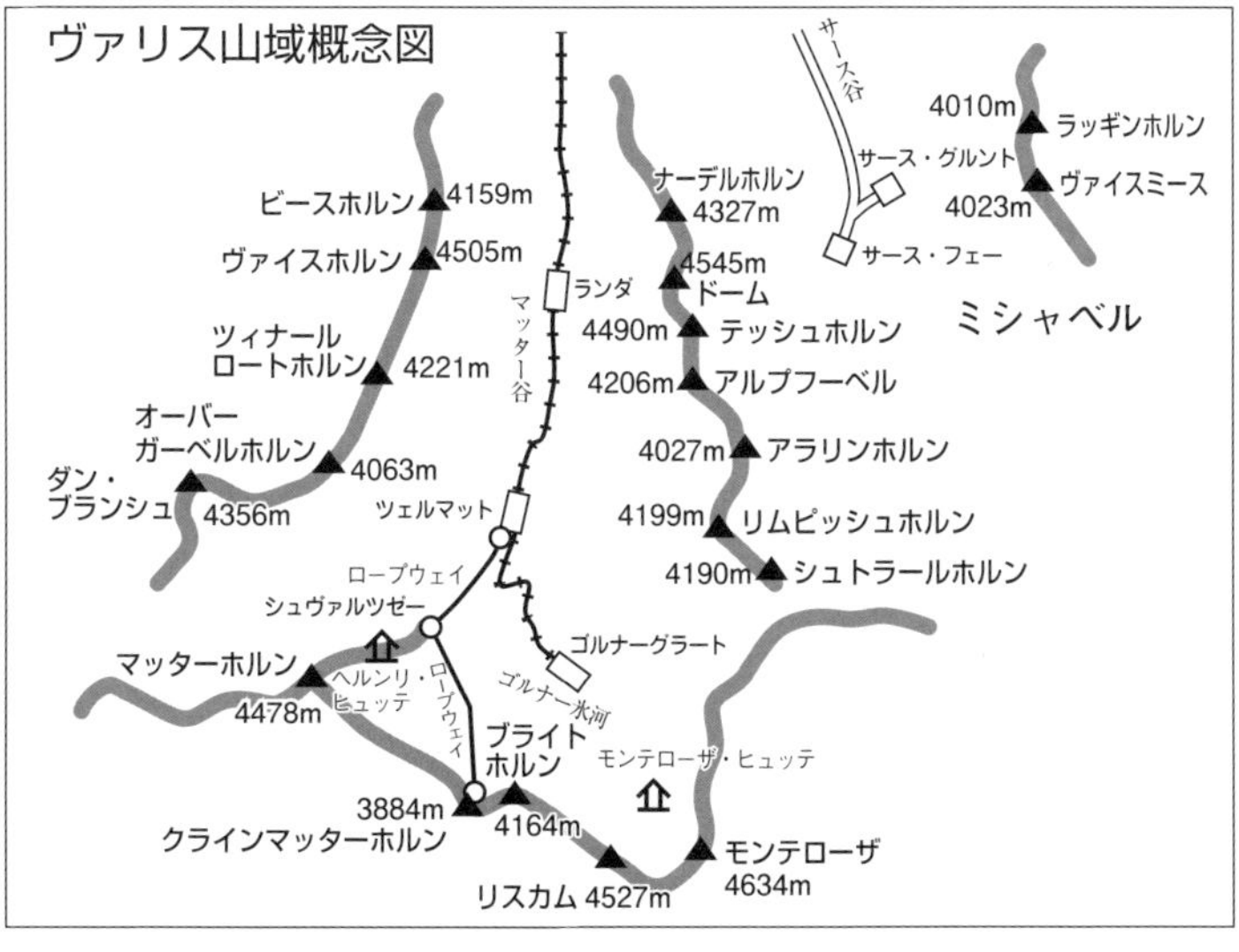

増井さんは、御在所岳を本拠に活動し、毎夏日本人客を連れてアルプスに来ているベテランガイドである。アルプスでのガイド行為は、外国人にも開放していたが、現地で客を募集することが出来ないので、それぞれの国から連れて来ることになる。旅費込みとなるので割高だが、言葉と登頂の可能性から、自国ガイドを利用する人も多い。東京の内野さんもその一人で、岩登りの経験と技量は、僕よりはるかに上であった。

増井さんには、御在所岳藤内壁で事前のトレーニングを受け、アルプス用の装備の購入でも多くのアドバイスを頂いた。現地では、登山用品店・レストラン・土産物店など、空き時間を利用して案内して頂き、日本人ガイドの良さを実感した。増井さんは、その後日本山岳会へ入会された。

ブライトホルン（4164m）8月9日登頂

ツェルマットから真南に見える一際大きな山で、黒く露出した岩に雪の帽子を冠った姿は威圧感があるが、西隣のクラインマッターホルン（3884m）までロープウェイが出来たので、楽に登れる山になってしまった。Breithorn の「breit ブライト」は、英語の「bright 輝く」ではなく、ドイツ語では「幅広い」を意味する。

足慣らしにと増井さんが誘って下さるが、グリンデルヴァルトからチッキで送った登山用具が届いていなくてあきらめていたが、到着の報に急いで取りに行って実現した。増井さんの客の加藤寿美さんは、マッターホルンに登ったが、落石が同伴女性の肩に当り、大事を取って急きょ下山していた。彼女を慰める登

ブライトホルン

クラインマッターホルン（左）とマッターホルン（右）

山に同行させてもらった。

9時40分、クラインマッターホルン山頂のロープウェイ駅で降りてアンザイレンする。五～六人がスキーをしていたが、真夏でも練習出来るのだから強くなる訳だと思った。リフトに沿って雪原を南に行き、鞍部《あん》（3796m）で北東にルートを取り、雪の斜面を登っているとあっ気なく頂上に着いた。大勢が登っており、ガイド一人で五人ほどをザイル一本につないで面倒をみているパーティーもあった。ガイド組合が入門コースとして募集している。

11時、広い雪の頂上からの眺めは素晴らしかった。モンテローザを背にして正面にマッターホルンを見る。明後日はここを登るのかと思うと、楽しみと不安が入り混じった気分ながら、力が湧いてくる思いであった。

11時30分、長い頂上尾根を東のリスカム側に行き、肩の位置から雪面を下り、一回りして戻るルートである。頂上尾根は一か所狭い所があり、「ここで落ちたら止められないぞ」と増井さんに言われるが、後は楽なルートであった。12時30分ロープウェイ駅に着く。

〔タイム＝上り1：20、下り1：00、計2：20〕難易度★

ヘルンリ・ヒュッテへ　8月10日午後

シュヴァルツゼー行きのロープウェイに乗る。よく踏まれた尾根道を二時間歩いてヘルンリヒュッテに着いた。ホテルが隣設されており、登山をしない客も大

ブライトホルン頂上で加藤さんとバックはモンテローザ

ブライトホルン登路の雪の斜面

勢来ていた。

マッターホルン（4478m）8月11日登頂

いよいよその日が来た。4時きっかりにヘルンリ・ヒュッテのベッドを離れる。以前はもっと早起きする人が居たようだが、迷惑となるので、4時というルールとなっている。

ヒュッテの外のテーブルが置いてある所でアンザイレン（ザイルで結び合う）する。順番は、増井—僕—内野で、両方からサポートされるが、両方の確保が必要になる。電池その他のトラブルがあったので、出発は4時50分となった。風もなく星の輝きは素晴らしい。今日は「午前中好天で、午後雷の発生あり」との予報であった。

ヒュッテを出てすぐの雪田を渡ると15mの岩場が現れ、これを直登して斜め左へ回ると10mの岩場となる。こうして次々に現れる岩場は2級程度と言われるが、緊張感は高い。確保のための支点はないので、要所々々では岩角を利用したビレイ（確保）が用いられ、後はコンティニュアス（同時歩行）での登攀となるからである。ルートの多くは稜線から少し左よりの東壁を登る。岩は片麻岩で花崗岩よりフリクション（摩擦）は弱いが、乾いているので問題ない。一度稜線上をたどった後東壁へ戻り、ジグザグの登りを繰返すと大きな黒いツルム（岩峰）にぶつかる。これを左に巻いて登ると、モズレイスラブ（ツルツルの一枚岩）に出た。勾《こう》配のあ

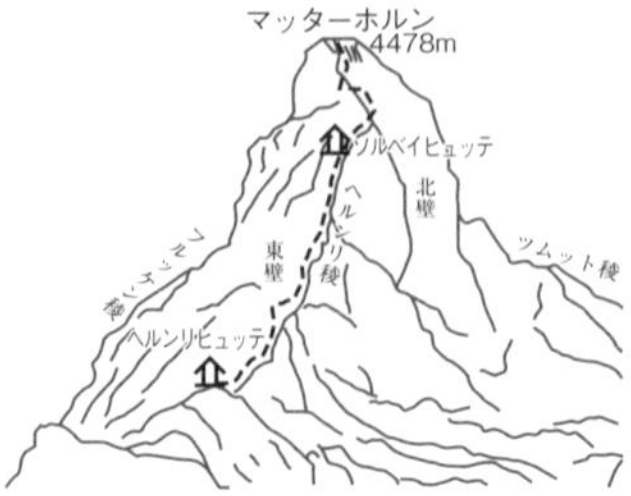

ヘルンリ稜の登攀ルート図

マッターホルンを仰ぐ

ヘルンリ・ヒュッテから

ホテルの窓から

る3級の岩場で、確保してもらって登ると、ソルベイ・ヒュッテの建つテラスに出た。

7時30分、ソルベイ・ヒュッテ前で小休止となる。標高4003mで中間地点と言われている。ヘルンリ・ヒュッテから2時間40分であり、まずまずのタイムと安心する。ヒュッテは新しく建て替えられ、木の板が新鮮であった。無人で、避難用や北壁登攀者のためと聞いた。ヒュッテの上部は上モズレイスラブと言われ、この岩も勾配《こう》があり、3級程度と思われる。これを登ると赤いツルムと呼ぶ岩峰にぶつかり、左に巻いて稜線に出る。稜線上を行くので少し楽になったかと思うと雪の斜面となった。8時20分早めにアイゼンを着け、少し登ると肩と言われる垂壁にぶつかる。

9時、いよいよ最大難所の固定ザイル帯に達したのである。ウィンパーの下降時の事故はこの辺りかと想像する。固定ザイルは10mほどの長さで五か所ばかり付けられている。この時はもう、上から下りて来る連中とぶつかってしまった。増井さんに「遠慮してたら登れないよ、何でも有りだから」と言われたが、すさまじい戦場を体験することとなった。固定ザイルは先に取られるし、ビレイ用のポールにザイルを掛けるとその上からザイルを掛けられるので、彼らが下りるまでザイルが抜けない。そのうち下へ引っ張られるので身構えたら、こちらのザイルを握ってぶら下がられたのには、さすがにびっくりした。

固定ザイルには頼らないようにと思ったが、こんな状態では急がざるを得ない。

マッターホルンに向かう

増井ガイド

登路の険しい岩稜

ルートは東壁側と北壁側とを行ったり来たりするが、北壁側の岩やザイルは、雪と氷が付着し、しかもザイルが太くて登り難かった。固定ザイルを使わないと4級ないし4級プラスと言われているが、ザイルを握っても大変な登攀で、すっかり腕の力を使い果たしてしまった。

固定ザイル帯を抜けると、屋根と呼ばれる北壁上部に出る。雪のあるガラ場の急斜面であるが、アイゼンを利かせて登るので、それほど苦労はない。無心で登っていると、右手上方にマリア像が見えた。もうすぐ頂上である。意外に小さくまた変わった顔だなと見ているうちに、目頭が熱くなって来た。

青春の夢遥かなれども今我は マッターホルンの頂きに立てり

10時ついに頂上。三人で握手を交わしてお礼を述べた途端、こらえていた涙があふれ出た。三十二年間の熱い思いであった。

そのまま80m移動して、イタリア側の頂上に向かう。頂上稜線は足幅がやっとである。ここに十字架が立っており、スイス側より1m程低いが、ここだけ雪が消えているので、腰を下ろして初めて一息付く。5時間と10分掛かったが、一人のガイドで客二人なので余分に時間がかかるし、年齢から見てまずまずと思う。

頂上での10分間は忙しかった。飲食・写真・記録と済ませ、それから三六〇度の眺望に浸った。王者の頂きから眺める山々はどれも素晴らしかったが、北面の

マッターホルン頂上で感激の握手：左／内野さんと　右／増井ガイドと

頂上間近のマリア像

ヴァイスホルンの端正な三角形が印象的であった。左下眼下を見ると、イタリアの集落がはるか下方、３０００m近い高度差に吸い込まれそうであった。10分間だけの頂上であったが、至福のひと時を持てたことに満足であった。

10時13分下山に掛かる。イタリア側から湧き出した雲は、既に半分を覆っていた。固定ザイル帯の下りはさすがにしんどかった。11時20分雪の斜面を過ぎてアイゼンを外す。岩壁の下りはクライムダウン（岩壁を後ろ向きに下りる）の連続で、上りより下りに時間を要する山だと実感する。

12時20分ソルベイ・ヒュッテに下りて小休止する。頂上付近はすっぽりと雲に包まれていた。ヒュッテ下のモズレイスラブは懸垂下降で下り、クライムダウンを繰り返して、2時40分やっと黒いツルムに達して小休止する。猛烈に喉が渇いたが、ふと見ると岩の割れ目から水が湧き出ており、残り少ない水筒の節約になり有難かった。

ヘルンリ・ヒュッテまでもう一息と思っても、随分長く感じた。気を抜かないよう自ら励まし、慎重に下った。先行するパーティーの動きを見て気付いたが、この山はルートから外れると途端に難しくなり、事故の大半がルートを外れた時に起きていると聞いたがうなずける。増井さんの指示に従い、忠実にルートを下る。

4時ヘルンリ・ヒュッテに帰り着く。増井さんにお礼を述べ、三人で手を取り

マッターホルン頂上からのヴァイスホルン

マッターホルン頂上

合って無事に帰着出来たことを喜ぶ。頂上を見上げると厚い雲がさえぎっているが、それ以上に崩れなかったことに感謝する。

最終のロープウェイは出てしまったが、従業員用の便に乗せてもらい、その日のうちにツェルマットへ帰ることが出来た。増井さんを招待して、登頂記念の夕食会を持つことが出来、最後までツキのあった一日であった。

〔タイム＝上り5：10分、下り5：45、計10：55〕難易度★★★★★

モンテローザ主峰（4634m）　8月15日登頂

絵を褒めて固い握手のダヴィットと
モンテローザが出会いの山に

モンテローザは、イタリアとの国境にまたがるスイスの最高峰であるが、モンテローザという山はなく、山塊の名称で主峰がドゥフールシュピッツェである。4000m峰は十座に及び、他を圧する巨大さは、アルプス最大級である。

前々日と前日にツェルマットのガイド組合を訪問し、やっとガイドの名前が分かる。渡された小さな紙片には、「David」とだけ記入されていた。予約料30Sfr（約二千円）のみを支払い、残額は直接ガイド本人に支払うというのも、グリンデルヴァルトとは違っていた。

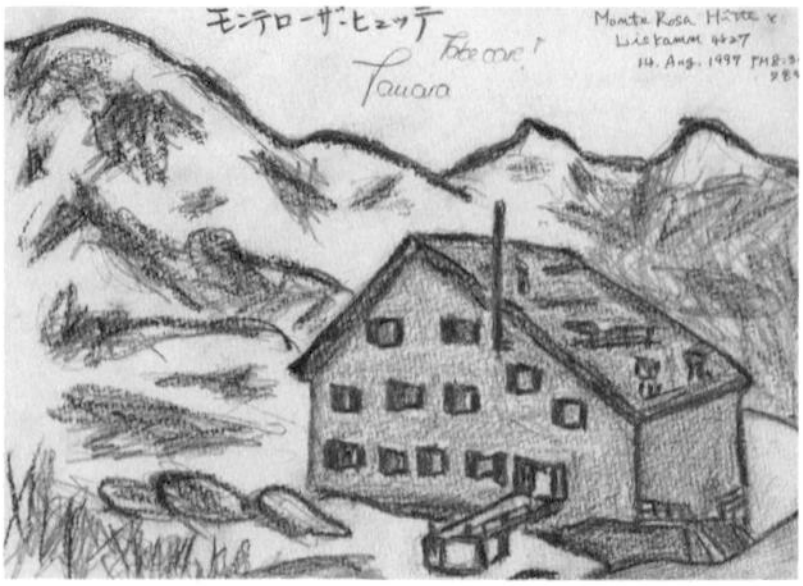

モンテローザ・ヒュッテ

ゴルナー氷河からのマッターホルン

ゴルナーグラート行きの登山電車に乗り、終点一つ手前のローテンボーデンで降りて、ゴルナー氷河に下る。初めての氷河歩きをして、夕方標高2795mに建つモンテローザ・ヒュッテに入る。ヒュッテ裏手でスケッチをしていたら声をかけられ、絵を褒められた。握手で鍛えられた精かんさが分かったが、それ以上に人柄の良さを強く感じた。これがDavid Faselダヴィット・ファーゼルとの出会いで、その後の長い付き合いを思うと、正に運命的である。

スイス最高峰へ

2時10分起床し、2時40分出発。ヒュッテ裏手のモレーン（氷河上の岩屑の堆積）の巨石のゴロゴロした道を登る。こんなに早いのにもう何組ものパーティーが先行しており、ヘッドライトの連なりにびっくりする。ダヴィットが猛烈なスピードで追い越して行くのを、必死で追いかける。3時30分雪が現れ、アイゼンを装着してアンザイレンするがスピードは衰えず、何組も追い越して傾斜のある雪原を登る。暗くてはっきりしないが、巨大なモンテローザ氷河の真ん中と思われる。

5時40分雪原の上部に出る。薄明るくなって回りの様子が分かるようになり、隋分高度を稼いだのが実感出来る。雪原の真ん中にテントが張られていたが、如何にも寒そうに見えた。この頃から猛烈な睡魔に襲われる。何もかも投げ出して眠り込みたい誘惑に駆られるが、心にムチ打って必死に登る。眠くなるのは高度障害の一つと後で知った。

モルゲンロートのマッターホルン

モンテローザ氷河の大雪原

6時40分ダヴィットの声に背後を見ると、マッターホルンに朝日が射すところであった。ここからのマッターホルンはとんがってスマートで、まだ明け切らぬ輪郭の中に赤く染まる姿は、幻想的で何とも言えなかった。

7時10分肩に達する。国境稜線である。右側は一気に切れ落ちた岩場となっており、眼下はるかにイタリアの集落が見下ろされる。この山は標高もさることながら、ヒュッテから一気に1800mの高度差を登ることから、厳しい山の一つに入る。ストックをデポ（仮置き）し、稜線に取り着く。二つのピークを越えて行く岩稜で、鞍部には氷混じりの雪が張り着いている。スイス側とイタリア側を交互に巻いており、傾斜はないが神経を使う。岩場はここだけで、2級程度だが所々難しい個所がある。岩場になったお陰で眠気が吹き飛んでくれて有難かった。頂上へはかなりせり上がっており、稜線通しに一気に登った。

8時55分頂上。直前でダヴィットがトップを譲ってくれた。細かい配慮に頭が下がる。ダヴィットを迎えて握手をしたら、思わずジーンと来てしまった。「モンテローザは、長年の夢だった」と言ったら、大変喜んでくれた。ここにも十字架が立っており、イタリア側の4000mの衛星峰が手に取るように連なる。しかし、正面のマッターホルンのヴァリスの山々を従えた姿に勝るものはないであろう。

9時25分頂上を後にし、国境の岩尾根を下って一時間で肩に戻る。頂上には適当な場所がなかったのでここに穴を掘り、東海銀行山岳部の先輩角谷允孝さんか

モンテローザ頂上でダヴィットと感激の握手

感激の頂上で

ら預かった名刺を埋め、彼の果たせなかった思いを代行する。

思い切って薄着になり、ピッケルをストックに持ち替えて一気に雪原を駆け下る。明るくなって見るモンテローザ氷河の広大さに圧倒される思いである。中腹まで来ると、ダヴィットが途端に慎重になった。「ヴァルテン（待て）」、雪面をじっとうかがっている。クレバスである。よく見ると至る所に底知れぬ口が開いている。朝は暗くて気付かなかったが、クレバスを察知し、割れ目の走る方向を読む能力に、ガイドのすごさを見る思いであった。11時55分雪原が終わる。アイゼンを外しザイルを解くが、石コロと雪が交互に現れ、疲れた足には応えた。

1時05分モンテローザ・ヒュッテに帰着。マッターホルンとはまた違ったきつい山であったが、実に重厚な登攀を体験出来た。ダヴィットにガイド料を支払い、次ぎはヴァイスホルンとドームに登りたいと言ったら、いつでも手紙を書いてくれと言われた。これが翌年の交流につながることになった。ダヴィットは差上げたビールもそこそこに、「明日はマッターホルンだ」と言って、急いで下山して行った。

2時30分ヒュッテに別れを告げ、正面にマッターホルンを見、モンテローザを振り返りつつ、氷河の上を充実した思いで帰路に付いた。

〔タイム＝上り6：15、下り3：40、計9：55〕難易度★★★

モンテローザ（左）とリスカム（右）に別れを告げる

《Kolumne/Column/ コラム》

⑵ 装備と食糧

登攀用具

岩登りの登攀用具は、専門店でアドバイスを受けるのが賢明。僕は、名古屋市中区にあった「シャッツ・バオム」（現在のステラ・アルピナ）の西野さんに懇切に教わった。

岩登り用としては、ハーネス（腰部にセットするベルト）・カラビナ・ブレームス（当初はエイト環を使用した）・手袋（皮と軍手）・細引き・ヘルメットなどだが、指導者に相談して慎重に選ぶことが大切。

氷雪用では、ピッケルは今は軽量で短いのを使うようになっている。アイゼンは12本爪の出っ歯を使う。岩と雪がミックスしたルートが多いので、アイゼンで岩場を登下降出来るように訓練しておく必要がある。ストックは僕は片方だけだが、雪面歩行で重宝した。

靴はプラスチックより革の方がベターで、今はゴアテックスを利用した軽くて性能の良いのが出ている。

衣類―綿はゴメン

帽子・シャツ・ズボン・アンダーウェアー・ヤッケなどの衣類も、登山用品店にそろっている。日本の春山を想定して、性能の良いものを選びたい。綿製品の着用例を見掛けるが、汗や雨に濡れた時致命的である。今は新素材の軽くて性能のよい製品が沢山出ているので、相談するとよい。僕は、スーパーの季節終りの廉売品で、結構良い品を見付けている。

温度差に対応

温度差の大きいことも考慮する必要がある。ヒュッテまでの上りでは汗をかくので、極力薄着が望ましい。こまめな着脱を心掛けること。

夏季の街中では、Tシャツ一枚で十分であるが、標高１２００ｍで空気が乾いている。夕方以降は冷えるので、上に羽織る衣類は必携である。

ヒュッテからの出発は早朝、厳しい稜線となるので、動きやすくて保温性のよい衣類を選びたい。ヤッケは、ヒュッテを出る時から着用することが多く、厳しい風雪や雨にも遭遇するので、軽くて良い製品が必要。

紅茶にはハッカが入っているので、当初難儀した。水は、「ミット・ガス（ガス入り）」と「オーネ・ガス（ガスなし）」とがあり、馴れるとガス入りがよくなった。

ガイドのチェックを

初めての時は、担当のガイドのチェックを事前に受けておくとよい。僕は、リュックサックの中身を全部出して見てもらい、余分なものはヒュッテに置いておいた。

不足の場合は困るので、チェックリストを作成して、十分チェックしておく必要がある。

荷物の運搬

登山ではハードな旅行鞄は不向きなので、僕は大型リュックサックを使用して機内預けし、手荷物をアタック用リュックサックに入れている。

チューリヒ空港から地下鉄に向かう時、荷物用手押し車を使用するが、スイスではエスカレターにそのまま乗せられる。車輪にストッパーが付いているので、斜めになっても平気である。手押し車は、地下鉄や列車のホームに放置しておけばよい。

サングラス

ドイツ語で「ゾンネン（太陽）・ブリレ（眼鏡）」と言うが、ツェルマットのガイドは、「グレッチャー（氷河）・ブリレ」と呼ぶのが面白い。

ガイドは、日が昇ると真っ先に着用を指示する重要器具。僕は紫外線を考慮し、野外では常時着用している。

食糧と水

アルプスでは、4時にはヒュッテを出て、昼頃ヒュッテに帰着するのが一般的で、弁当はまず考えないが、軽食を携行する。

最初の登山では、「赤飯のパック」を日本から持参したが、パサパサになり失敗。ガイドはスイスの硬いパンとチーズ・ハムを持参している。二年目からは、現地食に改め街で購入した。休憩時にさっと食べられるチョコレート類をポケットに入れておくとよい。

前夜就寝前に、食堂にテルモス（魔法瓶）を出しておくと、熱い紅茶を入れてくれる。僕は500㏄のテルモスに、500㏄のペットボトルの水をプラスした。個人差もあるが、1ℓで一日過せた。

●フランス・シャモニーへ　8月17日

ツェルマットを後にし、フランスのシャモニーへ向かう。フィスプで乗り換えてローヌ谷を西へ向かい、マルティーニで「モンブラン・エキスプレス」の赤い電車に乗り換える。ここはもうフランス語圏である。二両連結の列車は、国境の渓谷沿いにゆっくり走り、フランス領へ入ったことに気付かなかったが、左手の窓高く、先の尖がった山並みが見えて来て、フランスを実感した。スイスの山容とはすっかり異なる針峰群である。皆立ち上がって山を見ている。電車の上部側面がガラス張りなのをこの時気付いた。

モンブランのガイドをお願いした増井さんが、シャモニー駅まで迎えて下さった。増井さんが半日かけて街中を案内して下さり、ガイド組合前に張り出される天気予報を見る。明日の好天に安心する。

モンブラン（4807m）　8月19日登頂

モンブランは、言うまでもなくアルプスの最高峰。イタリアとの国境にまたがる大きな山塊であるが、主峰全体は何故か、フランス領にすっぽりと収まってい

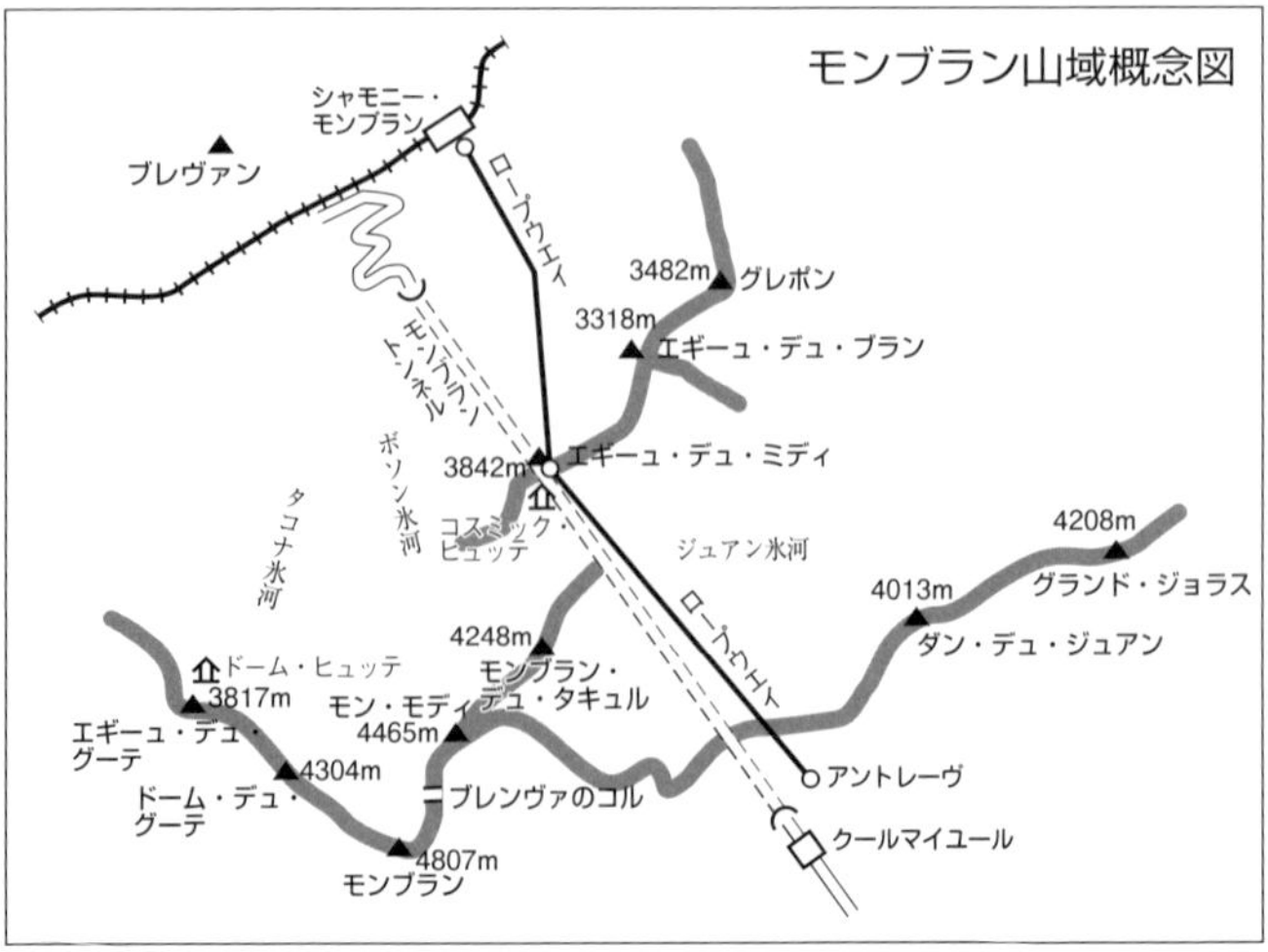

る。多くのルートがあるが、一番登られているフランス側のドーム・デュ・グーテを経由するルートは、ドームの小屋が込むのと、途中のクーロワール（岩溝）に落石が多いことから、エギーユ・デュ・ミディを経由する長大なルートを選んだ。

８月18日、エギーユ・デュ・ミディ（３８４２ｍ）へロープウェイで標高差２７５０ｍを一気に上り、山上駅直下にある標高３６１３ｍに建つコスミック・ヒュッテに入った。

アルプス最高峰へ

８月19日、１時に起床し１時50分にアンザイレンしてヒュッテを出発した。昨夜の雪が止み、満月が輝いていた。登路は長大なボソン氷河をひたすら登る。氷河の上には真夏の新雪が積り、クレバスを隠しているので安心出来ない。

ヘッドランプを消して、月明かりで新雪を踏み締めての上りである。衛星峰のモンブラン・デュ・タキュル（４２４８ｍ）とモン・モディ（４４６５ｍ）の脇の上りは傾斜もあり、相当きつかった。６時30分ブレンヴァのコル（鞍部）に達した時、この世のものと思えない光景に出合った。左手の針峰群の一角から太陽が顔を出しみるみる大きくなり辺りを真っ赤に染めた。一方、モンブランの頂上近くには満月が輝いている。日月の共演に言葉もなかった。カメラを出すことが、頭に浮かばなかった程である。

頂上への登りはきつかった。モンテローザは最後に岩場となって緊張したが、ここは果てしない雪のスロープである。心にムチ打ち声を出して自らを励まし、

頂上への果てしない雪の登り

エギューユ・デュ・ミディと
駅下のコスミック・ヒュッテ

ブレヴァンの展望台からモンブランを仰ぐ

最後の力を振り絞る。８時18分遂に頂上である。「もうこれ以上高い所はない」という感激と、「アルプス登山の締め括りになる」という思いとで、三度目の涙に見舞われてしまった。頂上からは、グランド・ジョラスの黒いゴツゴツした山塊が手に取るように眺められ、遠方には、マッターホルンとモンテローザが影絵のように見え、幻想的であった。

８時48分頂上を後にし、強い日差しに軟化した雪に苦しみながら、モン・モディとタキュルの急な斜面を下り、13時コスミック・ヒュッテに帰着した。

モンブランは、岩場が無く雪面登降の山であるが、高度があり10時間を要するきつい山である。クレバスの危険と、雪面の氷結時に事故が起きており、ガイド無し登山は勧められない。

〔タイム＝上り６：30、下り４：10、計10：40〕 難易度★★★★

夢・目標→計画・実行

８月29日、アルプス登山とトレッキング（第２章「スケッチブックとアルプスの旅」に記載）を終えて、８月１日に出発した名古屋空港に戻った。この一か月、現地食に徹し・便秘せず・下痢せず・風邪引かずで、体重３kg減って三歳若返った思いである。

『一〇〇人の中で、夢見る人は二十人か三十人。その中で夢を目標にし、そして計画まで持って来る人は少なくなる。更に実行に移すとなると数パーセントに

頂上で増井さんと感激の握手

頂上からのクランド・ジョラス

なるのではないか…』そう考えると、感謝の気持ちに打たれてタラップを降りた。

写真展『青春の夢』

初めてのアルプス登山は、多くの方の支えと温情で実現した。殊に勤務先の会社が重大な場面に直面し、銀行出身の常勤監査役として、再建策を提示・依頼しての出発であった。この時真っ先に相談したのが主取引銀行の支店長菅沢博さんである。「心配せずに、行ってらっしゃい」と言って下さった言葉が忘れられない。一番の恩人である。

翌年の5月には、銀行のロビー全部を使ってアルプス登山で撮って来た写真展を開催して下さった。『青春の夢』と題し、支店長自ら紹介文を書いて張り出して下さった。紹介文では「夢を持ち、実現に向かって努力する」大切さを強調されていた。この写真展開催のことが、5月27日の中部経済新聞に掲載され、多くの方から電話を頂戴し、会場に足を運んで下さった。

夢をかなえる曼茶羅《まんだら》

御在所岳藤内壁での岩登りは、五年間にわたって複数の方の指導を受けて来た。1993年11月には一緒に受講した小野木巧さんから「ネパールの曼茶羅（夢をかなえる）」を頂いた。部屋に掲げて毎晩見続けたが、威力は大きかった気がする。

小野木さんから頂いた
ネパールの曼荼羅

銀行の写真展会場で

頂上からのマッターホルン（左）とモンテローザ（右）

《Kolumne/Column/ コラム》

(3) 登山ガイド

ガイドは必須

国内登山と違って、アルプスではガイドは必須である。日本にない氷河が至る所にあり、その上を雪が覆っており、危険なクレバス（氷の裂け目）を隠している。クレバスに落ちたら、出て来るのは千年後だと言われている。

アルプスでは、雪原を歩く時は必ずアンザイレン（ザイルで結び合って確保）する。また岩壁や稜線では万一に備える。この相手がガイドである。社会的地位が高く、尊敬されている。Bergführer ベルグフューラーと呼び、「登山を導く人」という意味。複雑多岐な中から最適のルートを選び、登山者を安全に導く。メンヒの南稜などの比較的易しいルートでは、単独で登っているのを見かけるが、勧められない。

グリンデルヴァルト・ツェルマット・シャモニーなどの登山基地には「ガイド組合」があり、ここでガイドを要請する。僕は日本で申し込み、登山前日に訪問して確認した。

ガイドの料金

ガイドの料金は、マッターホルンなどの難度の高い山は、一泊二日で1000Sfr[1]（約七万円）、メンヒなどの易しい山は一日で三万円程度であった。現在は為替レートの関係もあり、かなりアップしているようである。他に紹介手数料（予約料）が必要となる。

支払方法は、ガイド組合により異なっていた。グリンデルヴァルトでは、ガイド組合に支払って後で清算したが、ツェルマットでは、組合には予約料のみ支払い、ガイド料はガイド本人に直接支払った。

フランス人のガイド

ガイドブックなどで、「フランス人のガイドは、英語の通じないこともあるので、事前に十分確認すること」と記載されていたが、スイスのガイドは英語が必須なので、フランスでも同様と思う。現在スイスの学校では、小学校の高学年から、ドイツ語圏では、フランス語に続いて英語を教えているので、若い人は心配ないと思う。

1　Sfr／スイス・フラン、スイスの通貨の単位。

アルプス再訪　一週間で三山登る◎1998年8月

初めてのアルプス登山から帰り一段落した時、お世話になった現地のガイド二人とガイド組合の女性に、礼状にクリスマスカードを添えて出したが、年が明けても返事が無かった。毎年多数の客をガイドする多忙な身で、一日本人に構っておれないのは当然だろうと考えた。

ところが、2月になって小さな封筒が届いた。モンテローザをガイドしてくれたダヴィットからである。「返事が遅くなり申し訳ない。秋からヒマラヤ遠征に行っていたものだから。今年はいつ来るんだい?」と書かれていた。

8月の再訪を伝えると、お盆休みの一週間で、ヴァリス山群の中から、4000m峰三山を登る計画を組んでくれた。「君が来るのは大変嬉しい。しかし残念なことに、たったの一週間ではないか。しかもフルに使えるのは四日間!」とあった。「日本では、まだ休暇を取るのは大変なんだ」と答えたが、こちらの手紙にきちんと応えてくれる誠意が、何より嬉しかった。

ガイド組合には地域の縄張りがなく、ダヴィットにスイス中の山をガイドしてもらえることをこの夏初めて知り、名ガイドとの長い付合いの始まりとなった。

二度目は、関西空港からのルフトハンザ便を利用し、フランクフルト経由でチューリヒ着。列車で首都ベルンに向かい、彼が予約してくれたホテル・ベーレン(熊)

ベルンの中心の広場

アーレ川とベルンの街のスケッチ

に入った。今回は精神的にゆとりが出来、古都の街を歩き見ることが出来た。

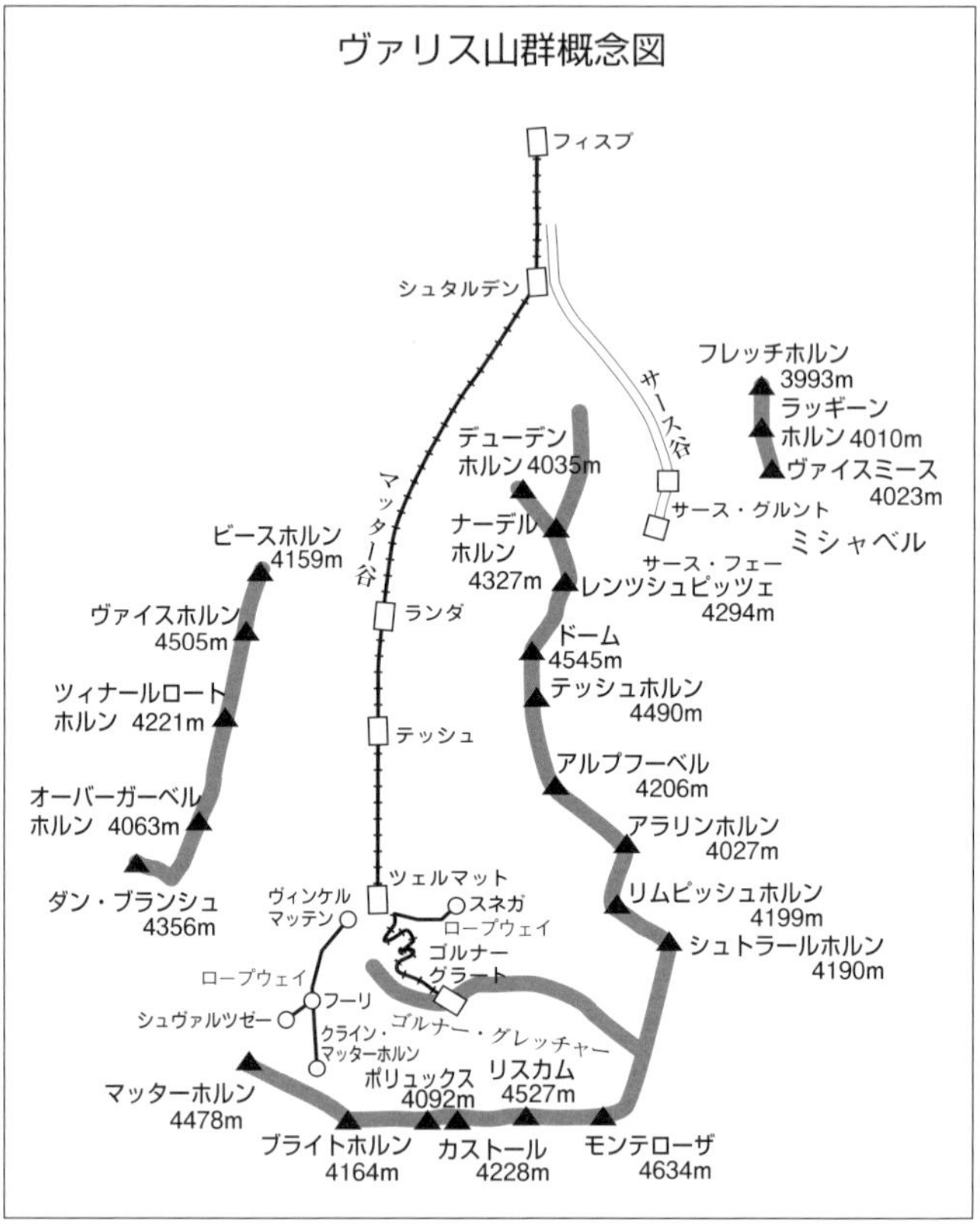

ホーザース・ヒュッテへ

8月10日朝、ダヴィットがホテルまで迎えに来てくれた。列車で行くものと思っていたら、彼の車で登山口まで向かうことにびっくりする。車はマツダのハッチ

ホーザース・ヒュッテからのヴァイスミース

白銀の山に向って走る

バックのポンコツ車である。雪を冠った アルプスの山々に向かって、緑野を走る気分は最高であった。

ヴァイスミースを足慣らしとして選んでくれた。サース・グルントから標高3098mのホーザース・ヒュッテまで、ロープウェイがあるので有難かった。

ヴァイスミースの山並みは、サース谷の東に、北から4000mにわずかに足りないフレッチホルンとラッギーンホルン・ヴァイスミースの4000m峰二座のこじんまりした山並みながら、豊富な雪を冠った山容は立派で、氷河を有する。

ヴァイスミース（4023m）　8月11日登頂

5時05分、ホーザース・ヒュッテを出発、トリフト氷河を東に向い、7時クレバス帯となってアンザイレンする。急な雪の斜面を登り、西峰（3820m）を左に巻いて7時30分稜線に出た。ここからは稜線歩きで楽になり見晴らしを楽しむ。暫くして三人の若者グループに追い付き、思わず先陣争いをしてしまいくたびれた。

8時30分、一番乗りで頂上。ダヴィットに続いて三人と握手、健闘をたたえ合う。スコットランドからで、この時彼らは、『イギリス』でなく『スコットランド』と名乗ることを知った。たった二組五人だけの静かで素敵な頂上だった。

〔タイム＝上り3：25、下り1：35、計5：00〕難易度★★

トリフト氷河からのヴァイスミース（左）

頂上でのスコットランドからの三人

ドーム・ヒュッテへ

今回の第一目標はドームであるが、この山にはロープウェイがないので、標高2940ｍのドーム・ヒュッテまで、登山口のランダから標高差1510ｍを、5～6時間かけて登らなければならない大変な山である。

8月11日、ホーザース・ヒュッテからロープウェイでサース・グルントへ下りて、シュタルデンまで戻り、マッター谷を南に向かいランダで駐車する。ホテル・アルペンローゼで昼食の後、樹林の中を北東に向かう登路に入り、ドルフバッハの流れを渡って東に向かう。樹林から牧草地・岩稜・氷河上のモレーンと続く急な道は果てしない。

当日は暑かったのに少量の水しか持参しなかったのが失敗。暑さで完全にバテてしまい、小休止の回数と時間が多くなった。日陰で休む間、ダヴィットはじっと待ってくれていた。やっとヒュッテに着いたが、夕食を食べたくない初めての経験をする。案内書の「文明の利器に冒されていない山だけに、登行の実感は格別である」の文章が恨めしく思えた。

ドーム（4545ｍ）　8月12日登頂

ドームは、スイス第二の高峰である。最高峰はイタリアとの国境にあるモンテローザ山群の主峰ドゥフールシュピッツェ（4634ｍ）であるが、「国内最高峰」

ドーム・ヒュッテ（背景はヴァイスホルン）

ヒュッテの主人家族と

の呼び名で人気のある山である。山名のドームは、大聖堂を意味するのではなく、教会参事会員（ドムヘル）の測量技師に因んだ名称とのことであるが、西南面の登路から見る雪に覆われた丸い頂上は、ドームと呼ぶにふさわしい。

3時45分ヒュッテを出発。しばらくして出合ったフェスティ氷河に沿って歩き、4時30分アンザイレンしてクレバス（裂け目）の多い氷河上を行く。ザイルはピンと張っていないといけないが、少しでも緩めると、「これでは止められない」と注意される。

6時10分尾根にぶつかり、これを乗り越えるのに、30分の簡単な岩登りが楽しめた。尾根を越えると再び氷河に降りる。氷河歩きから雪の斜面を登るようになり、8時肩の下の斜面で小休止する。

10時10分、ドームの雪の頂きに立つ。今年こそ泣くまいと思ったが、ダヴィットと握手を交わしてお礼を述べたとたん、熱いものがこみあげて来て止めようがなかった。彼に対する感謝の涙で、「今日は昨日とは違うぞ」と彼への信頼に応えるべく、必死に登った頂きである。最後はこん身の力というか、残っている全てをふり絞る行為は、日常生活には無いだけに、登山ならではの快感である。

高い山からの眺望は素晴らしい。三百六十度遮る物はない中で、ヴァイスホルンのシャープな三角形と、風格のあるマッターホルンの眺めが格別で、見下ろす

テッシュホルン（左）とドーム（中）の東面

ドーム頂上間近の雪の登り

格好となったのは、70mほどこちらの方が高いからである。頂上には、先行の一パーティー二人のみであった。

10時25分下山。12時に尾根の岩場に寝転んで休む。13時30分氷河の末端に達し、ザイルを解きアイゼンを外したら随分身軽になった感じがした。14時ヒュッテに着き、もう一泊する。人情味豊かなヒュッテでの生活も楽しく、またヒュッテの周りで多数見かけたシュタインボック（岩場に住む野生のヤギ）が可愛かった。

〔タイム＝上り６：25、下り３：35、計10：00〕難易度★★★★

フルーアルプ・ホテルへ

ヴァイスホルン（４５０５ｍ）を登りたかったが、この山にもロープウェイがなく、暑さの中を再度上るのが気が重く、大事を取ってリムピッシュホルンに変更する。

余分な荷物を、ツェルマットのダヴィットの姉の家に預け、ケーブルカーとロープウェイを乗り継ぎ、標高２６０７ｍに建つフルーアルプ・ホテルまで歩いて30分で入れた。

夕食は四人掛けのテーブルでのキチンとした料理だった。ダヴィットはシャワーを浴びていた。大きなハンマーを持ったグループにどこへ登るのかと聞いたら、「シュタイン」（岩石採集の意味）という答えが返って来てびっくりした。

ドーム頂上で

ヒュッテ近くに来たシュタインボック

リムピッシュホルン（4199m）　8月14日登頂

マッター谷の東の山並みの南端の山がリムピッシュホルンである。恐竜の背中のようにギザギザした頂上への稜線が特徴で、遠くからでもすぐそれと分かる。

3時にホテルを出発、巨岩ゴロゴロのモレーンを歩いて5時氷河に達し、アンザイレンしてアイゼンを付ける。6時岩尾根に取り付くが、ここからの登りが大変で、雪と氷がザラメになった斜面を、ピッケルとアイゼンの爪、さらに左指を雪面に突き刺して必死に攀じる。8時尾根に達し、ここからは二つの岩峰を越えるが、1時間の岩登り（2級程度）が楽しめた。

9時頂上。ここが「恐竜のギザギザ背中」の上かと思うと嬉しくなる。間近に見るモンテローザと、少し形を変えたドームの姿が素晴らしい。そしてマッターホルンは、ここからもやはり王者の風格で見事であった。

〔タイム＝上り6：00、下り4：00、計10：00〕難易度★★★

登路からのリムピッシュホル

フルーアルプ・ホテル

《Kolumne/Column/ コラム》

(4) 山岳会に入るのが一番

アルプスのような海外の山に登りたい…　そのためのトレーニングをどこで、どうやって行えばよいのか？

僕の経験からは、山岳会に入るのが一番と考える。歴史ある山岳会は、岩登り中心で敷居が高く見えるが、多様な会員を抱え、活動域も広い。また中高年を主体にした会もあるので、訪ねて詳しく聞き、自分に合った会を探すのがよい。

「支部友会」

日本山岳会東海支部には、「支部友会」という準会員の組織があり、当時は支部会員の半数を占める大所帯で、僕は四年間この委員長を務めた。

朝日・中日などのカルチャースクールには登山教室があり、講師を東海支部が受け持って来たので、支部友会は、ここの卒業生の受け皿として組織された。

支部では、レベル別に登山計画を組み、キメ細かい指導で要求に応えて来た。

カリキュラムによる指導

１９９８年秋、アルプス登山の体験を講演した時、「アルプスや海外に行きたい」という声を多数耳にしていたので、支部友会の山行リーダーを引き受けた時必要を感じ、「岩登りと雪山」をテーマにしたカリキュラムを作ってメンバーを募った。

レベルは、初級を想定（僕の作った難易度で星二つ★★まで）、岩登りの指導者には田辺治さんをお願いし、御在所岳藤内壁で実施した。雪山は自分が主になって指導し、伊吹山・木曽御嶽山・風越山・富士山などで実施した。

１９９９年2月から翌年の4月まで、十数名が引き続いて参加してくれた。彼等は期待に応えてくれ、その後支部の運営や山行の重要部分を担ってくれている。

教えていた積もりが、僕が彼等に育てられてここまで来れたんだと気付き、感謝の念で一杯である。

藤内壁テスト岩で

三度目のアルプス　◎１９９９年８月

夢かない広がり行くは頂で
ナーデルホルンは我が還暦の山

三度目のアルプス行きは、丁度還暦を迎える年に当たったので、一つの計画があった。それは、「六十歳の誕生日を、アルプスで迎える」ことであった。

この時の手記は、11月25日の朝日新聞の夕刊に載せてもらった。第三面の「四季の箱」欄の「見てある記」である。

『還暦祝いはアルプスで』——新聞の記事から

六十歳の誕生日を、アルプスの４０００ｍ級の頂きで迎えるのが夢だった。還暦祝いをするという子ども達の申し出を断ってスイスに来た。

８月18日、４３２７ｍのナーデルホルンの頂上で写真を撮るとき、布を広げたらガイドのダヴィット・ファーゼルが思わず笑い出した。彼にも分るようにと、ドイツ語で書いておいた旗である。

今年のスイスは天候が悪く、第一目標のアイガー東山稜は断念し、代わりに選んでくれたマッターホルン北東の秀峰である。頂上からの眺めは、万感胸に迫るものがあった。

ナーデルホルンとレンツシュピッツエ（右奥）

ナーデルホルン頂上で旗を広げる

海外旅行など遠い夢だった青春時代と比べ、随分有難い世の中と思わざるを得ない。円の力と平和の恩恵であり、家族の理解のお陰である。ダヴィットとは三年にわたる付き合いだが、登山に対する厳しさはもちろん、交友関係の広さから、人間同士の触れ合いの大切さを教わった。白銀に囲まれたヒュッテの中での、人々の温かさを思い出している。

ナーデルホルン（4327m）　8月18日登頂

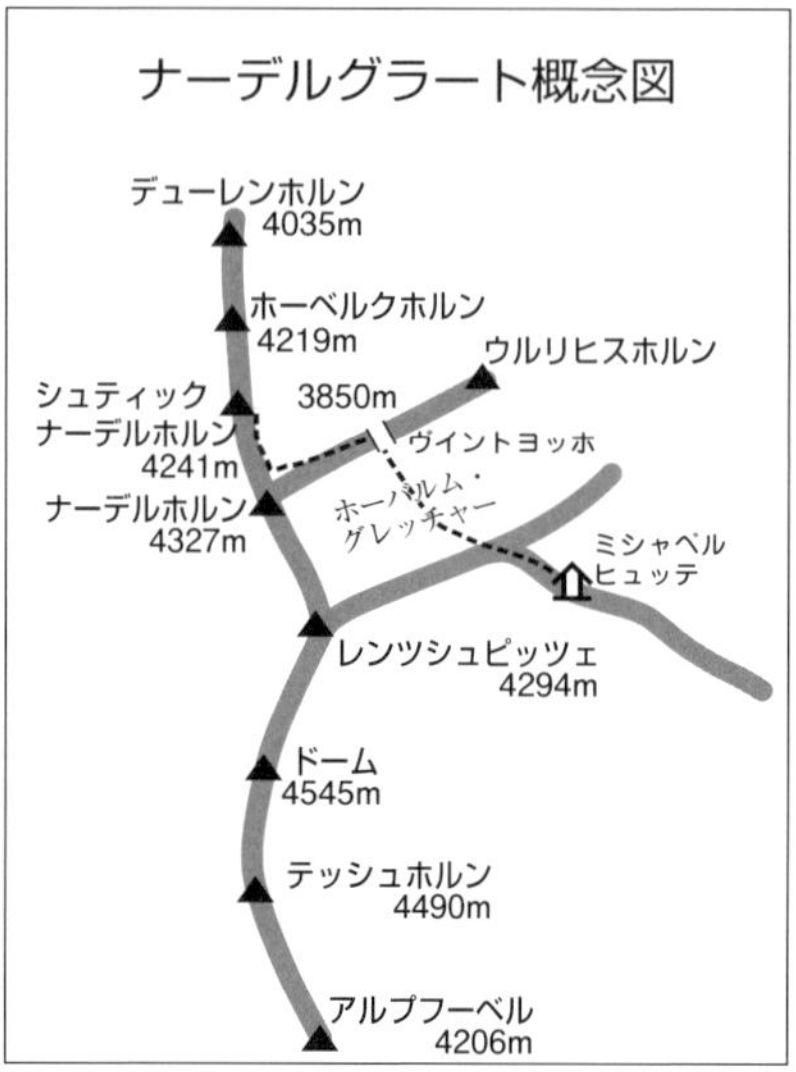

ドームの北に、ナーデルグラートと呼ばれる4000m峰の連なりがあり、南（左）から、レンツシュピッツエ・ナーデルホルン・シュティックナーデルホルン・ホーベルクホルン・デューレンホルンと続く。

ナーデルグラートの四山
左から二番目がナーデルホルン

ヒュッテの主人（中）・父（右）・弟（左）

ミシャベル・ヒュッテ

8月17日、サース・フェーの街から西へロープウェイに乗り、尾根を登って標高3340mに建つミシャベル・ヒュッテに二泊する。ヒュッテは、兄弟と父親とで経営、とても親切にしてもらった。

8月18日は4時15分にヒュッテを出て、ヒュッテの建つ岩尾根から北西にホーバルム氷河に下ってアンザイレンする。6時15分、ヴィントヨッホ（3850mの峠）に上って稜線に達し、ここでアイゼンを付ける。

鞍部からは雪の稜線となり、途中から傾斜を増す。両側がすっぽりと切れ落ちており、岩が露出し氷結した個所が随所に現れるので緊張する。風が強くなった稜線の途中で日の出を迎える。頂上が近づくにつれて完全な岩稜となり、傾斜がいよいよ増し、高度の影響もあって相当にきつかった。

7時50分頂上に立つ。頂上は狭いが、すぐ南側のドームを始め、ヴァリスの4000m峰の全てが手に取るようで、六十年の来し方を想う最高の舞台であった（カラー頁・アルプス登山の奨めⅢ）。

旗には「六十歳を4000mの上で迎えられたことに感謝する」と書いたので、シャッターを押してくれたドイツ人夫婦も「シェーン！」（素敵）と言って喜んでくれた。当初アイガー用の文句で用意したが、出発間際に万一の予備として書いておいてよかった訳で、九日遅れの「祝還暦」となった。

8時05分下山し、9時55分ヒュッテに帰着する。

ドイツ人夫婦

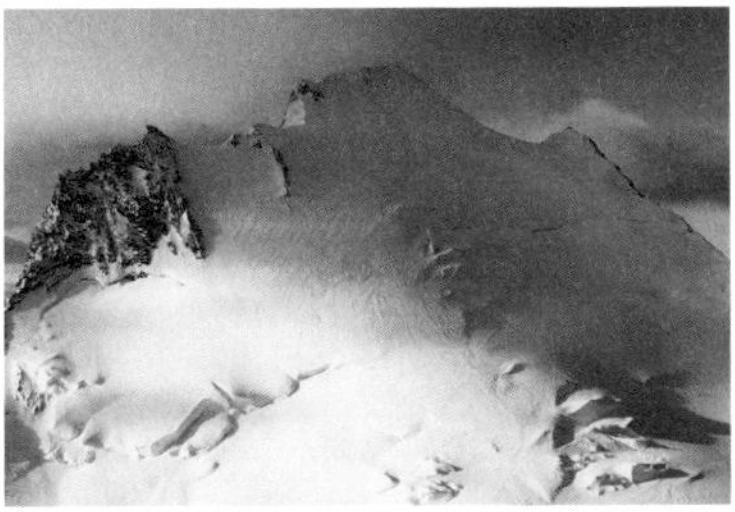
ナーデルホルン頂上からのドーム

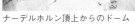

〔タイム＝上り3：35、下り1：50、計5：25〕難易度★★★

朝日新聞の夕刊の記事は、少し恥ずかしかったが、多くの方から電話をもらいびっくりした。中学時代の学友が母に電話をしたお陰で、内緒で出掛けたのがばれてしまい難儀した。

シュティックナーデルホルン（4241m）　8月19日登頂

二日目は、ナーデルホルンの北側に連なるシュティックナーデルホルンとホーベルクホルンの4000m二峰を目指し、4時30分にミシャベル・ヒュッテを出発する。

昨日と同じルートを登り、7時20分ナーデルホルンの肩から右へ雪の斜面をトラバース（横断）する。尾根に出ると猛烈な風で、風がないだ一瞬をとらえ、片足がやっとの幅の雪のナイフリッジを走らされた。両側は1000mの落差で切れ落ち、高度は4000mである。こんな所を全力疾走するしんどさは大変なものであった。

7時55分駆け上がって頂上に立つ。写真だけ撮るのがやっとで、更に北のホーベルクホルン（4219m）はあきらめ下山する。

〔タイム＝上り3：25、下り1：50、計5：15〕難易度★★★

シュティックナーデルホルン頂上で

ナーデルホルン頂上からのマッターホルン

ガストローゼン・マルティルート（1935m） 8月13日登頂

この年は日程に余裕があったので、トレーニングに、ベルン南方のガストローゼンの岩峰群へ案内してくれた。標高は2000mに満たないが、基部から200mの高さの連なりは、幅数キロに及び、日本に無いスケールを感じる。無数のルートがあり、難易度も様々でバラエティーに富んでいる。

8月13日、一番右端にそびえるマルティ・ルートに取り付き、グレードはⅢ級からⅣ級まである7ピッチの200mの登攀を楽しませてもらった。

岩峰前のゾルダーテン・ヒュッテに一泊する。ゾルダーテンとは軍人のことだが、家族連れのグループがコーラスを楽しんでいた。栽培種ながら、テラスのエーデルヴァイスが素敵だった。

ドルデンホルン（3643m） 8月15日悪天候で途中で断念

ダヴィットが、最初に登る山として選んでくれたのは、ドルデンホルンである。ベルナーオーバラント三山の南西に連なるブリュムリスアルペンと呼ぶ山並みの西端にある。8月14日、カンデルシュテークに車を停め、観光客に人気のあるエシネン湖を経由して上り、フリュンデンホルン・ヒュッテに一泊する。

8月15日、4時20分ヒュッテを出発。氷河のクレバスを必死の思いで越え、岩

ヒュッテからマルティルートを仰ぐ

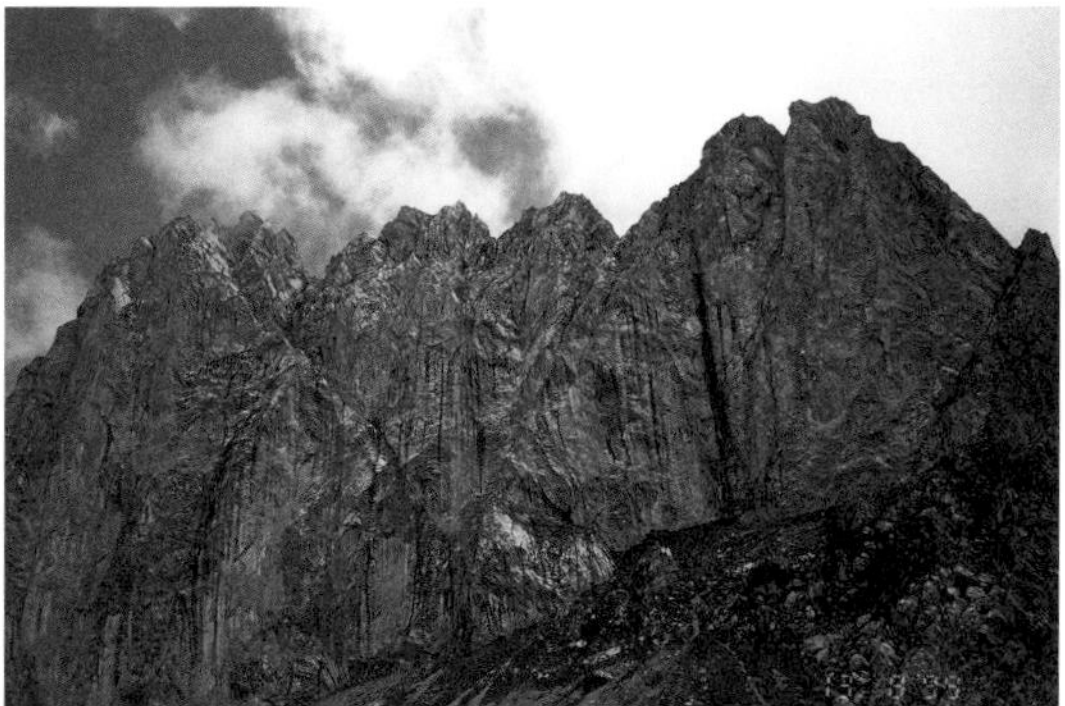

ガストローゼンの岩峰群（右端がマルティルート）

壁を苦労して攀じ登り、7時40分やっとの思いで尾根に出たら、雨が激しくなり、協議の結果あきらめることにした。日本人で登った人は少ないであろうに残念であった。

苦労したのは、トラバース・ルート。細かい岩屑の急斜面を、アイゼンを付けて横断する。雨で湿った岩屑がズルズル滑るので長い時間に感じられた。8時30分ドルデンホルン・ヒュッテに到着した。ヒュッテで一休みの後、カンデルシュテークに下り、デューディンゲンに帰宅した。

ドルデンホルン遠望

エシネン湖畔で

マルティルートを攀じる

《Kolumne/Column/コラム》

(5)ヒュッテと宿泊

ヒュッテの宿泊料

アルプス登山では、朝の4時にはヒュッテを出発し、昼にはヒュッテに帰着する。従ってほとんどの山がヒュッテでの宿泊を必要とする。

ヒュッテは、通常ガイドが予約してくれるが、それがない場合は、自分で電話・ファックス・インターネットで申し込む。

料金はヒュッテにより異なるが、当時は、夕・朝食付きで一泊二日60～80 Sfr（約五千円）程度であった。今は少しアップしているようである。

ガイドは、専用に別部屋としているヒュッテが多く、宿泊費は普通半額で、客が負担する習わしである。

荷物の置き場所

ピッケルとアイゼンは、入口に専用の置き場がある。靴は下駄箱に入れ、上履きのスリッパを履く。

余分な持ち物は、専用の小箱に入れ、リュックサックとともに廊下に置いてベッドに入る。登山中も預けておき、下山後に持ち帰る。

メンヒス・ヒュッテで登山靴を替えられ、下のランクの靴でサイズが大きくて困った。ピッケルは注意していたが、油断大敵。以後、ガイドの靴とペアにして下駄箱に入れることにした。これなら履けないのでまず大丈夫である。

ホテル

ホテルは日本で予約しておいた方が賢明である。僕は、旅行代理店を通じて予約したが、三ツ星で十分である。

マッターホルンのような山は、天候を見極めて登山日を決めるので、ホテルは余裕をもって確保しておいた。登山日はホテルは不在になるが、余分な荷物の置き場所でもあった。

一般の旅行中のホテルは、場所にもよるが、ぶっつけで探すのも楽しい。自分の目で見て、設備・見晴らし・値段を確かめる。「Zimmer frei（空き部屋あり）」の札が出ている。

《Kolumne/Column/コラム》

早発ち早帰り

４時出発が常識で、モンブランのような時間のかかる山では２時にはヒュッテを出る。昼食は、頂上や見晴らしの良い所で「よっこらしょ」など論外で、ヒュッテに帰ってビールを飲んで寛ぐ。午後は雪崩・雷など危険が増すので、理にかなっている訳である。

全てが予約制でゆとりがあり、「食べたら寝る」のではなく、同席者とヒュッテの夜を語り合うのが、うらやましかった。

外国語は方言?!

１９９９年８月、ドルデンホルン（３６４３ｍ）に登るため、フリュンデンホルン・ヒュッテに泊まった時の経験。夕食後の語らいで、同席者と個別に会話することは出来るが、彼等同士の会話はさっぱり聞き取れない。

ドイツ語圏（ドイツ・スイス・オーストリア）の他、オランダ・ベルギー・フランス・イギリス・豪州などから来ていたが、ドイツ語・フランス語・英語をキーにして自由に話合う姿に、「君達はどうして、そう不自由なく外国語に慣れ親しむことができるのか?」と聞いたら、「日本地図を書いてご覧」――「細長いから、東西南北で言葉が違うでしょう。それと同じ、方言みたいなものですよ」と、いとも簡単に言われてしまった。やはり陸続きである彼等との地理的条件の違いなのか、生活態度の問題なのか。しゃくにさわるが考えさせられたものである。

フリュンデンホルン・ヒュッテでの語らい

ヒュッテのベッドルーム

四度目のアルプス　自由の身になって◎2000年8月

7月27日の定時株主総会で、十年間勤めた会社を任期満了で退任、自由の身となった。

8月1日、家族の見送りを受けて、ルフトハンザ機で快晴の名古屋空港を飛び立った。8月21日までの二十日間をスイスでの登山に当て、その後ドイツのミュンヘンに行って、八か月間ドイツ語を勉強する計画であった。

この年は、宇治山田高校の後輩加藤寿美さんにアルプス登山の同行を頼まれた。彼女は三年前マッターホルンを目指したが、同行者の落石事故で断念していた。今回がそのリベンジでもあった。

三年前マッターホルンの足馴らしに登ったブライトホルンに同行したが、この時は分からず、下山後のレストランで同じ高校と知り驚いた（以下の記述は、「スミ」とさせて頂く）。

前半の十日間をスミと同行することにし、ガイドをダヴィットに頼んでおいたら、親友のヘルベルト・ツビンデンを確保してくれた。有難いことである。

ルフトハンザ機は、フランクフルト乗り換えでチューリヒ空港に無事到着。ところが重大なトラブル発生。機内預けしたスミのリュックサックが未着となった

ヴァリス山群概念図は62頁を参照。

のである。登山で装備が無くては話にならない。方々へ電話を掛けさせるが、ラチが明かない。フランクフルトで間違えたようで、「モスクワか？はたまたアフリカか？」と言う始末である。これ以上は僕のドイツ語では歯が立たないので、ダヴィットに空港まで来てもらい交渉。日本大使館にも相談するが、どうしようもなく、ダヴィットの車でベルンのホテルに入る。

8月2日、ダヴィットが迎えに来てくれ、デューディンゲンの自宅に到着。衣類や登山用具の対策と、登山スケジュールの変更を相談する。5㎞南西にあるフリーブル市に出かけ、デパートと登山用品店で代替品を探すが、日本人にはサイズが合わず苦労する。特に靴はどうしょうもなかった。

フレッチホルン（3993m）8月6日雪崩を予知し断念

8月5日、ルフトハンザからは一向に連絡が無く、何時までも無為に過ごせないので、ダヴィットの母の靴を借りることにした。ヘルベルトが加わって出発する。足馴らしとして比較的やさしい二山を選んでくれた。ナーデルホルンの東方に位置し、標高2726mのヴァイスミース・ヒュッテまで、サース・グルントからロープウェイで行ける。

8月6日4時30分、雪の舞う中をフレッチホルンを目指した。前日ロープウェイから見た姿は、マッターホルンを小さくしたような山で、4000mにわずか

フレッチホルン

ラッギーンホルン

に足りない。視界ゼロで新たに今朝降った雪は30cm。雪は止みそうになく、8時55分雪崩の危険を察知し下山、ヒュッテに戻る。3600m地点であった。ダヴィットとヘルベルトが、ピッケルで雪面を掘って、時間をかけて雪の層の状況を見ていた。こんなところも学ぶべき点である。

ラッギーンホルン（4010m）8月7日登頂

スイス娘のキス

8月7日、4時30分にヒュッテを出て、広い石ころの沢をいったん北東に進んでから斜面を西へトラバース（横断）し、左手から北東に向かう稜線を登るルートである。沢の上部で雪が現れてアンザイレンし、7時傾斜がきつくなってアイゼンを付ける。稜線の上部で南斜面にルートを変え、快調に飛ばして8時30分頂上に着く。

ガスが半分覆っており、十分な眺望は得られなかったが、トラブルから逃れてやっと登頂出来たことが嬉しかった。暫くして三人組が登って来た。客は姉妹で、妹の方がダヴィットの知り合いだったので、彼に続いて僕の頬にキスを受ける光栄に浴した。

9時40分、スミ・ヘルベルト組が登頂。かなり遅れていたが、荷物のトラブルや借り物の靴などを考えると、よく頑張ったと言いたい。9時40分下山する。ガ

頂上のスイス人姉妹

ラッギーンホルン頂上

スの晴れた頂上を振り返りつつ、12時15分、ヒュッテに帰着する。
〔タイム＝上り4：00、下り2：35、計6：35〕難易度★★

ガストローゼンでのトレーニング　8月8日

今回も、ガストローゼンの岩場でトレーニングをしてくれた。昨年とは反対側の斜面だった。ダヴィットとヘルベルトの登攀技術は見事で、二人での連携プレーは息が合っておりほれぼれする。また、スミも各地の岩場へ数多く出かけており、岩登りの技量は相当なもので、安定した動きを見せてくれた。

荷物が戻る

夕方、スミの荷物がやっと戻って来た。ルフトハンザから連絡があり、ダヴィットが駅まで取りに行ってくれた。

リュックサックがズタズタになっていたが、中身を取り出して大丈夫なのにほっとする。ダヴィットがルフトハンザと再交渉してくれ、先方の費用で新品購入OKとなった。登る山を皆で協議。天候などからアイガーはあきらめ、スミのためにしっかりした山をと考え、ヴァリスのリスカムとモンテローザを登ることにし、ツェルマットに向かう。

カストール（4228m）8月10日登頂

岩登りのトレーニングを受ける

ガストローゼンの岩峰

登路でダヴィットの両親とクロス

8月10日から本格登山を再開。カストールは、ポリュックスと共にリスカムへの途上にある。9時、クラインマッターホルン頂上のロープウェイ駅を出発し、ブライトホルン南すその広い雪原を行く。10時50分、ポリュックスとカストール間の広い雪原で、反対方向からのダヴィットの両親たち四人のパーティーとクロスする。山中で知人に会うのは嬉しいもので、健闘を称え合い別れた。

12時30分頂上。斜面の登りはきつかったが、稜線へ上がると楽だった。12時45分下山し、13時肩のところでアイゼンを外す。「思ったより、大きく登りがいのある山だった」とスケッチブックにメモされている。

リスカムへの登路手前を南に下り、広大な雪原を駆け下って、13時55分イタリア領のクイッティノ・セラ・ヒュッテに入った。小屋一面の太陽光パネルに驚く。夕食の豪華さと赤ワインの美味さはさすがにイタリアである。

〔タイム＝上り3：30、下り1：10、計4：40〕難易度★

リスカム（4527m）　8月11日登頂

4000mでのゴルフ

ツェルマットから南を見ると、右から順にブライトホルン－ポリックス－カストールと続く国境稜線の4000m峰の連なりがあり、その左側に一際高く巨

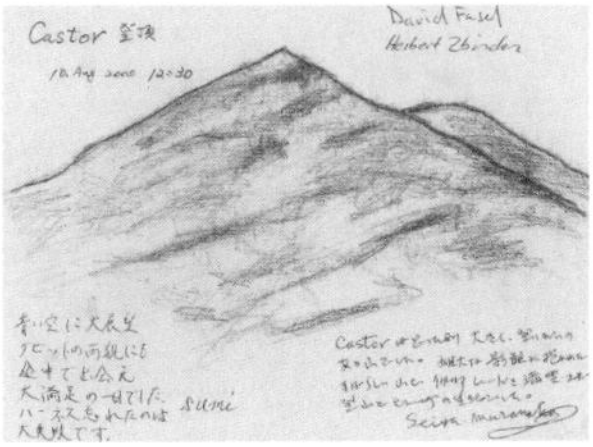

カストールのスケッチ

リスカムの北面

大な屋根型をした雪山が望まれる。リスカムは、登りたい山の一つであったが、奥まった所にあり後回しになっていた。

５時30分、ヒュッテの前でアイゼンを付け、アンザイレンして出発。カストールからリスカムへと続く主稜への登りはきつかったが、ダヴィットがゆっくり登ってくれる。６時55分主稜に出て休憩。

稜線を楽な気分で歩いて７時55分、リスカム西峰（４４７９ｍ）に着く。マッターホルンの眺めが素晴らしい。スミチームの到着を待ってすぐ出発する。西峰と東峰（主峰）とを結ぶ稜線は１㎞もあり狭い。雪庇《せっぴ》が左右に張り出しており、過去に事故が起きているので、慎重に歩行する。８時45分リスカム主峰到着。今日は余裕を持って登って来られた。好天の下、素晴らしい山々の眺望に酔い、指呼のモンテローザ主峰に息を飲む。衛星峰を含めたその巨大さに圧倒される。９時20分下山。

10時45分モンテローザとの鞍《あん》部のリスヨッホ（肩）で休憩、アイゼンを外す。強烈な日差しを受け雪上に寝転ぶ幸福感は何とも言えない。雪を固めてゴルフボールを作り、紺碧の空の下、モンテローザに向かい、ストックを逆さにして思い切りスイング。４１５１ｍの雪上で打つ気分は、最高であった。

11時20分下山。稜線を南に一気に下り、12時30分、イタリア領のモントヴァ・ヒュッテに入る。黒い屋根の新しいヒュッテで、ダヴィットが泊まってみたかっ

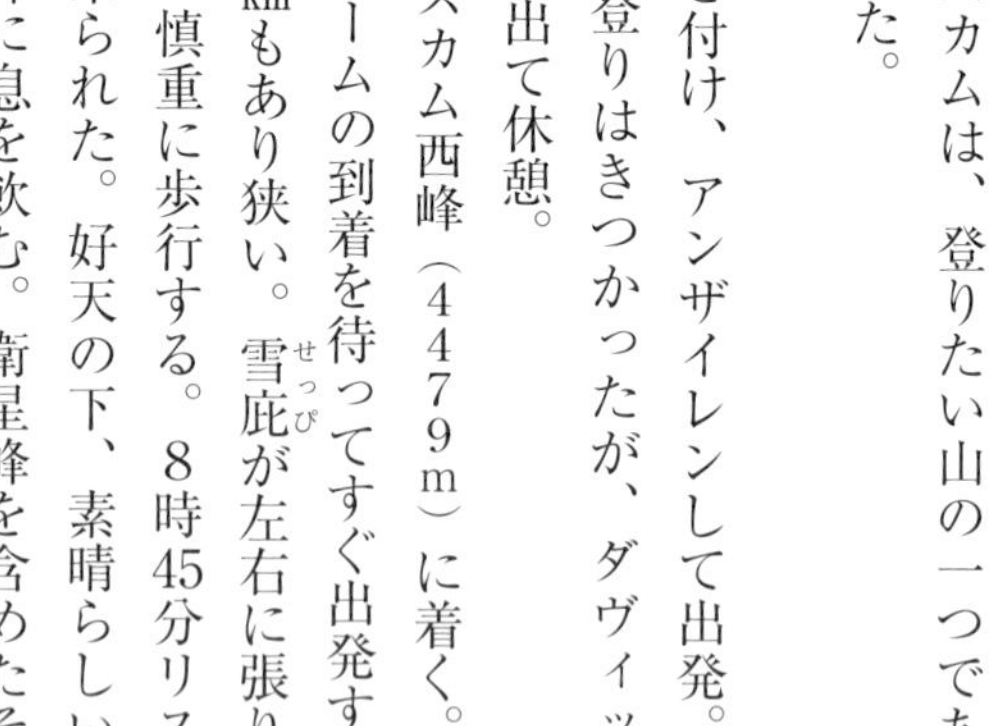
リスカム西峰から主峰へ向かう（後左がマッターホルン）

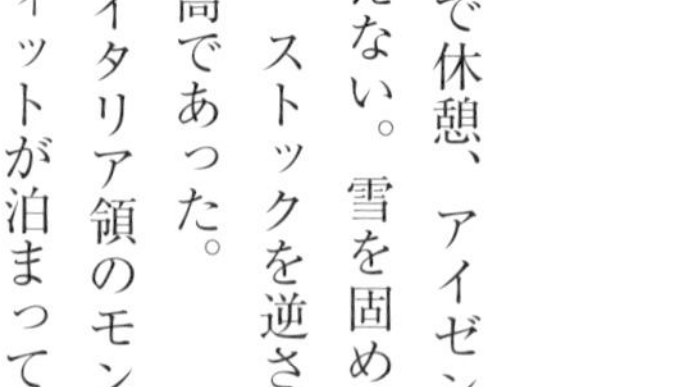
リスヨッホ（肩）で休憩

たと言うだけあって、豪華な夕食とビールで腹一杯になり、遅くまで歓談した。

〔タイム＝上り３：00、下り２：30、計５：30〕難易度★★★

ツムシュタインシュピッツェ（４５６３ｍ）　8月12日登頂

モンテローザは、スイス・イタリア国境にある巨大な山塊で、主峰のドゥフールシュピッツェがスイスの最高峰である。三年前に登ったが、僕にとっては重要な山―ダヴィットとの出会いの山である。今回、図らずもイタリア側から第二登することとなった。ツムシュタインシュピッツェは独立峰と見なされ、ドゥフールシュピッツエへの途中にある。

1時50分起床、2時30分ヒュッテの中でアンザイレンして出発。星空の下、広大なモンテローザ山群の雪原の真っただ中を登り、6時20分肩に達してアイゼンを付ける。この時日の出になり、辺りをうす赤く染めて行く光景に感激する。6時55分ツムシュタインの頂上に達して小休止する。

〔タイム＝上り４：25、（下りは主峰への上りに含める）〕難易度★★★

モンテローザ主峰（４６３４ｍ）◎思い出の山へ再び　8月12日登頂

7時05分出発。雪の稜線を下り、7時20分鞍《あん》部に達した。ここからが主峰への上りとなる。雪の稜線の登りながら、高度の影響もあり相当にきつい。しばらくして岩稜に変り、左側に巻く岩登りとなる。

モンテローザ主峰へ向かう

ツムシュタインの肩での日の出

モントヴァ・ヒュッテ

8時27分、ついに主峰ドゥフールシュピッツェ頂上に立つ。直ぐにスミ・ヘルベルトが到着し、四人で感激の握手を交わす。トラブルに見舞われ、また苦しい登りだっただけに、スミの喜びはひとしおと思う。

8時45分頂上を後にし、国境の岩稜を下る。9時30分肩に達してアイゼンを脱ぎ、ピッケルをストックに持ち替える。ここからは見覚えのある広大な雪原の下り、一気に駆け下る。クレバス帯と岩石ゴロゴロのモレーンを経て、12時20分モンテローザ・ヒュッテに到着して長い行程を終えた。

〔タイム＝上り（ヒュッテから）6：00、下り3：35、計9：35〕難易度★★★★

その日の夜は、ツェルマットのレストランに四人が落ち合い、お礼の夕食会としたが、四人のチームの解散会でもあった。

オーバーガーベルホルン（4063m）　8月14日登頂

8月13日、スミと別れ、いよいよ後半のダヴィットと二人での登山となるので、オーバーガーベルホルンとツィナールロートホルンを合せて登るコースを設定してくれた。

ツェルマットの駅前通の真中を西に入る小道がある。ひたすら北西に向かって登り続け、ロートホルン・ヒュッテに入る。

モンテローザ頂上からのマッターホルン

モンテローザ主峰頂上で

8月14日は3時30分に起床。4時10分ヒュッテ前でアンザイレン、北西方向に氷河上を行き、途中でアイゼンを付ける。岩稜に達してやさしい岩登りとなり、6時20分前衛峰のヴェレンクッペ（3903m）に達した。突然マッターホルンが顔を出しびっくりした。

雪の狭い稜線を南西に登り続け、9時37分頂上に立つ。背丈よりも高いキリストがはりつけになった十字架が立っていた。ツムット氷河を隔ててマッターホルンの北面と向き合うと、三年前の思いがよみがえる。マッターホルンの頂上で「いつの日か、あちらの山々に登れるだろうか?」―マッターホルンを北側から眺められた喜びは、ひとしおであった。しばらくして二人連れが登って来たので、カメラのシャッターを頼んだ。

10時07分下山する。頂上から北西側に走る急傾斜の雪の稜線を下る。稜線からモンテ氷河への下り口が荒れており難儀する。氷河を北西に歩いて右岸に登り、14時20分高みに建つフランス語圏のモンテ・ヒュッテに入る。

〔タイム＝上り5：25、下り4：10、計9：35〕難易度★★★★

ツィナールロートホルン（4221m）　8月15日登頂

赤い巌の巨人

西側のモンテ・ヒュッテから眺めるツィナールロートホルンは、東側から

オーバーガーベルホルン頂上からのマッターホルン北面

オーバーガーベルホルン

とは異なる三角形のギザギザした山容。「ロート」は、ドイツ語で「赤い」を意味する。

3時20分起床し、4時にヒュッテを出発する。岩石ゴロゴロのモレーン上を東北東に向かい、5時雪原となったのでアイゼンを付け、アンザイレンして登る。途中背後を振り返ると、黎《れい》明のダン・ブランシュ（4356m）の肩に満月が沈もうとしていた。

6時25分雪の主稜線に達し南に向かう。7時15分雪が終り岩のナイフリッジ（刃のような稜線）となる。ここからが本格的なロッククライミングとなり、3級程度だが、アイゼンを付けたまま、垂直に近い岩の上り下りを繰り返し、9時25分頂上に立つ。

この山が今年の正にハイライトで、マッターホルンより難しいと思えた。マッターホルンはヒュッテを出て直ぐに岩に取り付くのに比べ、こちらは2時間余りのモレーンと雪面登攀で体力を消耗する。ダヴィットも同感と言い、両側が切れ落ちた4000mの高所での岩登りは、スリル満点であった。

10時、反対側の南東稜を下山する。ビナー・スラブ（平坦な岩）から東面のクーロワール（岩溝）へ下りるルートは、厳しいクライムダウン（背面下降）と懸垂下降の連続で、途中のオーバーハング（覆い被さった岩場）でバランスを崩し宙吊りになってしまった。ダヴィットの姿は見えないし、ぶら下がったままの不安感。暫くして「揺すれ！」の声にブランコこぎを繰り返す。やっと岩をつかむことが

ツィナールロートホルン頂上で

頂上直下で

モンテ・ヒュッテからのツィナールロートホルン

出来てほっとした。

やっとの思いで雪原に下り、ゆるんだ雪の上を歩いて、13時45分ロートホルン・ヒュッテに戻った。二つのヒュッテと二つの山を、菱形に結んで一回りしたことになる。

君はスーパーマン！

ヒュッテでは、美人の従業員が笑顔で迎えてくれ、フランス人の夫婦に話しかけられる。年齢を聞かれて「六十一歳」と答えたらびっくりし、「君はスーパーマンだ！」と言って、一緒の写真をせがまれた。
〔タイム＝上り5：25、下り3：45、計9：10〕　難易度★★★★★

フィンスターアールホルン（４２７４ｍ）　8月19日登頂

氷河歩きの果てのベルナー最高峰

フィンスターアールホルンは、ベルナーオーバーラント山群の最高峰であるが、奥深い位置にあるために、ふもとのグリンデルヴァルトからは見えない。

8月18日、ユングフラウヨッホを出発し、長大なアレッチ氷河から支流のグリュネックフィルンに入り、5時間40分の果てしない氷河歩きの末、標高３０４８ｍに建つフィンスターアールホルン・ヒュッテに着いて一泊する。

ダヴィットと美人従業員　背景はツィナールロートホルン

フランス人夫婦とロートホルン・ヒュッテで

8月19日、4時に起床し4時45分に出発する。ヒュッテ裏手の石のゴロゴロした斜面を沢に沿って登り、上部の氷河に達してアイゼンを付ける。6時20分稜線に達し、稜線を暫く登って反対側の氷河に降りる。再度氷河を登り、北側から斜面に取り付く。雪と岩のミックスした斜面を慎重に登り、8時45分漸く頂上に達した。

風が強く猛烈な寒さが全身を襲う。ガスで十分な眺望が得られなかったが、分厚い雪に覆われたアレッチホルンが手に取るようで、三年前からの願いがかなない、ベルナーオーバラント最高峰の気分は格別であった。

9時に下山を開始し、11時30分ヒュッテに帰着。昼食後再び氷河に降りて、長い道程を戻り、グリュネックフィルンとアレッチ氷河との分岐点に建つコンコルド・ヒュッテに一泊する。はるか上方の高みに建つので安全と思うが、長い鉄の階段が大変。新しく建て替えたので、ダヴィットが一度泊ってみたかったと言うが、内部は快適で、長大な氷河を見下ろす見晴らしは最高であった。

〔タイム＝上り4：00、下り2：30、計6：30〕難易度★★★★

8月20日、長い階段をアレッチ氷河に下り、嫌になるほどの氷河歩きの末、やっとの思いでユングフラウヨッホに到着。ダヴィットの両親の待つデューディンゲンの家に着いたのは夕方だった。

フィンスターアールホルン頂上で

フィンスターアールホルンのスケッチ

《Kolumne/Column/ コラム》

(6) 岳友たちに励まされて

四度目のアルプス行きは、八か月間のミュンヘン語学留学を控えていたので、多くの方が歓送会を催して励まして下さった。老年留学ながら、高校卒業時のような気分に包まれていたので、とても嬉しく、記録に留めておきたい。

日本山岳会東海支部では、小川繁さんの呼び掛けで、有志が集まって歓送会を開いてくれた。「支部友会」で苦楽を共にした、加藤守彦・加藤和子・市川義行・松本陽子・山中光子・山田和子の皆さんの壮行会は嬉しかった。

日本山岳会同期の浜田好子さんに水畑靖代・田中太門さんが加わり、東三河の本宮山へ壮行登山を計画してくれ、砥鹿神宮奥宮で登山の安全とドイツ語の上達を祈願した。

名古屋市東区の小ホール「プチパリ」では、シャンソン歌手の加藤えい子さんが、さだまさしの「風に立つライオン」を歌って励ましてくれた。

帰国の歓迎会と報告会

帰国後には、「東海銀行山岳部OB会」や銀行OBの「東友会」、同期の「燦々会」の有志で、体験談の報告会を行ってくれ、土産話を喜んでくれた。

四月末には、吉田俊紀・市川・松本・山中の皆さんで、霞沢岳への帰国登山を計画してくれ、雪の徳本峠小屋での祝酒が美味しかった。

雪の徳本峠小屋での歓迎会

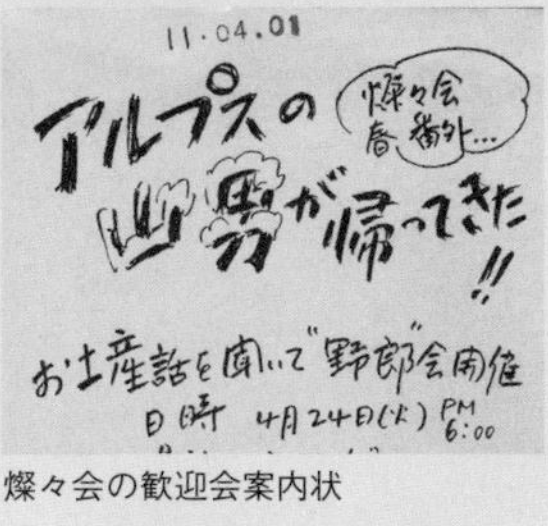

燦々会の歓迎会案内状

五度目のアルプス　◎2001年9月

初めてのベルニーナ山群へ

スイス東南部のイタリアとの国境沿いにベルニーナ山群がある。主峰のピッツ・ベルニーナの４０４９ｍを除いて３９００ｍ以下であるが、その重厚さと美しさは他に引けを取らない。

グラウビュンデン州に属し、ダヴィットがここのガイド養成学校出身だったので、一度は訪れてみたかった。併せて、半年前に終えたミュンヘンの語学学校を訪問し、級友たちとの再会も果たしたかった。

今回の休暇は、８月22日から９月13日までの三週間、初めてＫＬＭ機を利用してチューリヒに入る。列車でデューディンゲンに向かい、ダヴィットの出迎えを受ける。

昨年は９月が好天続きだったと言うので、８月24日から29日までにドイツ再訪を済ませてからにしたが、降雪に見舞われ、大きく計

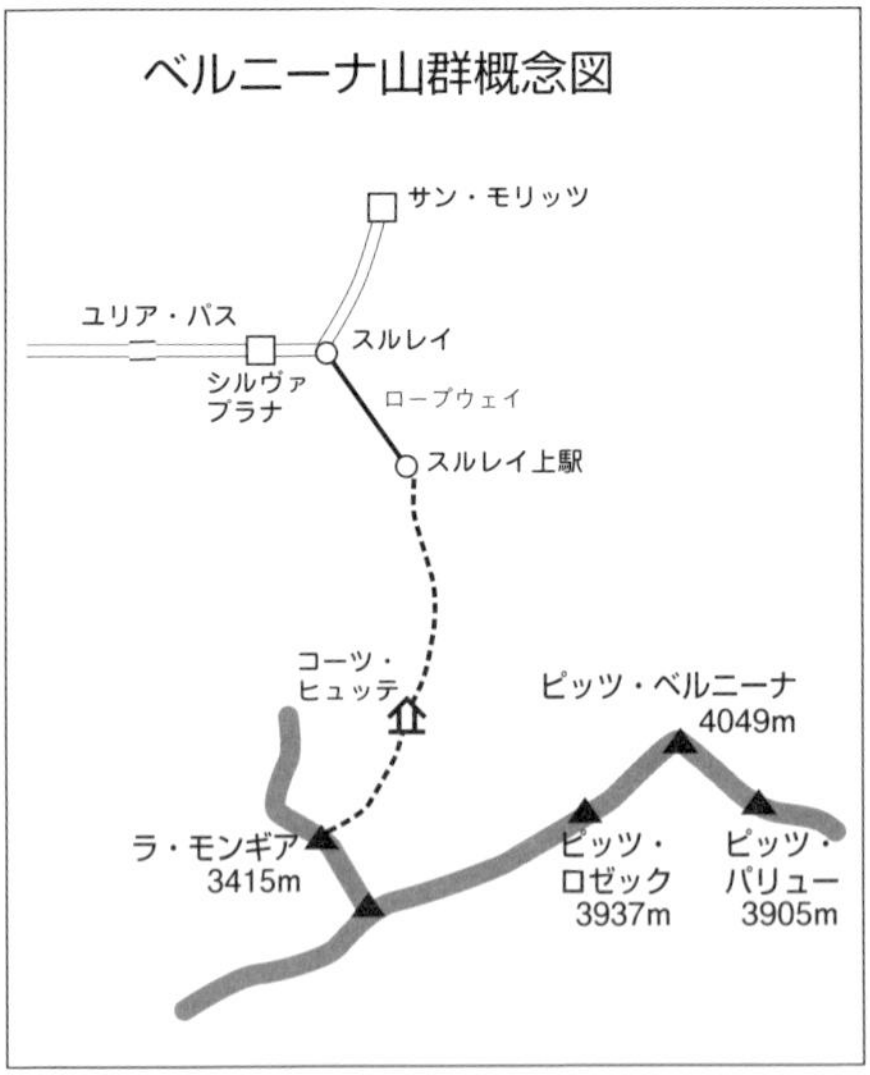

コーツ・ヒュッテへの尾根道で

ピッツ・ベルニーナ（コーツ・ヒュッテへの登路から）

画を阻害されてしまったのが残念である。
9月2日ダヴィットの車で東方に向かい、ユリア・パス（峠）からサン・モリッツ南のシルヴァプラナに入り、橋を渡ってスルレイでロープウェイに乗って上の駅へ。南方に向かう尾根道は緩やかで、左手のロゼック氷河の上方高くそびえるピッツ・ベルニーナやピッツ・ロゼックの雄姿を眺め、尾根の南端に建つコーツ・ヒュッテに入る。

ラ・モンギア（3415m）9月3日登頂

手始めに選んでくれたラ・モンギアは、鋭利な円錐形の山で、ピッツ・ベルニーナからの国境稜線西北6㎞の支稜上にある。6時40分出発、ヒュッテ右手のモレーン上を南西に行く。なだらかな雪面は間もなく45度程の傾斜となり、円錐基部に達する。西側の急斜面に取り付き、雪と岩のミックスに難儀するが、10時10分頂上に立つ。

三六〇度の眺望は素晴らしかった。初めて目にする東部アルプス、イタリアとオーストリアとの国境に延びる重畳たる山並みに圧倒される。ダヴィットはのんびりしたもので、リュックサックを枕にして寝てしまったので、ゆっくり眺望を楽しむことが出来た。

〔タイム＝上り3：30、下り1：55、計5：25〕難易度★★★

コーツ・ヒュッテ

ラ・モンギアに向かう

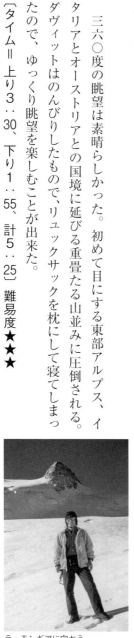

ピッツ・ベルニーナ（4049ｍ）　9月4日断念下山

4時40分、ダヴィットに起こされた時には天候が悪化しており、8時にあきらめて計画変更、ヴァリスに向かうことにする。下山途中雨が本降りとなり、更に雪に変わり苦労したが、10時30分スルレイの上部ロープウェイ駅にたどり着いた。

新装のブリタニア・ヒュッテへ　9月5日
◎ダヴィットの30歳の誕生日を祝う

9月5日は、ダヴィットの30歳の誕生日。二人で祝うために、夕方新装なったブリタニア・ヒュッテに入る。ヒュッテの従業員やガイド仲間が加わり、さらに訓練登山で来ていたスイス陸軍の幹部も一緒になって、大いに盛り上がり深夜まで騒いだ。

アラリンホルン（4027ｍ）　9月6日登頂

少し難度のあるホーラウプ稜（東稜）を登ることにし、5時20分アンザイレンしてヒュッテを出発する。広大なホーラウプ氷河上を登っていると、6時20分に太陽が出て、これから向かうアラリンホルンが朝日に輝き、上空の白い月とともに見応えがあった。

ブリタニア・ヒュッテ

ホーラウプ稜を登る

7時20分稜線に出て小休止、8時に第1峰、9時15分第2峰のピークで小休止する。素晴らしい眺めで、シュトラールホルンのなだらかな山容とシャープなリムピッシュホルンが手に取る位置で、ヴァリス全山と、右手はるかにモンブランが眺められた。10時25分頂上。直下の登りが氷結している所と、岩が露出している個所があったが、難なく登れるコースである。しかし、二日酔いの体には少々きつかった。

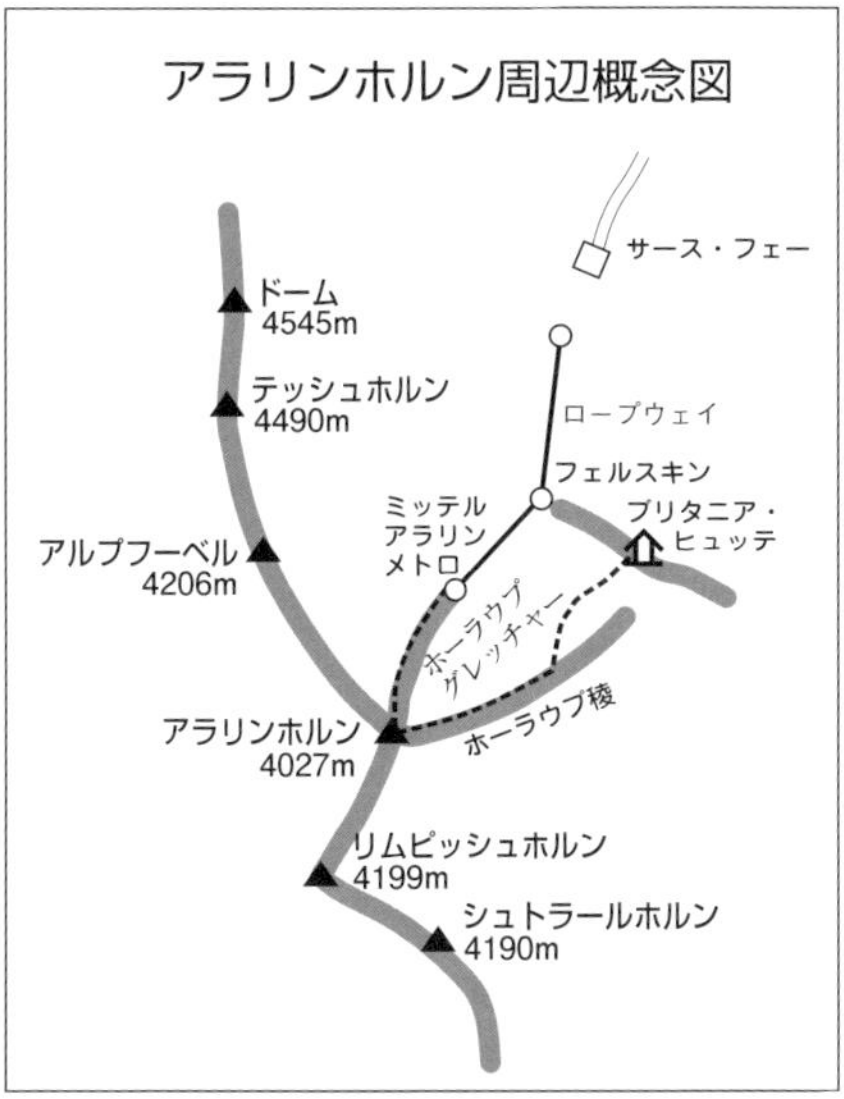

10時30分頂上を後にする。下りは西面の一般ルートにしたので、至って簡単だったが、さすがに大勢の人が登って来る山である。彼らを避けて脇の雪面を駆け下り、11時45分ミッテルアラリンのメトロ駅に着いた。

〔タイム＝上り5：05、下り1：15、計6：20〕難易度（東稜）★★（西面）★

ダン・ブランシュ（4356m）　9月7日断念

9月7日、最後にマッターホルンの西北にそびえる岩の殿堂ダン・ブランシュ

アラリンホルン頂上で

アラリンホルンの朝焼けと白い月（左がホーラウブ稜）

に登るべく、シオンから南下してフェルペクルの登山口に来るが、車のバッテリーのトラブルを抱えており、帰途が心配であきらめ、この山の西南にあるモンブラン・ドゥ・シェヨンを登ることにした。

フランス語で「シェヨンの白い山」を意味し、名前に引かれて選んでしまった。レ・ゾデールまで戻り、分岐を南進してアローラに入り駐車。長い道程を歩いて18時フランス語名のヒュッテ、キャビン・デ・ディス（２９２８ｍ）に着く。

モンブラン・ドゥ・シェヨン冬峰（3827m）　9月8日登頂

7時30分にディス・ヒュッテを出発。しばらく尾根上を南下して氷河に出て、これを登って東西に走る稜線に達した。コール・ドゥ・シェヨン峠（３２４３ｍ）である。ここから稜線を右に巻いて登る。深雪と強風に難儀し、最後は稜線上を登るが、猛烈な風の中で、新雪の下の硬雪が透けて見え、亀裂が幾筋も走っておりキモを冷やす。

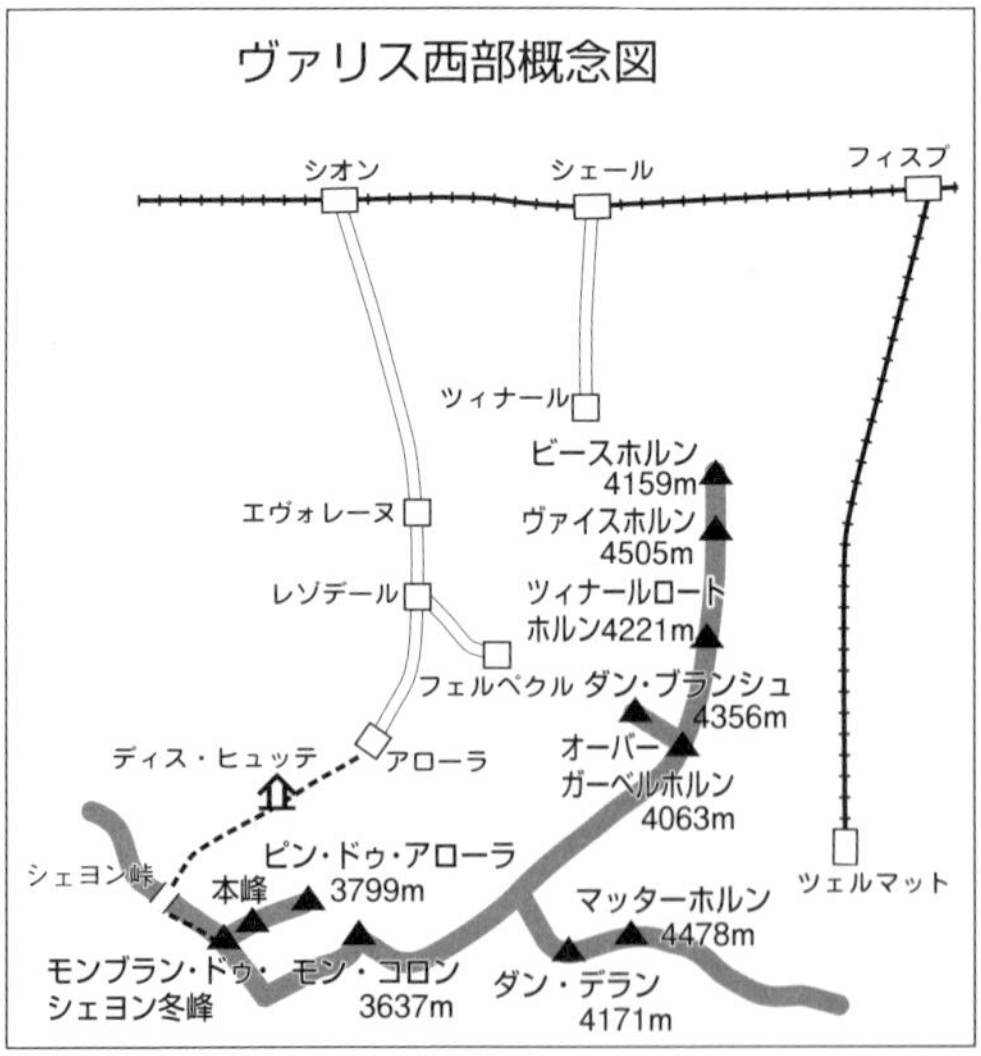

モンブラン・ドゥ・シェヨンとディス・ヒュッテ

シュトラールホルン

10時40分、やっとの思いで南北に走る主稜に達し、氷結した岩を登ってピークに立つ。ここがヴィンター・ギプフェル（冬期頂上）で、スキーツアーはここまで来るというが、夏でも困難なルートである。ゾマー・ギプフェル（夏期頂上）3869mは、稜線上を更に北東に30分行かねばならない。猛烈な風は止みそうもなく、思い切ってあきらめ、写真だけ撮って下山。慎重に下って、12時40分ヒュッテに帰着した。

〔タイム＝上り3：10、下り1：55、計5：05〕難易度★★★

モン・コロンの尖鋒を東方に見る

夏期頂上を見る

冬期頂上に立つ

《Kolumne/Column/コラム》

(7)名ガイドを得て

ドイツ語の威力

五年掛けた計画の中で、岩登り・体力トレーニング・ドイツ語を同等に考えて実行したことは正解であった。現地ガイドの二人とも、会って真っ先に聞かれたのは、経験や登山技術のことではなく、「Can you speak English ?」であった。「Can not」と答えると、実に困ったという顔をされた。しばらくして「ドイツ語なら少し話せるが」と答えると、「変わった日本人が来た」という顔をされるが、すぐに「グート！」となり、その後の展開を思うと、ドイツ語をかじっておいて良かったとつくづく思う。

ガイドは英語が必須だが、親密化においてドイツ語にはかなわない。二年目からはずっとダヴィットの世話になって来たが、ドイツ語が名ガイドを得る武器になった。更に両親・兄弟・親戚・友人へと交友の輪が広がり、家に入り込んで家族同様の扱いを受けるに至った。

ダヴィットへの支払い

二年目のダヴィットへのガイド料は、リムピッシュホルン帰途のゴンドラの中で支払った。三山で2100Sfr（約十四万円）と言う。五日間拘束して命懸けの仕事である。車がなければ「一週間で三山」は無理な話。ガソリン代をどうしても取ってくれないので、「去年と合せて、4000m峰を十山登れたお礼だ」と言ったら、やっと200Sfr（約一万三千円）受取ってくれた。「君は銀行員だから」と言って札を数えないので、目の前で銀行流に数えて最後にパチンと札を鳴らしたら、目を丸くしていた。

三年目からは、一日当たりでの支払いとなった。僕のために体を空けてくれているので、登らない日を含めての料金とし、彼の家での宿泊・飲食費はタダで、ガソリン代も彼持ちとなった。

ガイドのすごさを見る

何度となくガイドのすごさを見せ付けられた。それは、ひっきりなしに天候を読み、絶えず情報を収集して、先へ先へと判断して行くことである。

雪上では必ずアンザイレン（確保のためにザイルで結び合う）する。至る所・思わぬ所にクレバスが潜んでいるからである。クレバスの存在を察知し、割れ目の方向・状況を読み取る能力にびっくりする。

更に、客への心配りとリードは実に的確で、転んでもこちらがピッケルを打ち込む前にザイルがピンと張っており、「こん畜生」と思うことが度々である。

自分の意見を！

一方、こちらの意見をよく聞いてくれる。1999年8月ドルデンホルンを途中であきらめた時、僕が「君の方針に従う」と言ったら、「二人で一チームなんだから、自分の意見を言わなきゃだめだ！」とたしなめられた。

パタゴニアの難峰を

ダヴットから、「ナショナル・ジオグラフィックの日本版を買って持って来てくれ」と依頼があったので、五冊購入して持参した。

『南米パタゴニア冬の氷壁に初挑戦』と題して、ダヴィットたち四人の快挙が、2000年3月号にメイン記事として、16ページのグラビアで掲載されていた。

南米パタゴニアのアルゼンチン領の針のような鋭鋒セロ・トーレ（3102m）の登頂例は少なく、冬季の西壁の初登頂の記事である。日本での取り上げ方に大変喜び、仲間に届けるのに同行した。

(8) 登山用語について

登山用語の多くはドイツ語なのは嬉しいが、省略語のために現地では通用しないものもあり、きちんと理解しておきたい。

アイゼン（鉄）→**シュタイクアイゼン**（登山用鉄具）が正しい。

シュラーフ（寝る）→**シュラーフザック**（寝袋）と言わないとおかしい。（英語：sleeping bag）

アンザイレン→ an アンは「接触・結合」の接頭語で、確保のためにザイルで結び合うこと。外す時は aus アオスと言う。

アプザイレン→ ab アプは「離れる・出発・下へ」の接頭語で、懸垂下降のことを言う。

六度目（三年振り）のアルプス　◎2004年7月

　1997年8月の初登山から、七年が過ぎた。毎夏アルプスへ出掛けることを老後の励みとしていたが、この歳になると、仕事や家庭や老いた母の介護で思うようにならないのが人生の常である。そんな訳で、六度目のアルプス行きは三年振りであった。

ヴィゲッテ・ヒュッテに向かう　7月11日

　マッター谷を挟んだヴァリスの西側の山脈を更に西にたどると、3000mクラスの山並みが何本も走っている。その中の秀峰ピン・ドゥ・アローラを選んでくれた。ここはフランス語圏で、山名もフランス語である。

　ローヌ川畔のシオンからエレン谷沿いに南に上り、最奥のアローラに車を停めて登る。氷河上の雪面歩きでくたびれた頃、ヴィゲッテ・ヒュッテに着く。3157mの氷河最上部の肩に当る岩棚の上に建ち、ここなら安全である。

さすが山国の子！

　登山者は少なく、地元の小学校高学年のグループを親達が連れて来ていたのが珍しかった。日本で言えば子供会だろうか、皆ピッケルを持ちアンザイレン（ザイルで結び合い万一に備える）して、「さすが山国の子」と思わせる。

ヴィゲッテ・ヒュッテ

地元の小学生

ヴァリス西部概念図は94頁を参照。

ピン・ドゥ・アローラ（3790m）7月12日 途中で断念

一面の霧は12時に少し日が射すが、皆下山して行った。どうしても登りたくて、濃霧の中を40分ばかり登るが、上部で様子を探っていたダヴィットから「この霧では、見通しが利かず雪面下のクレバスが判別出来ない」と声が掛り、あきらめることにする。物すごい傾斜の下りは、アイゼンを利かせても大変なのに、ダヴィットはアイゼン無しで、僕を確保しながら平気で下って来るのにはびっくりした。

16時車に戻り、アローラの村に入る。花を一杯に飾った二つ星のホテル・グラシアに決める。ヒュッテで一緒だったスコットランドのペアも泊まっており、ビールをご馳走して歓談した。

ビースホルン・ヒュッテへ　7月13日

ビースホルンは、マッター谷の西側の最北の4000m峰で、ガイドブックには、「雪に覆われたなだらかな山」となっているが、ヒュッテまでの行程を考えると、そんなに簡単な山ではない。登路は西側のアニヴィエール谷からなので、一度シオンに戻り、ローヌ谷東のシェールから南下してツィナールに入る。こんな所にも人々の営みがあることに感心する。

羊の糞にまみれる

川沿いの車道を上流に向かうが、登山口の標識が分からず、羊飼いのルートに

ピン・ドゥ・アローラ

岩尾根のマリア像

迷い込んでしまった。雨が降り出し、道はぬかるみ、羊のフンを踏み付けての登りは、なんとも不快でしんどかった。雨はアラレになり、さらに雪に変わった頃、やっと登山ルートが見えた。

ダヴィットは先に行ったので、マイペースで登るが雪は止みそうにない。左の岩尾根の窪みにマリア像が祀《まつ》られていたので、思わず明日の好天を祈る。積雪が多くなり傾斜が急になった頃、上方から口笛がしてダヴィットの姿、はるか上方にヒュッテが見えた。やはり心配してヒュッテ前で待ってくれていた。必死の思いで登って18時10分ヒュッテ着。悪天で薄暗くなり、疲労こんぱいであった。

ヒュッテからのビースホルン

日本からの四人

18時30分夕食。ヒュッテはかなりの登山者で、その中に男女四人の日本人が居た。ガイド無し登山で、ベルナーアルプスのフィンスターアールホルンを目指したが、長大な氷河歩きの危険からあきらめてこちらに来たとのことである。

ダヴィットがこのヒュッテのシステムを説明してくれた。「目覚まし時計」は禁止で、登る山に応じて起床時刻が決っており、ヒュッテの係りが起こしてくれる。そう言えば張り紙がしてあり、「ヴァイスホルン2H、ビースホルン5H、ディアブロンス6H、テトゥ・ドゥ・ミロン6H」となっている。

ビースホルン（4159m）7月14日登頂

ビースホルン・ヒュッテでひげの老ガイドと

4時55分起床、5時55分出発。外はまだ暗いが快晴、ヘッドランプの明かりで広大な雪原をひたすら西方目指して進む。6時55分尾根手前で小休止し、風が強いのでヤッケを着る。朝の光が射し始め、周りの山々を染めてゆく光景は、荘厳で幻想的である。先行していた四人パーティーは、白ひげの老ガイドが三人の客をリードしており、おしゃべりする。

老ガイドを追い越して出発、尾根の上りにかかると、周りの景色がよく見え、日本人四人がはるか右方の高みをゆっくり進んでいる。「随分早く出たはずなのに」と言ったら、ダヴィットが「埋もれたクレバスが不安なので、上からガイドの行く方向を見ているのだよ」ということであった。

7時35分尾根上で小休止。二つのピークがあり北峰の方が高いとのことで、北に進路を取り、深雪の尾根西側の斜面を巻く。深い雪に難儀して体を持ち上げ、いったん右に回り込んで、9時45分頂上に立つ。一番乗りである。握手にダヴィットへの感謝を込める。

三百六十度の感激の眺望、懐かしい山々に見とれる。ヴァイスホルンの鋭鋒をバックに写真を撮っていたら、他の数パーティーが登って来た。僕達がトレース(踏み跡)を付けたので、皆楽だったはずである。日本人の四人が登って来たのを見てダヴィットは、「彼らの技量はなってないよ」と言う。気が付かなかったが、ずっと彼らの動きを見ていたようである。

10時45分頂上を後にし、往路を下山する。下りは楽なものである。思い切り雪

幻想的なビースホルンへの雪原

ビースホルン頂上で（バックはヴァイスホルン）

を蹴散《け》らし、一気に駆け下る。広大な雪原を存分に見回して味わい、11時30分ヒュッテに着く。

12時30分下山、下りのスピードは速い。振り返ると、好天の空にビースホルン・ヴァイスホルン・チナールロートホルン・ダンブランシュの4000m峰の迫力に圧倒されそうである。岩の中のマリア像と農作業小屋を過ぎ、13時25分沢の畔で小休止する。ここからは安心なので、ダヴィットは先に下って行く。15時ツィナール着。ダヴィットが車を下の駐車場から回して待ってくれていた。

15時30分、ダン・ブランシュに向けて出発。シエールに出てシオン経由でエレン谷を南に上り、またレ・ゾデールの村に戻り、風呂のあるホテル・レゾデールを見付け、二日間の疲れをいやす。

〔タイム＝上り3：50、下り0：45、計4：35分〕難易度★★

ダン・ブランシュ・ヒュッテへ

ツェルマットを訪れゴルナーグラート方面に行かれた方は、マッターホルンの右奥に、ちょっとかしいだ牙《きば》の形をした鋭い岩山をご存知であろう。ダン・ブランシュである。三年前に登山口まで来て車のトラブルであきらめた山である。

レ・ゾデールから沢沿いの道を走り、フェルペルクの集落を過ぎて、山沿いの細い道を上った道路脇に駐車する。11時20分出発し、緩やかな登りが傾斜を増した所で、12時45分台地に出た。四階建ての石造りの閉鎖されたホテル前で昼食に

ダン・ブランシュ（モンテローザから）

閉鎖ホテル

する。

傾斜のゆるい草地の道を行くと、左上方に旗雲を長くなびかせたダン・ブランシュの勇姿。道はだんだん傾斜を増し、石ころ道から雪渓そして岩尾根と繰り返す長大なルートでだんだん疲労が増す。うんざりした頃、枝尾根の中腹に建つダン・ブランシュ・ヒュッテが見えた。17時15分ヒュッテ着。実に6時間の長丁場であつた。

標高3507mに建ち、スイスでは最も高所にある小さなヒュッテで、主の四十代後半の女性がカトマンズから来た青年と二人で切り盛りする。帽子や絵葉書を買ったら喜んでくれた。女主人はフランス語だが、ドイツ語も少し話せる。ネパール青年はまったく駄目であるが、日焼けした人懐っこい笑顔が好意的であった。

ダン・デランに息をのむ

宿泊客は八人だけで、スコットランドからの青年二人と我々とが登山客で、もう一組は男性一人に女性三人のグループで、ヒュッテまで登って一泊、明日下山する客である。ここまで登って来るのは大変だろうと思うが、スイスではこういう客は結構多い。

20時15分夕食後の歓談の席で、四人のグループの歓声に南の窓外を見ると、雪を厚くまとったマッターホルン西方のダン・デラン（4171m）の夕日を浴びた見事な姿に息をのむ。皆で思わずテラスに飛び出した。これがあるか

ネパール青年と女主人

ダン・デランに息をのむ

ら、ヒュッテまで来るだけで満足するのが理解出来た。

ダン・ブランシュ（4356ｍ）7月16日登頂

マッターホルンの北西面を見る

4時好天に飛び起きる。急いで朝食を済ませ、ヒュッテの中でアンザイレンして5時05分出発。ヒュッテ背後の岩稜に取り付いて東に登るうちに明るさが増し、ヘッドランプを岩の窪みにデポする。5時55分雪稜となり、左にトラバース（横断）気味に登ると、３７０３ｍの主稜に達した。

ここから主稜を北上し、6時35分第一のピークを越えるとコル（鞍部）となる。第二のピークは左側を巻いて稜線上に戻ると、右側に突然マッターホルンが顔を出す。東側から見るのとまた違った美しさに打たれる。マッターホルンの北西面の姿は、ここへ登らないと見られないので貴重である。

すっかり雪稜となったのでアイゼンを付ける。クラスト（氷結）した雪にアイゼンの爪が心地良い。7時丁度に日の出を迎え、マッターホルンが朝日に輝く。

7時35分最初のツルム（岩峰）を左に巻き、次のツルムは右に巻いて攀じる。三つ目のツルムとジャンダルムと呼ばれる四つ目のツルムは左斜面を直登する。雪の混じる岩場は垂直に近いが、それ程困難ではなかった。3級程度で4級混じりと思われる。8時05分コルに達して初めての小休止。熱い紅茶とチョコレート

マッターホルンの北西面を見る

頂上への稜線で

が美味しかった。ここからは細い雪稜、しばらく登ると先行していたスコットランドの二人組が下山して来た。

8時30分頂上に着く。ダヴィットが固い握手で祝ってくれた。3時間25分で登れ、通常4時間から6時間を要すると言われているので、早かったと褒められるが、全てダヴィットの安全で素晴らしいリードのお陰である。左右と北側はすっぽりと切れ落ち、スリル満点である。大きな十字架が立っており、マッターホルンは生憎ガスの中だったが、北方のヴァイスホルンと西方のモンブランが圧巻であった。ダヴィットにザイルで確保してもらい、写真を撮り四方の4000m峰を飽かず眺めた。

ヴァイスホルンをバックに

9時05分頂上を後にする。四つのツルムの下りはさすがに厳しかったが、懸垂下降の支点の鉄柱が随所に打たれており、またダヴィットの巧みなリードで順調に下ることが出来た。ダン・ブランシュも、登りより下りに時間を要する山である。岩の窪みにデポしたヘッドランプが無くなっておりおやと思う。14時丁度にヒュッテに帰着した。ヘッドランプは、スコットランド人が持ち帰ってテーブルに置いてあった。(何とも不思議?!)

大雪原の尻セード

早く下山できたので、もう一泊の予定を変更し、昼食後の15時に下山する。登

頂上で：モンブランを見る

りに苦労した大雪原上部の急斜面でスリップして尻餅をついたのを契機に、そのままシリセード（尻滑り）で飛ばす。春の富士山では何度も経験したが、アルプスでは初めて。クレバスの心配がないので、ダン・ブランシュを何度も仰ぎ、大雪原を滑り降りる爽快感は何とも言えなかった。

途中雷に遭遇する。アルプスの雷はものすごい。巨大な谷のルートなので、雷鳴が左右の尾根に反響し、大音響となって襲ってくる恐怖感といったらなかった。18時駐車場に着き、21時デューディンゲンに帰着する。

〔タイム＝上り3：25、下り4：55、計8：20〕難易度★★★★★

帰途の岩小屋

旗雲なびくダン・ブランシュ

七度目（最後）のアルプス　◎2008年7月

アイガーに今年も拒まれ仰ぎ見る
　指呼の勇姿に時を忘れて

十余年恋し登りてアルプスは
　ヴェッターホルンが最後の山に

グリンデルヴァルトで列車を降り駅頭に立つと、まず正面にアイガー北壁が目に飛び込んで来て圧倒される。反対側の東北に目を向けると、切り立った岩壁の上にとんがり帽子を頂いたような特異な岩山が望まれる。ヴェッターホルンである。教会の塔を前景にしたこの山の姿は美しく、絵葉書やスケッチの定番である。

１９９７年から続けて来たアルプス登山は、四年振りに再開した。しかしその後の交通事故で登山は諦めざるを得なくなり、冒頭の拙首となった。ヴェッターホルンは登りたかった山で、その頂から仰ぎ見たアイガーの雄姿は、今も鮮明である。

7月19日の中部空港からのルフトハンザ機は、隣席の青年、永渕博志さんと波長が合い話が弾んだ。チューリヒからベルン乗り換えの特急でフリーブルに向か

チューリヒ駅で　スイス国鉄 SBB・永渕博志さんと

グリンデルヴァルトからのヴェッターホルン

う。列車の車内放送を聞くと、どっと懐かしい気持ちに襲われ、「この景色・この香り・この響き… スイスにまた来たんだ!!」という思いがあふれる。

フリーブル駅にはダヴィットが迎えてくれ、久し振りの再会を喜び合う。デューディンゲンの家では、ダヴィットの父のチャールズと母のエリザベートが温かく迎えてくれ、夕食を共にする。ダヴィットは、伴侶が出来てシオンに移っていたので、彼のベッドを僕に与えてくれた。

シュパルテンホルン・ヒュッテへ

7月21日

アイガーは、天候が安定せず今年も駄目だったので、シュパルテンホルンを選んでくれた。ダヴィットには他の予定が入っていたので、ガイドにヘルベルトの弟のベアートを頼んでくれていた。

ベアートとシュパルテンホルン・ヒュッテで

ベアートは、ヘルベルトの弟だが顔も身体付きも似ていない。兄弟も奥さんもガイドという「山一家」に驚く。初対面ながらすぐ気心が通じた。背が高く優秀な技量の持ち主で心やさしいのが嬉しかった。

トゥーン湖南岸のシュピーツから南に入り、グリーザルプ村に駐車して、ゴル

ネレ川の右岸沿いの道を登り、暗くなってからシュパルテンホルン・ヒュッテに入る。登山靴を忘れて取りに戻り出発が遅れたからで、ベアートに申し訳なかったが、夕食に間に合ってほっとした。

シュパルテンホルン（3436m）7月22日登頂

外はどんよりと厚い雲に覆われて真っ暗である。4時40分にヘッドランプの灯でヒュッテを出発する。ヒュッテに大勢の宿泊客が居たが、登るのはスイス・モントルーからの男性二人組とオランダの若者一人と僕達の三パーティーのみである。岩尾根の下部を沢沿いに行く道は岩屑だらけで歩き難い。1時間で尾根に達して小休止する。先行するモントルー組も休んでいた。岩尾根を登り、6時30分パス（峠）を通過、10分して傾斜が増しアンザイレンする。オランダ青年は遅れて姿が見えず、途中であきらめたものと思う。

岩稜の傾斜がいよいよ厳しくなり、ストックをデポする。ストックが無いと不安な僕の様子を見て、上部まで使うよう気を配ってくれたのが嬉しい。厳しい場所には固定ザイルが張られているが、太くて凍っているので、なるべく頼らないようにする。チムニー（煙突の中側）状の個所があり、ここは難なく通過できた。ガスに吹かれて必死に登っていると、上方が少し開けた。

8時30分頂上である。ベアートと感謝の握手をし、狭い岩上に座っていたモントルー組と握手する。きつい岩稜登攀だっただけに嬉しかった。雲の切れ間からメンリッヒェンからグリンデルヴァルト方面の家並みが見えるが、山並みはよく

岩壁を攀じる

ヒュッテから望むシュパルテンホルン

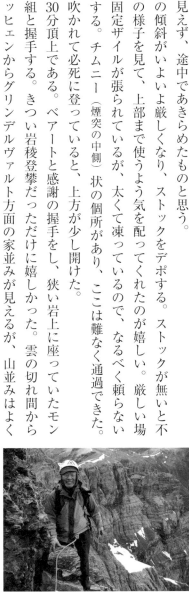

見えず残念だった。

8時45分下山、狭い岩稜を慎重に下る。10時30分パスで休憩してザイルを解く。朝苦労した尾根下部のルートは、明るい中では楽であった。朝は見えなかった巨大な沢の状態と頂上へ続く山塊が望めた。11時20分ヒュッテに帰着、ベアートとお礼の握手。モントルーの二人も握手で迎えてくれた。〔タイム＝上り3：50、下り2：35、計6：25〕難易度★★★★

12時15分にヒュッテを後にする。帰路は、ベアートが川床の真ん中の背を行くルートを採ってくれた。巨大な川で、「百五十年前はここまで氷河があった」と説明され、温暖化の現状を垣間見る。14時40分登山口に達した。

往路にベアートと約束したレストランに寄り、庭のテーブルでコーラとスイスの郷土菓子メレンゲで疲れをいやす。独・英・仏・日語を並記した看板を見ると、日本人も来るのかと思うが、トイレで「男厠・女厠」の表示を見てあ然とする。ベアートの車で17時デューディンゲンに帰着する。

グレックシュタイン・ヒュッテへ　7月23日

グリンデルヴァルト駅近くの駐車場にダヴィットの車を停め、二人でグローセシャイディク行のポスト（郵便）バスに乗り30分、「グレックシュタイン・ヒュッテ分岐」のバス停で降りる。ヒュッテへは、ヴェッターホルンの南すその巻道を

シュパルテンホルン頂上で

モントルーからの二人

オーバー・グリンデルヴァルト氷河に沿って回り込み3時間であるが、標高差で750mあり結構しんどい。
岩の斜面に切られた道は、はるか右下の氷河へ吸い込まれそうであるが、余程の場所でないと柵が付けられていない。何組もの家族連れが登っているが、皆平気なのに驚く。その中に簡易ハーネスを使用している親子を見るとホッとする。

エーデルヴァイス咲く道

シュレックホルン（4078m）の鋭鋒を見る頃、登路は北へ回り込みお花畑の中に入る。色とりどりの花の中に、エーデルヴァイスを見付けて嬉しくなる。グレックシュタイン・ヒュッテは、台地の南端に建ち、ヴェッターホルンの南東壁の威容を仰ぐ。近代的なヒュッテで、機能的で清潔で快適である。豊富な流水を利用して水洗トイレ完備、そのうえ水力発電機を備えて自活しているのには驚いた。

エーデルヴァイス

ヴェッターホルン（3701m）　7月24日登頂

4時にヒュッテを出発。岩の台地を北東に向い、間もなく雪原となりアイゼンを付ける。6時南稜に取り付き、アンザイレンする。15分登ってアイゼンを外し、馬の背を行く岩稜登攀となる。長い尾根で傾斜が緩いので、中腰になり片手でホールドを取るので、かえってきつい。尾根の最後は雪の詰まったルンゼ（岩溝）と

シュタインボックの角

岩を削ったヒュッテへの道

なり、苦労して登るとミッテルホルンへと続く東稜のコル（鞍部）に出る。８時15分であった。小休止してアイゼンを付ける。頂上へは雪の急斜面の直登である。雪が緩んでいるので、アイゼンの利かせ具合が難しくて疲れた。

アイガーと対峙《じ》

９時10分頂上。頂上は雪のドーム状で、素晴らしい眺めであった。南西に間近に見えるアイガーと対峙《じ》する。アイガーの方が２００ｍ高いが、見下す感じになる。長年拒まれているだけに感無量である。グリンデルヴァルトからは北壁を正面に見て、左にミッテルレギ（東山稜）が走るが、ここからはミッテルレギを真正面に見、鋭く伸び上ってとんがった頂上に至る。

「グリンデルヴァルトから見るのは、『シャイデック・ヴェッターホルン』でヴェッターホルンではない」とダヴィットに言われていたが、登ってみて別なピークということがはっきりした。こちらの方が高いが、前面を遮っているからである。今日登ったのは、オーストリア女性とそのガイドと僕達の二組四人だけである。

休憩にたっぷり時間を掛け、９時40分頂上を後にする。雪の急斜面と雪のルンゼの下りはしんどく、狭い南稜の下りは神経を使った。12時10分南稜の取り付き点下の雪面で小休止。ザイルを解き、アイゼンとハーネスを外す。

エンツィアンとシュタインボック

ヴェッターホルン頂上で　後方はシュレックホルン

ヴェッターホルン頂上でダヴィットと　メンヒ（左）とアイガー（右）を背に

ここからは安全地帯、いつものようにダヴィットが先に行ってしまったので、ヴェッターホルンを振り返り、花を眺め、写真を撮りながら下る。ダヴィットが場所を教えてくれたので、エンツィアンに出合えた。小ぶりながら濃い紫青色に見ほれた。リンドウ科の花であるが、この深い色と形は日本には無い。13時50分ヒュッテに帰着、ダヴィットが出迎えてくれた。

今日の夕方も、塩を求めて集まって来たシュタインボック（岩場に住む野生ヤギ）の家族を間近に見られた。

〔タイム＝上り5：10、下り4：10、計9：20分〕難易度★★★

エンツィアン

シュタインボック

ミッテルホルン（3704m）　7月25日断念
4時、ヴェッターホルン東のミッテルホルンを目指したが、沢の水量が多く、渡渉も飛び越えも危険と判断、いさぎよくあきらめてヒュッテに帰る。お陰でデューディンゲンの家に早く戻れ、両親がスイスのチーズ料理「ラグレク」でもてなしてくれた。

十年間のアルプス登山
十年にわたって続けて来たアルプス登山も、２００８年が最後になってしまった。２０１２年2月の交通事故で登山をあきらめざるを得なかったからである。残念だがこれも定めである。しかし、紡いで来たスイスとの絆は太いものとなり、

両親がラグレクでもてなしてくれる

第3章で「スイスは第二の故郷」として述べたい。

その後、チャールズからE-mailが入り、「ずっと預かっている登攀用具、もう使わないのであれば、こちらの若手に譲ってはどうか?」とあったので、「願ってもないこと、世話を掛けるがよろしく!」と返信した。

思えば、天候などの理由で多くの山の登頂をあきらめて来た。その最たるものがアイガー・ミッテルレギ（東山綾）である。残念ではあるが、可能な限り代わりの山を探してくれた。危険を予知して防止する能力と、心遣いに感服し感謝している。

スミとヘルベルト

スミはその後、ヘルベルトと親密になり、マッターホルンのほか、アイガー・ミッテルレギも登ることが出来たと聞いて嬉しかった。ヘルベルトの父親は、アルプスの4000m峰全山の登頂歴があり、親子二人でガイドしてくれたようで心強い限り。しかもその年のミッテルレギは雪が少なく、岩の露出部分が多くて登り易かったようである。

ヘルベルトの両親（左二人）とデューディンゲンの家で
右から二人目がダヴィットの母

第2章　スケッチブックとアルプスの旅

登山と異なるロマンを求めて

◎

１９９７年８月

スケッチブックの勧め　◎明治大学美術部ＯＢの皆さん

持ってけよスケッチブックをアルプスへ
　山でも人でも恥ずかしがらずに

アルプス行の二週間前、北アルプスの双六小屋のアルバイトに行く二女を送って登った時、明治大学美術部ＯＢの人達と一緒になる。娘ともども親切にして頂き、予定を話したら、スケッチブック持参を勧められた。手帳に山や花を描いていたのを見て、「スケッチブックに」「人に見られても恥ずかし

鏡平小屋で

二女の双六小屋行に同行　双六岳頂上で

トゥーン湖のスケッチ

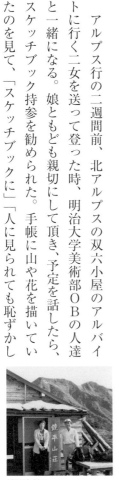

がらずに、堂々と描いて来なさい」と教えくれた。出発前日に、慌てて小学校以来となる、スケッチブックと鉛筆とクレヨンを買った。

小学生並みの稚拙な絵であったが、スケッチブックがどれ程一人旅の潤滑油となってくれたことか計り知れない。話のキッカケが出来るし、何よりも警戒心を解いてくれることが一番の効用である。黙りこくっていた日本人が多かった中で、随分得をしたと思う。

ライゼー湖畔でマッターホルンを描いていた時、日本人家族の席に招かれて昼食をご馳走になった。食料を何も持ってなかっただけに嬉しかった。

ツェルマットからシャモニーに向かう列車の中では、ベルギーから来た二人の婦人に絵を見せてくれとせがまれ、おしゃべりするキッカケを作ってくれた。

明治大学美術部ＯＢ会のリーダーだった山口喜弘さんには、その後もお世話になり、長らく交流を頂いた。

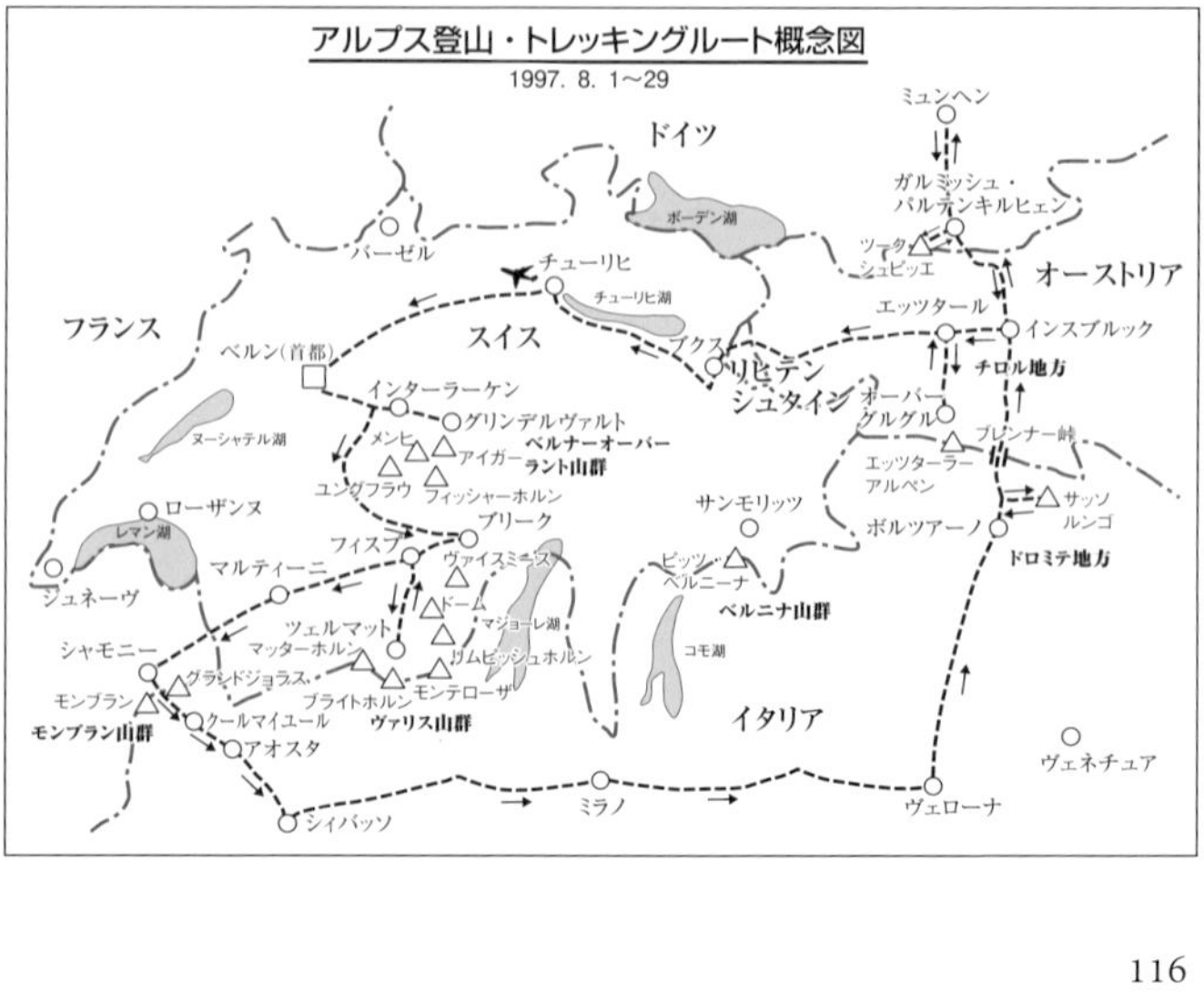

登山前後の街の様子や、登山後のトレッキングを、第二章としてまとめて見たい。登山とはまた違ったロマンを求めて歩き回ったが、この時始めた下手なスケッチと幼稚な短歌は、旅の感動を補ってくれると考え、当時のままで修正せず、恥を忍んで入れることにした。

スイス

① グルントとグリンデルヴァルト　8月5日～8日

下山後のグルントの小さなホステルは
アイガーを仰ぎ白き流れを聞く

ガイドのゴーディーに三日間の宿を頼んだら、グリンデルヴァルトから一駅先のグルントにある、ガイド仲間経営の「マウンテン・ホステル」に、彼の車で案内してくれた。部屋から見るアイガーは絶品であった。また前を流れるシュヴァルツリッチ川は、氷河の水を含んでいるので白く濁っており、流れの音と共に、スイスに居ることを実感させた。

六人部屋主体だが、一泊朝食付きで29Sfr（約千九百円）にびっくりする。清潔で朝食も美味しかった。駅舎の二階にあるレストラン以外は何も無い所だが、同室の宿泊客は、フリーターの日本人の若者、アメリカ人、オランダ人、韓国人の四人。背の高いオランダの青年ディックだけが山登りで話が合い、彼を駅上のレストランに誘って夕食を共にした。

ホステルからの眺め：アイガーとシュヴァルツリッチ川

オランダ人ディックと

いろいろおしゃべりしたが、外国人同士のドイツ語の方がかえって分かり易いと感じた。面白いのは、登山のスケジュール表を見せた時、たち所にスペルの誤りを指摘された。フランス語の最後の子音は発音しないためのミスで、Monblanc モンブランのCを抜かしていたのである。Chamonix シャモニーのXには気を付けていたのに、こんちくしょうと思ったが、ヨーロッパ人の文字に対する鋭い感覚に感心した。

注文出来ない日本人

レストランでの注文やシュパイゼ・カルテ（メニュー）の読み方は、少し勉強しておいたので困らなかったが、グリンデルヴァルトで、一人で入った夕食のレストランでの光景には考えさせられた。

日本人の夫婦が入ってきて着席。ウェイターが置いたメニューを二人で眺めているが、ドイツ語だけの表記なので注文出来ない。ウェイターは客から呼ばれないので何もしない。しばらくしてもう一組、店内は日本人だけで閑散としているが、30分経ってもそのままである。余程声を掛けようかと思ったが、こちらも初めてのことなので、そのままにして店を出た。もっと声を出した方がよいのではと思う。

② フィルスト～ブスアルプ　8月6日

登山を終えてのハイキングで、真っ先に向かったのが、グリンデルヴァルト北

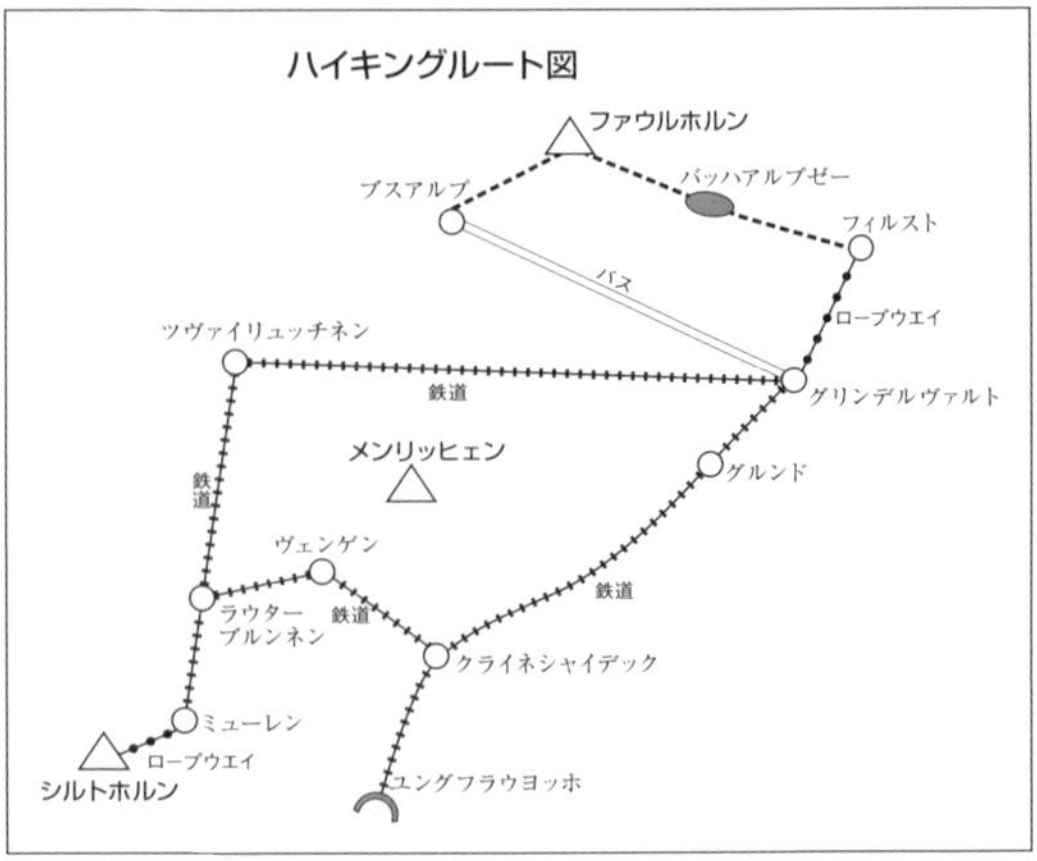

方に広がる高原、フィルストである。標高2168mで、ベルナーオーバラントの山々を眺めるには格好の場所であり、ロープウェイで上れる。ゴンドラでの20分間は、眼下に広がり行く緑野を眺めて心が踊った。

アイガーの北壁を背に草を食《は》む
茶色き牛の面《つら》おもしろき

ハイキングコースは、西方に向かい、バッハアルプゼーを経てファウルホルン（2681m）に登り、ここから南西にブスアルプまで下るルートを採った。一面に広がる緑のじゅうたんの中は素晴らしく、無数の高山植物を堪能したが、牛の餌になっているのには驚いた。また険しいアイガーと、のんびりした牛の組み合せが愉快だった。

バッハアルプゼーは、高原の湖で、湖面にアイガーやシュレックホルンを写した姿が素晴らしかったが、少し霧が出ていたのが惜しかった。ファウルホルンの山頂には山小屋が建っており、中に入って休憩した。

四度までスイスの土地で会う不思議
登頂の励まし千葉の保母さん

ブスアルプへは快適な下り道で、色とりどりの高山植物に見とれ、写真に収め

アイガーと牛（バッハアルプゼーで）

高山植物（牛の餌?!）

た。スケッチが縁で、千葉市から来た幼稚園の先生と一緒になる。彼女とはその後、ラウターブルンネンの滝、ツェルマットの教会前、そしてマッターホルンのヘルンリ・ヒュッテ前で会い、「登頂せよ」との励ましを受けた。不思議な巡り会いである。

ブスアルプの牛小屋の前では、多くの豚が放し飼いされていた。バスはここまで来ているので、最終のバスに乗りグリンデルヴァルトへ帰った。

③ シルトホルン～ラウターブルンネン　8月7日

ミューレンからシルトホルン

ハイキングの二日目は、前日との反対側、グリンデルヴァルト西南の台地を一周するコースを設定した。列車でツヴァイリュッチネンからミューレンへ。ロープウェイの乗場へ向かう道沿いの家並みが見事で、古い二階建の黒っぽい板壁に、花と旗が飾られ、荷車の木の車輪もあって楽しませてくれた。

ロープウェイでシルトホルン２９７０ｍへ登る。ベルナーオーバーラントの山々を眺める絶好の展望台で、映画００７のロケで話題の回転レストランがある。生憎の霧で余り眺望は良くなかった。

ラウターブルンネン

ラウターブルンネンまで戻り、シュタウプバッハの滝を見る。前面の崖を流れ

ブスアルプの牛小屋と放飼いの豚

ミューレンの古い家並み

落ちる落差２８７ｍは見応えがあり、ヨーロッパ第二と言われる。とんがり帽子の塔を備えた教会と、赤い花が飾られた墓地も綺麗だった。

ヨーロッパ第一の滝は、イタリアのセーリオの滝の落差３１５ｍながら、スイス北部のラインの滝（落差23ｍしかないが幅が１５０ｍ）が、水量と景観から名瀑と言われているようである。

アルプホルンと出会う

帰途の列車は、メンリッヒェンの草の台地の南のすそを縫うように東に走り、ヴェンゲンからクライネシャイデックへ向かう車窓は素晴らしかった。

クライネシャイデックは乗換駅（ユングフラウヨッホへもここで乗換）で、嬉しい出会いがあった。アイガーを背にした二人のアルプホルン演奏に聴きほれたのが、帰国してアルプホルンに手を染めたキッカケとなった。そして、列車の入替作業をしていた駅員が、ガイドのゴーディーの父親だと言われてびっくりした。

④　ツエルマット　8月8日〜17日

アルプス登山のメインは、もち論マッターホルン。登山基地がツェルマットで、村であるが大勢の観光客であふれ、街並みはしゃれており、どの建物にもベランダに花が一杯飾られ、その美しさに魅了された。

宿は駅前のホテル・ゴルナーグラートを日本で手配したが、地の利に加えて、部屋からマッターホルンが常時眺められたのが何よりであった。

シュタウプバッハの滝

アルプホルン演奏

ゴーディーのお父さん

初めてのスケッチ一息に描き切り
昨日登りしマッターホルンを

その感動をスケッチブックに収めようと、8月12日マッターホルンと対峙する。ここはライゼー湖畔、ヘルンリ稜をほぼ真ん中にした見事な姿を湖面に写す。ここから眺める角度が一番良いと増井さんが教えてくれた。ケーブルカーとロープウェイを乗り継いで上がったツェルマット東方の高台は、穏やかに晴れていた。

スケッチブックを開き3Bの鉛筆を画用紙に当てたら、スラスラと輪郭が描けたのには我ながら驚いた。4Bで肉付けしたら、「うん、マッターホルンだ」と思わず自画自賛する。グリンデルヴァルトでは全然筆が進まず、僅かしか描いてなかったのがウソのようであった。続いての二枚目はクレヨンで色付けして描いた。

マッターホルンを描き終えて、改めてその山容を眺めたら、昨日の興奮が少しづつよみがえり、登攀の一コマ一コマが鮮明に浮かんで来た。ツェルマットへ来てから毎日眺め続けて来た山であるが、王者の威厳を持ってそそり立つその姿は、とてもおらが山とは認めてくれそうにないが、今までより身近に感じられ、嬉しくなった。

マッターホルンは、その後何度筆を向けても、もう上手く描けなかった。しかしこれが、スケッチブックを旅の友とするキッカケになった。

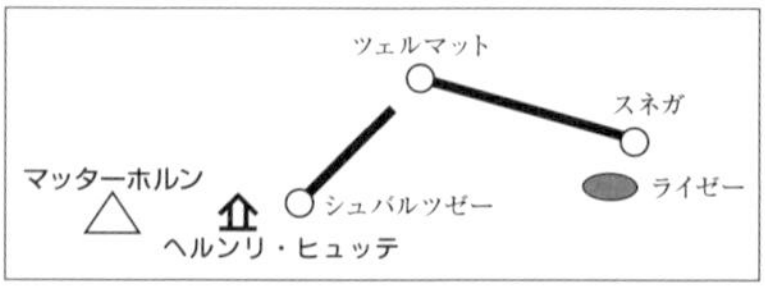

上半身裸の青年と彼から買った絵

ライゼー湖畔からのマッターホルン

登る日の好天祈りにまた教会へ
信者にあらねど心安らぐ

毎日訪れたのが教会で、登る日の好天をひたすら祈った。庭にある墓地には、初登頂の功労者で悲劇の主人公、フランス人ガイドのクロの墓があり、ピッケルが置かれていた。教会の裏で、上半身裸の青年がマッターホルンを描いており、彼の絵を二枚買った。僕は、教会を正面からスケッチし、クレヨンで色付けしたが、建物を描くのは初めてで難しかった。

初めての通訳は夏のツェルマット
心通いぬ老婦人の笑顔

マッターホルンをガイドしてもらった増井さんの頼みを断り切れずに、生まれて初めてドイツ語の通訳にチャレンジとなった。相手の老婦人は首都ベルン在住で、増井さんとは七年前に知り合い、毎夏ツェルマットに滞在。マッターホルンの登頂歴もあり、テニスを一緒に楽しむ仲である。
サポートにオーストリア人の男性が付いていた。何しろ外国でドイツ語を使うのは初めてで、どうなることかと思ったが、「毎年英語で不自由していたので、今年は助かったよ！」の言葉に、少し恩返し出来た気がした。増井さんのヒマラ

ホテル・モンテローザと壁面のウィンパーのレリーフ

ツェルマットの教会

ヤ遠征時の話で「高山病」が出たので、正式名は知らなかったが、とっさに「ホーホ（高い）・クランク（病気）」としたら、にっこりうなずいてくれた。

ツェルマットの街をあちこち歩き回った。ウィンパーの定宿だったホテル・モンテローザを見、ガイド組合を訪れた。

山岳博物館では、ウィンパーのマッターホルン初登頂と悲劇の記録が生々しく展示され、日本だと酷いと非難されそうな絵もそのままで、切れたザイル（正確には二本のザイルのつなぎに使った細引きが切れた）が興味を引いた。ウィンパーの額の下には、彼の使用したピッケルが展示されており、『このピッケルを使った時には、常に私は成功した』のフランス語の文字が目を引いた。

サース・フェー　8月16日

一日余裕が出来たので出掛けた。シュタルデンからバスで40分。西方のドームやテッシュホルンの４０００ｍ峰と、東方のヴァイスミースなどの４０００ｍ峰に挟まれた山の村で、ミシャベルの山並みが押し出す巨大な氷河を眼前にする。

ロープウェイと地下を走るケーブルカーで、ミッテルアラリン（３４５６ｍ）の高台に上る。ヴァリスのほとんどの山並みが眺められ素晴らしかったが、西方にそびえるスイス第二の高峰ドームに引かれた。この時は、翌年に登るとは考えてもみなかった。

テッシュホルンとドーム（右）

ウィンパーと彼のピッケル

山岳博物館

フランス・イタリア

⑤　シャモニー　8月17日～21日

ツェルマットから、シャモニーに入る。モンブラン登山のガイドをお願いした増井さんが、シャモニー駅まで迎えて下さった。増井さん定宿のホテル・フラントゥールは、モンブランを窓から眺められ、係員が親切であった。

増井さんがここでも街中を案内して下さり、モンブラン初登頂者のジャック・パルマとド・ソシュールの像前で写真を撮る。ロープウェイで登るブレヴァン（2525ｍ）へ案内してくれた。展望台から見上げるモンブランの高さと長大なボソン氷河に圧倒された。

漢字のメニュー

面白かったのが、中華レストラン「聚春園」のテラス席。今まで「シュパイゼ・カルテ（メニュー）」に苦しめられて来たので、仕返しの思いで見回すと案の定ヨーロッパ人達は、漢字のメニューを眺めては戸惑い苦しんでいた。少しりゅう飲を下げた思いがした。

登山用具を返送

登山後の一週間の三か国へのトレッキングに備えて、ホテル近くの商店でダン

聚春園のテラス席で

ボソン氷河からのモンブラン

パルマとソシュールの像

ボール箱をもらい、登山用具を郵便局から日本に送り返した。メンヒス・ヒュッテで取り換えられた登山靴は、しゃくに障ったので捨てることにした。

モンブラントンネルを潜る

モンブラントンネルは、モンブランの下を潜る長大なトンネルで、シャモニーの駅前で乗った大型バスは、名古屋から来た四人と僕だけで、彼等から登山のことなどいろいろと質問を受ける。

トンネルを出た所が検問所で、日本人だけだと分かると、パスポートを見せただけで、税関は素通りとなった。

国境の街クールマイユールは、イタリア側の登山基地で、ガイド組合の建物前には先駆者達の銅像が立っていた。ここはセントバーナード犬の故郷で、白い十字架と犬の銅像があったが、どうも犬の種類が違うようであった。

稲穂の中を走る

アオスタでバスを降り列車の旅が始まる。日本で購入したユーレイルパスに使用開始の日付を入れる。気楽な列車の一人旅の車窓の風景、「あれ、日本じゃないのか?…」一面の黄金色の稲穂の広がり、しばらくしてイタリアも米の国と気付く。左手にアルプスの連なりを見るので、大糸線を走っている気分であった。

⑥ ミラノ　8月21日～22日

セントバーナード犬の銅像

クールマイユール

山岳博物館兼ガイド組合

シャモニー駅と乗車バス

広大なミラノの駅のホーム降り
見覚えし車両はスイスＳＢＢ

列車は、ミラノの終着駅に入る。ホームに降りてその広大な敷地と天井の高さにびっくりする。ホームにはヨーロッパ各国の列車が幾列にも並び、その中にＳＢＢ（スイス国鉄）の看板を見付けて、ヨーロッパの垣根の無さを実感した。日本で予約したスカラ座近くのホテル・サー・エドワードに入る。

スカラ座とグラツィエ教会

22日に、スカラ座に向かう。夏はオフシーズンなので改装中だったが、見学出来た。ホール内部をのぞく。円形の座席は六層でその高さに圧倒され、ここで演じられるオペラの場面を想像する。隣接のスカラ座博物館では、往年の名優の額が掲げられており、マリア・カラスが一際目を引いた。友人から頼まれていたパンフレットをもらう。

ミラノ来てスカラ座の帰途人だかり
「最後の晩餐」最後の列に

帰途、ある建物前の広場の行列が目に止まる。普通だと通り過ぎるのだが、日

スカラ座の内部と正面のスケッチ

ミラノ駅の構内

本人が多いので聞くと、「最後の晩餐」の答えに「サンタ・マリ・デッレ・グラツィェ」教会だと気付く。舌をかみそうな名前だが、これは見なければと行列の最後に並ぶ。順番が来て入った教会内は、立派なドームを見、綺麗な中庭といくつもの部屋を経て広い部屋に入る。

正面にレオナルド・ダ・ビンチの大壁画があった。キリストを真ん中にした十二人の弟子の表情に見とれる。フラッシュを使わなければ撮影ＯＫにも驚く。反対側には、キリストを真ん中にした三人のハリツケの壁画があった。偶然の通りがかりだったが、全くの幸運で、満ち足りた思いで教会を後にした。その後大修復で長期間公開中止となった。

⑦ 南チロル・ドロミテの奇岩　8月22日〜23日

ドイツ語が通じて嬉しドロミテは　編入の歴史と度量を思う

北イタリアのドロミテは、西部劇を思わせるゴツゴツした岩山の連なりが目を引き、第7回冬季オリンピックが開催されたコルティナダンペッツオの名前から、訪れておきたい土地であった。オーストリアのトニー・ザイラーがアルペンの三冠に輝き、猪谷千春が銀メダルを獲得した大会として記憶に残っている。

ミラノ・ドウモ（大聖堂）のスケッチ

ミラノ・グラッツェ教会

ミラノからベネチュア行の列車をヴェローナで乗り換え、北へ2時間のボルツァーノの北にあるポント・ガルデナという小さな町で降りる。街角の小さな教会堂とその中のマリア像が目を引く、日本で言えば地蔵様か。宿は多分あるだろうと探すと、駅から橋を渡った道路沿いにガストホフ（レストラン兼営の簡易ホテル）があり、朝食付きで4500リラ（三千二百円）という安さにびっくりする。

ドイツ語が通じる地域

ドイツ語が通じたので助かった思いがした。駅名やバス停の標識が、イタリア語とドイツ語で並記されている。バスを待つドイツ人夫婦が、「オーストリアが第一次大戦に負けて割譲した地域」と教えてくれた。「南チロル」と言う訳で、日本の過去と比べ、イタリアは立派だと思った。

サッソルンゴの岩山

バスは、スイスと趣を異にする底抜けに明るいリゾート地を走り、ホテルの立ち並ぶオルティセイを経由して1時間30分でセッラ峠に着いた。一軒の山小屋風のレストラン以外何も無い所だが、主峰の岩山サッソ・ルンゴ（3181m）の基部にあり、特異な景観に見ほれる。

昼食の後、草の上に寝転びサッソ・ルンゴをスケッチする。鞍部の小屋までスキーリフトが通じているが、時間が掛かるので止めた。ガラガラ音がするので何かと見ると、石ころの上をスキーで降りてくる一団に「こんな所を」とびっくり

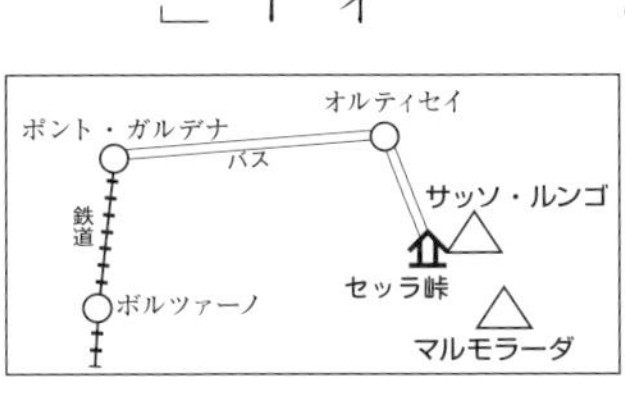

サッソルンゴのスケッチ

伊語／独語併記の標識

教会堂のマリア像

した。右手の高台に行き、緑野の向こうにそびえる雪のマルモラーダ（３３４２ｍ）を眺めて満足する。コルティナ・ダンペッツォは更に東で無理なので、バスでポント・ガルデナに戻った。

ドイツ・オーストリア

⑧ ブレンナー峠を越える　◇インスブルック　8月23日

ポント・ガルデナからの列車が、だんだんと山道に差し掛かると、国境の駅ブレンナー（イタリア語ではブレンネロ）に停車する。線路の左側の道路には検問所が設けられ、車の列が出来ていたが、列車内は何も無かった。列車がブレンナー峠（トンネル）を越える時には、感慨深いものがあった。峠はアルプス越えの大動脈で、標高１３７０ｍは一番低い峠。古代のローマ軍団やゲーテ・モーツアルトが越え、近時ではヒットラー・ムッソリーニの会談で有名である。

南ドイツを訪れるために、インスブルックに一泊した。オーストリア・チロル州の州都で人口十二万人、政治・経済・観光の中心地で、第９回冬季オリンピックが開催された。イン川に沿って広がる古い街並みは、南北を山に挟まれ、松本に居るような気分にさせられた。

オーストリアはドイツ語なので有難い。宿は駅前の「ホテル・インフォーメー

ブレンナー駅で

インスブルックの街並み

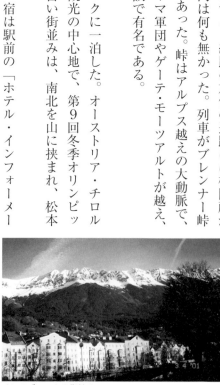

ション」に行って紹介してもらう。名前が気に入ってホテル・ザイラーを選ぶ。シャワー付きで800シリング（八千円）で、うち120シリングが紹介料だった。支払う時リラ札を見せたら、「出来たらスイスフランで」と言われ、隣国なのにと、リラの信用の無さが気の毒になった。

⑨ ガルミッシュ・パルテンキルヒエン　8月24日〜25日

日曜の両替断る他のホテル
笑顔で「ヤー」に泊りは此処さ

ツークシュピッツェに登るために、ドイツ南部のガルミッシュ・パルテンキルヒエンに一泊する。日曜日で銀行が休みなので、マルクへの両替に困って、表通りの綺麗なホテルで頼んだら、体よく断られてしまった。仕方なくもう一軒のホテル・ケーニヒスホーフへ行ったら、快く「Ja (yes)!」と応じてくれた。フロント嬢の笑顔が実に綺麗で、ここに決める。彼女の笑顔込みで六千円とは、実にお値打ちであった。

舌をかみそうな名前は、ガルミッシュとパルテンキルヒェンの合併に由来する。第4回冬季オリンピックが開かれたリゾートの街である。街をひと回りすると、家々の周りには木が生い茂り、花壇の花が綺麗だった。小川には水車が回っていた。

ケーニヒスホーフ

ホテルからの眺め

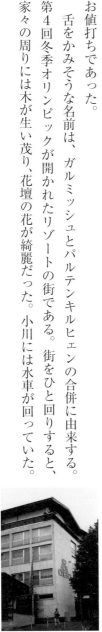

⑩ ミュンヘン　◇ビールの都をのぞく　8月24日

あいにく雨になったので、ミュンヘンを往復することにした。車窓に広がる緑野が素晴らしく、ゴルフ場かと思ったが、牛の群れに気付いて期待が外れた。

ミュンヘン中央駅に着いてびっくりしたのは、駅構内にビヤスタンドが置かれ、五人程がテーブルを囲んでいた。１時間程で駅前の古い建物と公園を見ただけだったが、この時の印象が、三年後の語学留学地に選ぶことになった不思議な縁を感じる。

⑪ ツークシュピッツエ　◇ドイツ最高峰へ　8月25日

ツークシャピッツェは、標高２９６２ｍのドイツの最高峰で、オーストリア国境にまたがる。ロープウェイで登れるので、トレッキング地に選んだ。

駅前から出ているツークシュピッツェ鉄道に乗り、アイブーゼー湖畔で降りる。ケーブルカーとロープウェイを乗り継ぐルートと、ロープウェイで直接頂上へ上るコースがあるので、往きと帰りと違うルートを採った。

頂上の岩山はレストランになっており、大勢が木のテラスのテーブルで寛いでいた。頂上へは、テラスの柵を開けて外に出、細い尾根を５分程登るので、来る人は少なかった。岩のピークには６ｍ程のポールが立っていた。

⑫ オーバーグルグル（チロルの秘境）　8月25日～27日

チロルらしさというのは、スイスの山野と違い、控えめな美しさにあると解釈

ミュンヘン駅構内のビヤスタンド

ツークシュピッツエを望む

ツークシュピッツエ頂上

し、トレッキング地を探したが、面白い名前に引かれて最奥の場所を選んだ。インスブルックから急行で30分西のエッツタール駅でバスに乗り、エッツ谷を南へ2時間、イタリア国境に近い最奥の村である。

エッツ谷に点在する集落は、スキーリゾートとして発展したので、夏場はオフシーズンということで、人出は少なく、オープンしていないホテルもあった。中心の町セルデンは中間地点にある。フェントの国境稜線の氷河では、1991年に5300年前のミイラ「アイスマン」が発見されて話題になった。

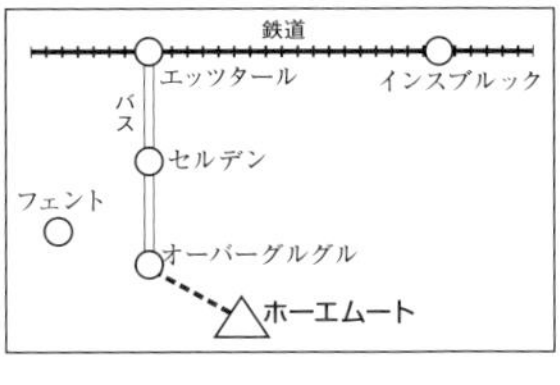

思い描いた通りの緑の谷の村がそこにあった。1時間歩いてホテル探しをする。高台の4ツ星ホテル・ゴットハルトに入り部屋を見せてもらうと見晴らしが良くない。別の部屋を要求したら、山と緑の草原が見渡たせる一番の部屋に案内され、「これだ」と決める。

朝夕二食付き七千五百円にびっくり。料理が素晴らしく、最初の夜は肉料理で、二日目は「キノコづくし」。メニューの「AlIES VON WIESENCHAMPIGNONS」が何のことかわからなかったが、次々に出る違った種類のキノコで納得した。

遥か来てチロルの山に抱かれし
氷河のほとり馬に囲まる

ホーエムートのヒュッテ（左）とホテルの窓からの光景

26日は、ホーエムートの高原をハイキングして、雪を抱いた3000m峰を眺め､緑の草原を堪能した｡ベルギー人の夫婦にカメラのシャッターを頼んだら､｢俺のカメラもペンタックスだ」と言われて嬉しくなった。

27日は、スキーリフトに乗ってホーエムート氷河へ行くが、氷河の後退が激しく、氷河の末端にたどり着くのに随分歩かねばならなかった。帰途放し飼いの馬十五頭程に取り囲まれ、シャツをなめられて困った。「あっちへ行け！」の日本語は通じなかった。雷がひどくなり、シェーンヴィース・ヒュッテで雨宿りしたが、異郷で遭遇する雷鳴にキモを冷やした。

12時でおしまい

ホテル近くの木造・ガラス戸の土産物店に入る。中年の奥さんが店番をしていた。チロル風の刺しゅうや手作りが気に入って、日本への土産に選んだ。驚いたのが、金額を紙に書き上げて全て暗算、加算機など一切使わない。その鮮やかさに目を丸くした。親切だったが、正午になったらさっさと切り上げ、店から退散することになった。時間を過ぎた労働は一切しない風潮を目の当たりにした。

⑬ チューリヒに戻る　8月27日

エッツタールで乗ったウィーン発の特急「マリアテレサ」は、イン川に沿って

刺しゅうの敷物

ホーエムートのケルンと放牧馬の群れ

西進し、リヒテンシュタイン公国を抜けてスイスに入った。車中で声を掛けられた男性は、岩国に三年間滞在した空軍パイロットで、海上自衛官の義弟にもらったアメリカ水兵用の帽子が目にとまったからと言われた。

16時25分チューリヒ中央駅着。「ここからスタートしたんだ！」という感慨、一か月掛けて一回りした。最後の宿はゴールデネス・シュヴェールト（黄金の剣）、下町の狭い路地に面したホテルだった。

荷物を整理して、夕暮れのチューリヒ湖畔に立つ。大都市の真中にあるというのに何という青さだろう。湖面を飽かず眺めていると、一か月の旅の充実感が胸にあふれた。「思い切って来て良かった！」…自由に泳ぐ白鳥の姿に自分を重ねて思った。

アルプスの長旅終えてチューリヒ湖
　　青き水面《みなも》に憩う白鳥

初めてのスケッチなれどこの二冊
　　山・街・人情溢れるシェッツェ

湖畔に座って、クレヨンを使って二枚描いた。スケッチブックは二冊目になり、少し慣れて描けるようになった。ヨーロッパ五か国の山・街・人情を詰め込んだ、正にシェッツェ（宝物）だと思った。

チューリヒ湖畔での最後のスケッチ

第3章 スイスは第二の故郷

エーデルヴァイス

スイスに来たのは、アルプスを登るためであったが、素晴らしい人達に出会い、温かい人脈に囲まれ輪が広がった。これは一度得た縁をとことん大事にしてきた賜物である。

スイス人は、働き者で質素、日本人に相通じるものがあり、抵抗なくその輪の中へ入って行くことが出来た。いろんな行動を通じて益々スイスが好きになった。正に「スイスは第二の故郷」で、この章では、出会い世話になった人達と思い出の場所について述べたい。

スイス連邦の「国コード」のCHは、ラテン語の Confoederatio Helvetia の頭文字。ドイツ語・フランス語・イタリア語・ロマンシュ語の四つを国語としており、四分の三の地域がドイツ語圏である。首都はベルンで人口十二万人、チュー

フックスー家が昔の衣装で

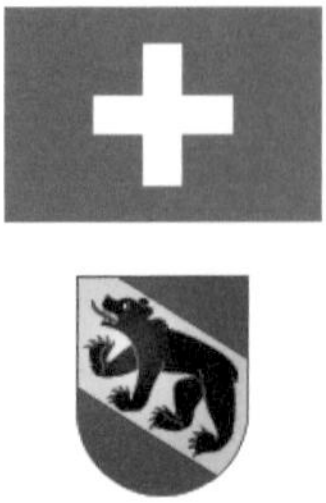

スイス国旗とベルン州旗（下）

リヒは最大の商業都市で人口三十九万人である。

九州ほどの国土に人口は八百万人弱。多くを山岳地帯が占めているので、耕作地帯は少ない。早くから国外に出稼ぎ、精密工業を発展させ、観光業で稼ぐ術を身に付けた。このため、自然を保護し守る所と、徹底的に開発する場所とを明確に区別し、百年も前にアイガーの岩壁をくり抜いてユングフラウ鉄道を走らせ、ロープウェイで３８００ｍの高台まで人を運んだ。

世界の動向を察知する能力も鋭く、金融業を発展させ、国際機関を誘致した。東日本大震災後には、いち早く脱原発を決議した。資源の少ない国であるが、狭い国土と観光業を守る素早い判断であったと思う。

① ダヴィット・ファーゼル David Fasel

１９９７年のアルプス行きが、「締め括り」とはならず、新たな「スタート」となったのは、ダヴィットという名ガイドを得たからである。当時二十五歳の独身青年で、長男と同い年ながら年齢差を感じさせず、「友人」として心底から安心させてくれる人物で、人柄の良さと技量の高さに一目ぼれした。住まいは、首都ベルンの西南20㎞にある村 Düdingen デューディンゲンで、ドイツ語圏である。

グラウビュンデン州のガイド養成学校を出て、ツェルマットガイド組合に所属。卒業後も何度も学校に戻っている他、室内のクライミングボードに出かけ、技術の練磨に励む熱心さには頭が下がる。登山中の状況把握と先を読む能力には感心させられ、登山以外でも多くのことを教えてくれる先生でもある。ひょうきんな

サース・グルントで

ダヴィットの名刺

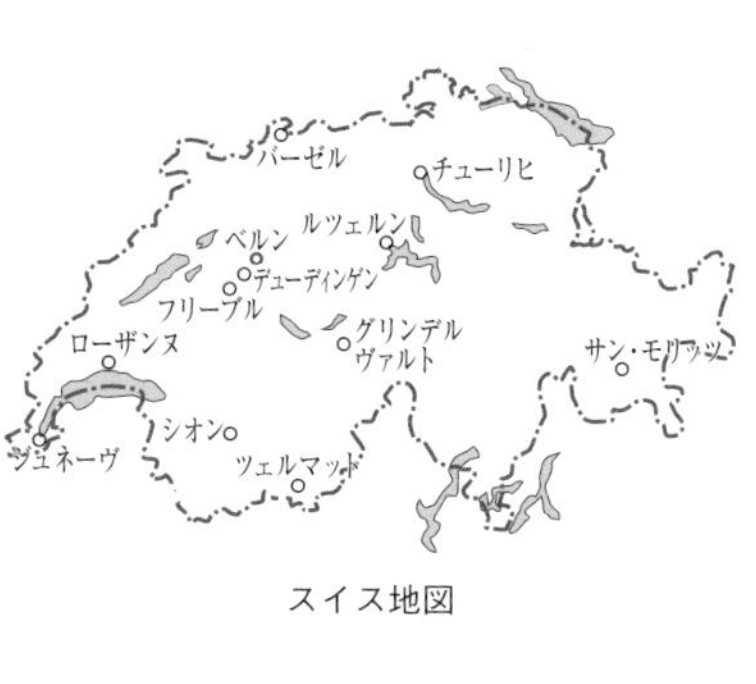

スイス地図

面を持ち、ガイド仲間やヒュッテの従業員の人気者であり、多くの友人を持っている。

2008年7月には、ローヌ川畔のフランス語圏の古都シオンに居を構えており、一泊させてもらう。同居の女性はセリーヌで、登山はやらないが、ダヴィットのスキーの生徒だった縁とのこと。木造建築の設計士で、作品図面を沢山見せてくれた。ドイツ語が話せないので英語で苦労するが、酒と音楽は万国共通、飲んだ後の抹茶をとても喜んでくれた。

2014年1月には男児が生まれる。祖母になったエリザベートからE-mailが入る。「これで後継者が出来た！」… 赤ん坊を抱っこした添付写真で大変な喜びようが伝わって来た。

② ダヴィットの両親

ガイド宅泊まりて嬉しその言葉
「俺の家はまた君の家だよ」

父チャールズ・ファーゼルは、僕より二歳年上、母エリザベートは、僕と同い年で、二度目の登山の1998年に、ツェルマットで昼食をご馳走になったのが始まりで、以後家族同様の扱いを受けて来た。両親とも山好きで、マッターホル

エリザベートとチャールズ

ダヴィットとセリーヌ　二人に抹茶を出す

ンの登頂歴がある。チャールズは膝を痛めて、今は自重している。
傾斜地の三階建で、一階の車庫が登山道具置場になっている。二階が食堂と居間、三階が寝室になっている。泊まる時は大抵ダヴィットのベッドを使わせてくれた。三年目に初めてお邪魔したが、冒頭の言葉に安心して、毎年お世話になって来た。

デューディンゲンは、人口七千人の村ながら、駅・銀行・ホテル・レストラン・スーパーなど都市機能が備わっており、快適な住宅地である。南西5kmのFribourgフリーブルはフランス語圏で、人口三万七千人の政治・経済・産業の中核都市。特急停車駅なのでここを多く利用する。

チャールズは食品大手に勤めて定年退職。ダヴィットの兄ブルノは化粧品会社勤務で別居している。両親の姉弟達も近くに住んでおり、滞在中に来てくれたり、招いてくれた。スイスの家庭料理は質素であるが、心がこもっている。「ラグレク」は特筆もので、スイスチーズを鉄の器の中で融かして食べる。親戚や友人の来訪時には、お礼に作った寿司と抹茶が随分喜ばれた。

山で汚れた衣類を、エリザベートが快く洗濯してくれた。お返しに、留守番をして鍵を預かり、来客の応対・花の水やり・洗濯物の片付けをした。庭の畑に木イチゴがあるので、勝手に取ってたらふく食べた味が忘れられない。

両親に抹茶を提供

ツェルマットのFuchsフックス本店

③ ツェルマットのサンドラ一家

ダヴィットの姉のサンドラには、二年目にお目に掛り、登山の中継基地でもある。スイスに行った時はいつもお邪魔して来た。

ツェルマットでパンと菓子の製造販売をしており、屋号は名字の『Fuchs フックス（狐）』。ツェルマット駅からゴルナーグラート行きの電車の線路に沿って歩いて5分の所で、橋を渡った所がスネガへ上るケーブルカーの駅である。駅前通りの中程に支店も持っている。地下にある工場を見学させてもらったが、製粉からの一貫工場で、大勢の人を使っている。ツェルマットのホテルの八割ほどに卸しているそうである。

夫のフィリップはスキーの名手で、妙高高原にコーチとして半年滞在した経験を持つ。女の子はアリンでフランス語綴り、男の子はルカでイタリア語綴りとのこと。創業者の舅と姑が同居で力になってくれている。

子供が小さい時は、子供部屋に一緒に泊めてもらった。毎年12月には、アルプスのカレンダーを送ってくれ、旅行先からは必ず絵葉書が来る。感心するのが、超多忙な身でありながら、年二回ほどの海外旅行を欠かさないことで、仕事は従業員に任せて出掛ける。日本人が見習いたい点である。

軽食のレストランも併設、大勢の客で賑わっており、日本人も多くの人がお客様。知人がスイス旅行でツェルマットに寄る時は、訪問してもらっている。最近では続けて訪問してくれ、サンドラから写真を添付した E-mail が届いて嬉しい。

サンドラ一家（フックス本店で）

フィリップとサンドラ

④　スイスの休日

トゥーン湖で船に乗る

　1998年は一日余裕が出来たので、トゥーン湖の遊覧船に乗ることにした。シュピーツの駅から見下ろす澄んだ湖は素晴らしかったが、船上からの眺めはまた格別で、周りの山々と岸辺の風景に見とれた。岸辺の教会も素晴らしく、結婚式で集まっている人々に手を振った。

サクランボとバーベキューと牛乳

　2000年は、ダヴィットの友人のヘルベルトが自宅に招待してくれた。車で30分、登山に同行したスミとともに向かう。広い敷地と大きな家にびっくりする。

トゥーン湖の船上で

2010年8月 江尻さん訪問

2013年7月 岡西さん訪問

2013年7月 鈴木さん訪問
この時はダヴィットも居た

アリン達小学生の作った
マッターホルンのカレンダー

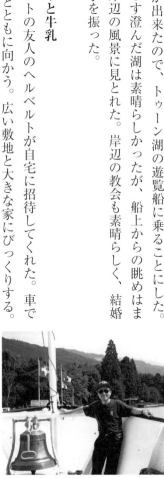

農家なので果樹園があり、サクランボの木に案内される。好きなだけカゴに取り、腹一杯食べるぜいたくを味わった。

　夜になると、ログハウスの小屋で両親がバーベキューを振る舞ってくれた。木のテーブル席に掛け、カマドの赤い火と立ち上る煙を眺め、スイスを満喫した。

おいしかった牛乳とサクランボ

　岩場でのトレーニングには、二人のために、ダヴィットとヘルベルトがガストローゼンへ案内してくれた。二人の技量と連携プレーに見ほれたが、登攀後に近くの農家で飲んだ牛乳の味は格別であった。

ヘルベルト宅のログハウスで

禁酒を破る日

　8月9日は僕の誕生日。２０００年には、ミュンヘンへの壮行会を兼ねてツェルマットのフックスのレストランに集まってくれた。ダヴィット・ヘルベルト・スミに、サンドラ・フィリップと両方の両親、アリン・ルカも加わり総勢十二名、心遣いが何とも嬉しかった。

　開宴でのハプニング… ダヴィットの「ミュンヘンはどういう都市か知ってるだろう?」「ビールの都へ行くのに、酒を飲まないのは馬鹿だ!」この一言で、八年間の禁酒を破ることになったが、この時の一杯は実に美味かった。

六十一歳の誕生日の祝い会

⑤ 両親との軽登山

ダヴットが仕事で不在になる時は、両親が近くの2000m峰への軽登山に案内してくれた。こうした心遣いが大変嬉しい。

焼けた十字架

2000年8月には、フリーブルに住む叔母夫婦を誘って、Keiseregg カイザーエック（2185m）へ登る。なだらかな草と砂礫《れき》の山で、岩の頂上には、雷で横棒の半分が焼けた十字架が立っていた。同年代同志の楽しい登山を楽しめた。

エーデルヴァイスの群落

2001年8月には、両親と三人で、車で30分の Spitzfrue シュピッツフルー（1951m）と Fochsenfrue フォクセンフルー（1975m）に登る。二つのピークからの眺めは素晴らしい。特筆は、最初のピークの登りでエーデルヴァイスの群落に出合ったこと。最近は天然種が減っているとのことで、感激して写真に撮り、群落に寝転んで満喫した。

モレゾンの梯子上り？

2004年のトレーニングは、モレゾンという2002mの岩山。両親と伯父夫婦と友人も付き合ってくれた。1485mの基部からは517mの高度差があ

シュピッツフルー頂上で

エーデルヴァイス

カイザーエック頂上で

り、穂高の屏風岩を凌《しの》ぐ迫力であるが、取り付いてびっくりした。「アイゼン・ビンゲル」というコの字型の鉄の棒が40㎝ほどの間隔で岩に打たれている。2mの紐《ひも》の両端にカラビナを付け、真ん中をハーネスにセットし、交互に自ら確保して登る。いかにもスイスらしいと笑えてきた。

念のためダヴィットがザイルで確保してくれ、ダヴィット・僕・エリザベートの順で12時15分登攀開始。エリザベートは、マッターホルンも登っており、安定した登りである。壁は垂直であるが、等間隔のビンゲルのお陰でまるで梯子登りだが、トラバースでは結構緊張し、良いトレーニングになった。13時50分登攀終了点で皆と落ち合う。

⑥ ダヴィットの誕生日と陸軍　2001年9月

ピッツベルニーナを悪天候で諦め、代わりにアラリンホルン（4027m）に登ることにし、サース・フェーからのロープウェイで上り、新装なったブリタニア・ヒュッテに入る。

9月5日は、ダヴィットの三十歳の誕生日。二人で祝うことにしたが、新装のヒュッテはさすがに設備が整い、食料も飲物も豊富で都合良かった。

ブリタニア・ヒュッテ

二人でしこたま飲んだ所へ、ヒュッテの従業員やガイド仲間が加わり、更に訓練登山で来ていたスイス陸軍の幹部も一緒になって、大いに盛り上がり、深夜ま

ダヴィットの誕生日祝いで火薬を破裂させる遊具

モレゾンを攀じる

モレゾンの基部で

で騒いだ。面白いのが、木製の玩具に少量の火薬を詰め、鼻の先で破裂させてその刺激を楽しむ遊び。何度もやらされたが、さすがにきつかった。

軍律違反?!

スイスは皆兵制で一定期間の兵役がある。陸軍では登山訓練が定番になっており、ダヴィットが「単調で時間の掛る雪原登り」と嫌っていた、シュトラールホルン（４１９０ｍ）に明日登ると言っていた。

別室の陸軍の連中が飲みだべっているテーブルに招かれた。ここでも飲まされ、余り通じないおしゃべりに興じた。軍隊というと特別なイメージを抱いてしまうが、開放的な雰囲気にびっくりした。特筆は、軍服を着せられ一緒の写真に収まったことである。「これ、軍律違反?!」… 得難い経験であった。

⑦ 焼き直しパンが売り切れ　◇スイス航空で　1999年8月11日

ドイツ語を使えるルフトハンザ航空を利用していたが、この年は直行便のある関西空港からのスイス航空を利用。親切な応対で、特にスイス人スチュワーデス（客室乗務員）のカリンさんと加藤さんに親しくしてもらった。

『ほっかほか』焼き直しのパン売り切れる
　スチュワーデスに僕が教えし

軍律違反 ?! の陸軍と

ドイツ語の威力を思うスイスエアー
コックピットで機長が握手を

昼食に余ったパンを焼き直し、カリンさんが「温かいパン」と繰り返し言って歩くが、誰も手を出さない。彼女とはドイツ語でやり取りしていたので、困って僕の所へ飛んで来た。「warme ヴァルメ（温かい）のもっと良い日本語はないか？」と来た。ちょっと考えて教えたのが冒頭の一首である。そのやり取りを見聞きして周りがどっと沸き、焼き直しパンに競って手を出し、すぐに無くなって（売り切れて）しまった。

すっかり喜んだカリンさん、早速のお返しでコックピットへ案内してくれた。ハイジャック後のうるさい時期であったが、女の子三人を道連れにする工夫をして。機長と握手！　操縦席というのはこんな空間かとびっくり、空にぽっかり浮かんでいるのである。機長が飛行機についていろいろ説明してくれた。更にうるさくなった今では考えられないこと。貴重な体験で、ドイツ語の威力を実感した次第。

⑧　湖の街へ　２００１年９月

ルツェルン　９月10日

アルプホルンの名曲に『ルツェルン賛歌』がある。今まで列

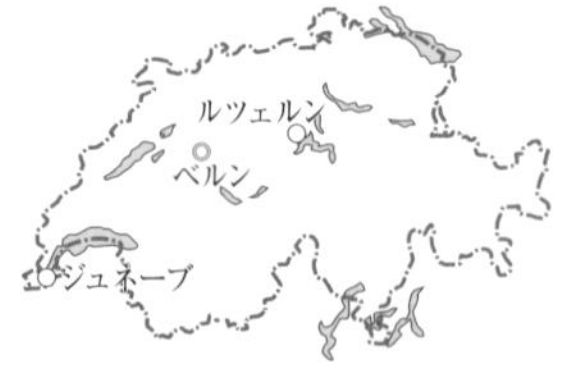

コックビットで機長と握手

客室乗務員のカリンさんと

車で素通りし降りたことがなかったが、やっと念願がかなう。駅前はすぐ湖で、左が木製のカペル橋、何を置いてもまず渡ることにする。対岸からカペル橋をスケッチするが、やはり素晴らしい眺めである。何よりも水が澄んでおり、周りの山々の緑が湖面に映え、遠景の山の青色と白い雪―見事に絵になる風景である。澄んだ湖は、フィーアヴァルトシュテッテ（四つの森の国）湖という名で、正に四方を緑に囲まれており、青い山はピラトゥス山やリギ山である。

ジュネーヴ　9月11日

一日余裕が出来たので、機会が無かったジュネーヴに出掛けた。緑野を走っていた列車が、ヴェヴェイでレマン湖に出ると、また素晴らしい風景が展開した。レマン湖は、ドイツ語圏ではGenev See（ゲネフゼー）つまりジュネーヴ湖というのが面白い。青い湖面と右手斜面のブドウ畑の緑を飽かず眺めているとローザンヌ。オードリー・ヘップバーンが愛したモルジュは少し西にある。車窓からあかず眺める。

ジュネーヴでは、真っ先にレマン湖岸に向かう。絵葉書通り水中で噴水が勢いよく吹き上げている。スイスの西南の突端に位置するので、湖の向こう岸はフランスで、ジュネーヴの言葉はフランス語である。湖岸に腰を下ろしてスケッチを楽しむ。ロシア人の中年男性も水彩で描いており、少し絵の指導をしてくれた。

旧市街の木組みの家

木製のカペル橋のスケッチ

ローザンヌ　レマン湖岸のブドウ畑

◆ニューヨークの同時多発テロを知る

デューディンゲンに戻って知ったのが、ニューヨークの同時多発テロ。ダヴィットが座れと言うのでスイスでは滅多に見ないテレビに向かう。何度も繰り返し放映される場面の余りの酷さに言葉もなかった。

翌日の帰途のチューリヒ空港は、銃を持った警官の警備が厳重で、警官の間をすり抜けて搭乗口に向かう。アメリカやヨーロッパ行きの航空機は「キャンセル」多数だったが、アジア向けの欠航は少なく、無事帰ることが出来て有難かった。

チューリヒ空港の出発便ボード

⑨　人気の場所を訪ねて

ゴルナーグラート　２００１年４月５日

ツェルマットを訪れた日本人の多くが行くのがゴルナーグラート。ツェルマットの駅前から出ている登山列車で45分、フックスの家の前を通り、家並み～高台～草原を通る素晴らしいルート。モンテローザに登るには終点一つ手前のローテンボーデンで降りるので、それまで行く機会が無かった。

ミュンヘンでの語学留学を終えてスイスに戻った時、積雪の地を訪れることが出来た。立派なレストハウスのテラスは大勢の観光客でにぎわっていた。ヴァリ

背後に迫るモンテローザ

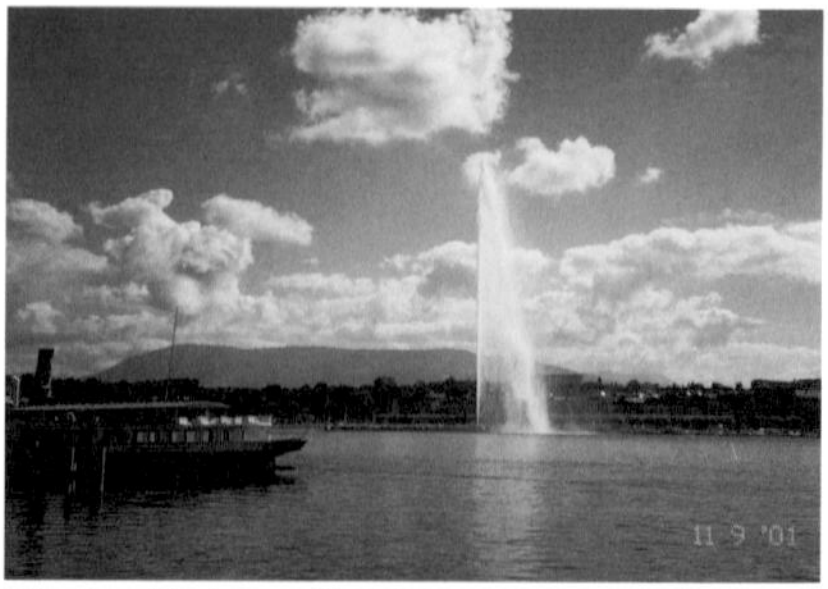

ジュネーヴ　レマン湖の噴水

スのほぼ全山を見渡すことが出来る３０９０ｍの高台で、分厚く雪をまとった４０００ｍ峰は素晴らしかった。ここからロープウェイで15分上ると、３５３２ｍのシュトックホルン。山々が一層迫り、背後のモンテローザに圧倒された。

下りの列車では、雪のマッターホルンを眺めて悦に入っていたが、回りをスキーで下って行く多くの人を見て、用具を借りてくればよかったと思った。雪の無い季節には、大勢のハイカーが歩いて下山している。

リッフェルゼー　２００４年7月18日

ローテンボーデンの駅を降りて南西に少し下ると、「逆さマッターホルン」を写すことで有名なリッフェルゼー（湖）がある。生憎マッターホルンは半分以上が雲に覆われていた。二女は以前ここでアルプホルンに出合ったようだが、楽器があれば吹いてみたかった。

ツムット村　２００８年7月26日

やっとツムット村を訪れる機会を得た。ロープウェイでシュヴァルツゼーへ上ると、雪を冠ったブライトホルンとモンテローザを正面に見るが、肝心のマッターホルンは、すっぽりと雲に覆われ基部だけしか見えない。湖の畔にある小さな教会堂に入ってお参りする。

マッターホルンの山すそを北西に行くハイキング道を、シュタッフェルで右に曲がり、建物の横から樹林の中を下り、橋を渡るとツムットの集落が見えた。

シュヴァルツゼー湖畔の教会

リッフェルゼー湖畔で

ゴルナーグラートのテラスで

ツムットは、昔ながらの生活様式を残している村として有名だが、古い建物の多くは、レストランやカフェになっており、大勢の観光客であふれている様子に、少しがっかりした。どこの国でもこうならざるを得ないのかと思う。その中で、農家の夫婦がトラクターに刈った草を積んでいる姿が目を引いた。なだらかな道を下り、ツェルマットに戻った。

マイエンフェルトには行けなかった

グラウビュンデン州東北のマイエンフェルトは、「ハイジ」の里として日本では余りにも有名だが、スイスやドイツでは耳にしなかった。原作はチューリヒ州生まれのヨハンナ・シュピリで、ここで夏を過ごした経験を基にしている。

１９７４年のフジテレビのアニメと主題歌「おしえて」の果たした役割は大きい。子供と一緒に放送を楽しんだが、着任した東海銀行大須支店には、壁面にモザイクの大パネルが掲げられていた。

原作とは趣が違うので、当初スイスでは評価されなかったようであるが、今では多くの観光客、特に日本人で賑わい、観光施設も出来て喜ばれているようである。余談だが、こちらでは「ハイジ」と言っても通じない。「Heidi ハイディ」と発音するのが正しい。

行員製作のハイジの大パネル

ツムットの古い家

ツムット村遠望

アッペンツェル

スイス北東部の秘境と言われるアッペンツェルは、ヨーデル発祥の地として知られる村。仙台の佐藤憲男さんがここを教えてくれた。更にBSテレビのヨーデル大会を勝ち抜く練習活動を見て、是非とも訪れたかったが、行けなくて残念であった。

アルプホルン・フェスティバル

スイス南西部のヴァリス州のナンダは、毎年8月に、アルプホルンの国際フェスティバルが開かれ、各地から愛好家が集結する。高台の草原に百本が並ぶ写真を見てあこがれたが、登山に忙しくてかなわなかった。

また、アイガー・メンヒ・ユンクフラウの三山をバックにしたメンリッヒェン、緑の高原で繰り広げられる祭りの写真は旅情をそそるが、ここも行けなくて残念である。

資料提供：全国手作りアルプホルン連盟（日本での演奏風景）

ミュンヘン語学留学Ⅰ　学校での生活と市内

▲Bクラスの級友たちと（前列右端がフェロニカ先生）

▲支配人夫妻：ユタ（左）とマルセロ（右）

▲聖ペーター教会の塔から市街を見る

▲新市庁舎とマリエン広場

▲夏の日差しを浴びて：カールス広場で

▲バイエルン州立劇場

▲宮廷庭園のディアナ神殿

▲下宿の主アンナと同宿のカルロスと
ニンフェンブルク城で

ミュンヘン語学留学Ⅱ　校外活動

◀▼ビールの祭典オクトーバーフェスト▼

▲ジョッキ形の帽子

◀パレードの御者と

▲民族衣装を着たミュンヘン子

▲三人娘もプロースト!!

▲学友達と乾杯　プロースト!!

▲学友とアイススケートを楽しむ：オリンピックスタジアムで

▼ボウリングに興じる

ドイツ国内・周辺の旅Ⅰ　歴史・物語を訪ねて

▲秋のノイシュヴァーンシュタイン城

▲秋の城遠望

▲雪のノイシュヴァーンシュタイン城

▲アルプ湖の紅葉（城の下の湖）

▲ザルツブルク　サウンド・オブ・ミュージックの舞台を訪ねて
ミラベル宮殿の大理石の階段

▲ミラベル宮殿の庭園

ドイツ国内・周辺の旅Ⅱ　歴史・伝統を訪ねて

▲ヴェルニゲローデ　木組みの家

▲ハルツ山地
ブロッケン山頂で

▲ハルツ狭軌鉄道の現役SLに乗る

▲バルト海　海軍記念館とＵボート

▲慰霊の国旗

▲ケルン地区のカーニバル

▲仮装して見物　フランク・アケミと

▲プラハ　チラシ配りの美人

▲プラハ　カレル橋Ｓ･ザビエル像

▲ウィーン　シュテファン大寺院

南欧三か国の旅Ⅰ　スペイン・ポルトガル

▲マドリッド　王宮

▲カルロスの家族とXmasイブを祝う

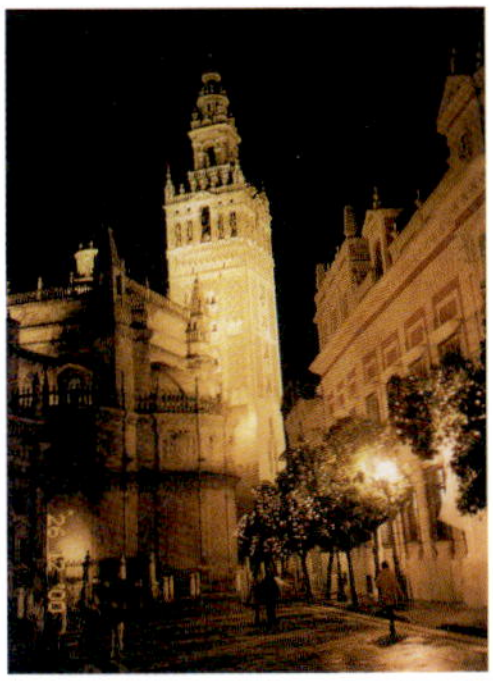

▲セビーリャ　ヒラルダの塔の夜景

▲フェルナンドの伯父宅の歓迎会

▲リスボン　サンジョルジュ城址

▲ポルト　ロウド川のワイン運搬船に乗る

▲ポルト　グレゴリオ教会の塔でサラと

▲ロカ岬に立つ　ユーラシア大陸最西端

南欧三か国の旅Ⅱ　ギリシャ／スペイン・グラナダ

▲アテネ　パルテノン神殿

▲乙女像石柱（6 体）

▲出土品

▲アテネ　神殿跡の石柱

▲第 1 回オリンピックスタジアム

▲ペロポネソス半島 円形劇場跡

▲クレタ島　クノッソス宮殿遺跡

▲出土品

▲宮殿跡の彫刻像前で

▲スペイン・グラナダ アルハンブラ宮殿の中庭

▲天井の彫刻

▲宮殿から市街を見る

アルプホルンに魅せられて　地元の行事で演奏

▲木曽御嶽山の開山祭（５合目田ノ原）

▲木曽駒ヶ岳開山祭の雪の舞台

▲日本山岳会東海支部 50 周年記念式典（名古屋今池ガスビル）

▲ヨーデル・エンツィアンと共演

▲吉田章先生の指揮

▲乗鞍岳まいめの池畔　花にささげるコンサート

▲▼愛岐廃トンネルの春の一般公開での演奏

アルプホルンに魅せられて　イベント・海外で演奏

▲愛・地球博（愛知万博）で演奏

▲観客との交流会で

▲モンゴル・ウランバートル
チンギスハーン村　ゲルで宿泊

▲宮城県鬼首温泉 アルプホルンフェスティバル

▲モンゴルの大草原で演奏

▲豊田市の「おいすか」でトンガ研修生と

▲草原のショー　騎馬隊による戦闘シーン

▲チンギスハーン村での乗馬体験

第2部　六十歳からの青春

第1章　老年留学の奨め

空晴れて向かう山並幾重にも
　四十二年の勤め今ぞ終えにし

２０００年８月から２００１年３月まで、ドイツのミュンヘンに留学する機会を得た。

丁度20世紀から21世紀へ向かう時であり、自分にとっても、「齢六十歳」人生最大の節目であった。「還暦」とはよく言ったものであるが、僕としては「悠々自適」や「六十の手習い」など論外で、正に「青春が巡ってくる」思いがした。五十歳代に心に暖め準備して来た計画を、実行に移す時が到来したのである。

７月27日は、生涯で最も心が晴れ晴れする日を迎えた。長い間縛られていた綱を、自ら解いて自由な世界へ飛び出した日である。十年間勤めた会社を任期満了により退任、その前の銀行勤務時代から数えて、実に四十二年四か月であった。8月1日名古屋発のルフトハンザ機は、「六十路の旅立ち」となった。

ドイツ全図

ドイツ国旗

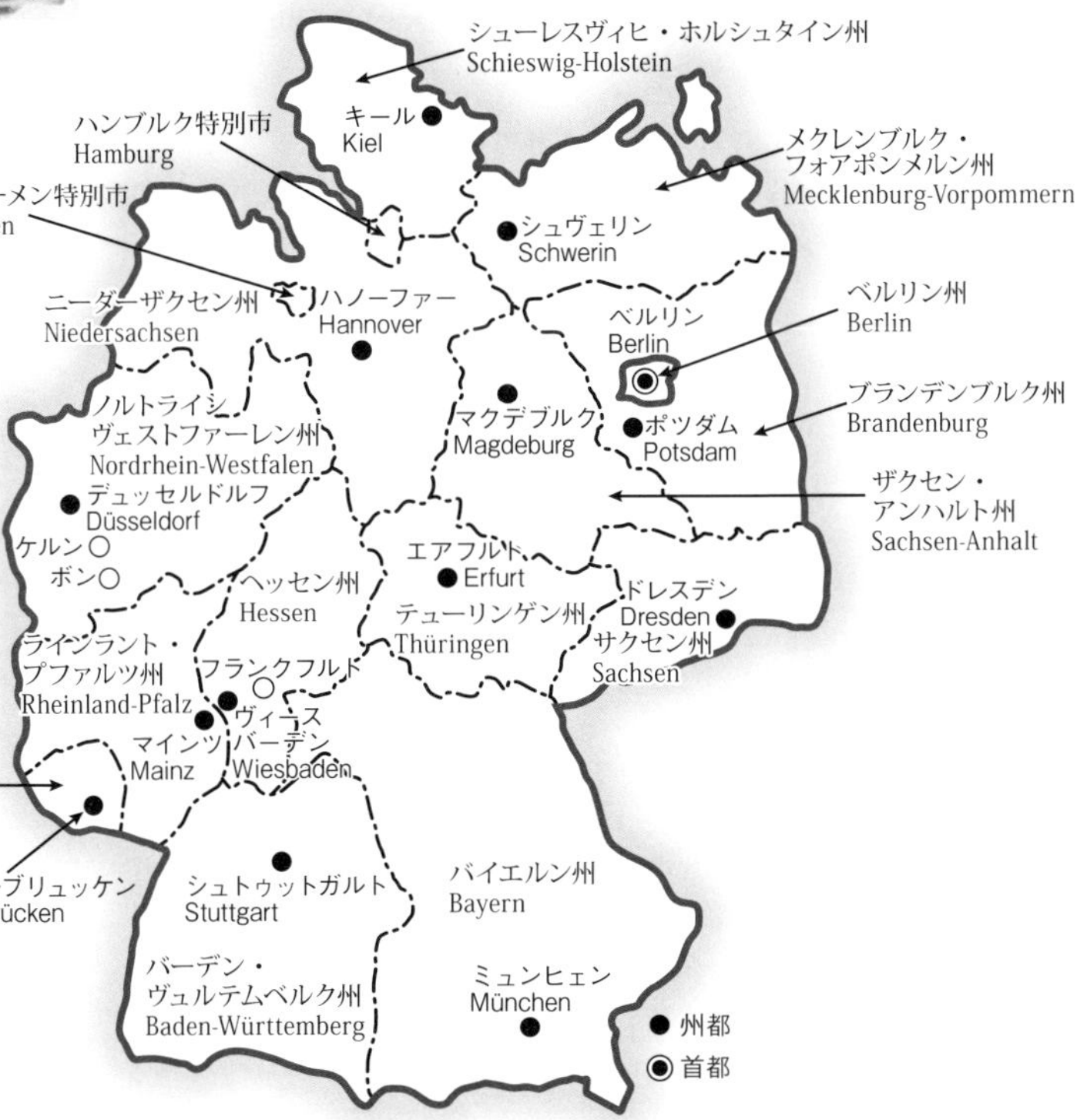

シューレスヴィヒ・ホルシュタイン州
Schieswig-Holstein
キール
Kiel
ハンブルク特別市
Hamburg
メクレンブルク・
フォアポンメルン州
Mecklenburg-Vorpommern
ブレーメン特別市
Bremen
シュヴェリン
Schwerin
ニーダーザクセン州
Niedersachsen
ハノーファー
Hannover
ベルリン州
Berlin
ベルリン
Berlin
ブランデンブルク州
Brandenburg
ノルトライン・
ヴェストファーレン州
Nordrhein-Westfalen
マクデブルク
Magdeburg
ポツダム
Potsdam
ザクセン・
アンハルト州
Sachsen-Anhalt
デュッセルドルフ
Düsseldorf
ケルン
ボン
エアフルト
Erfurt
ヘッセン州
Hessen
ドレスデン
Dresden
テューリンゲン州
Thüringen
ザクセン州
Sachsen
ラインラント・
プファルツ州
Rheinland-Pfalz
フランクフルト
ヴィースバーデン
Wiesbaden
マインツ
Mainz
ザールラント州
Saarland
ザールブリュッケン
Saarbrücken
シュトゥットガルト
Stuttgart
バイエルン州
Bayern
バーデン・
ヴュルテムベルク州
Baden-Württemberg
ミュンヒェン
München
州都
首都

8月28日、都心にある語学学校に入学した。キッカケはガイドのダヴィットで、日本へ誘った時「お前のドイツ語では退屈するので嫌だ」… 売り言葉に買い言葉で留学するハメになってしまった。苦労も多かったが、僕は大学に行ってないので、その生活は実に新鮮で刺激的であった。「一年間で、今までの十年分の体験をした」思いがした。ドイツ国内の旅行体験も加わり、ドイツは僕にとっての「第三の故郷」としての存在になった。

ドイツにやって来た

① 平野と森の国ドイツ

8月24日、チューリヒから空路入ったミュンヘンは、人口百三十万人のバイエルン州の州都で、元はバイエルン王国ヴィッテルスバッハ家八百年の王城の地であった。バイエルン州は、ドイツの最も南部に位置し、ドイツ全体の面積で20%、人口で14%を占める大州である。

地方分散と分権

ドイツの面積は三五七、一〇〇平方km、日本とほぼ同じで、人口は八千万人である。日本は山岳地帯が多く、人の住めるのは国土の六分の一程度であるが、ド

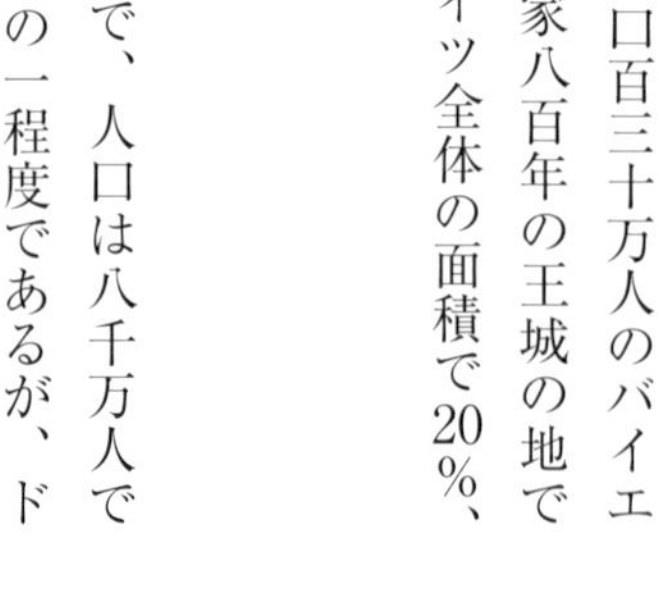

ミュンヘン　ケーニヒス広場

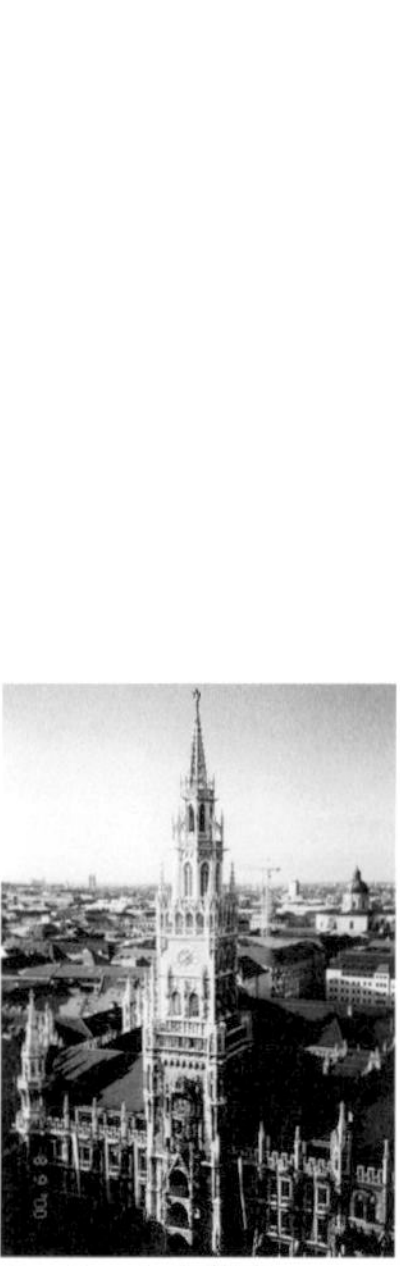

ミュンヘン市役所

イツは平野の国だから、比較にならない広さを感じる。

都市の中心部は、歴史ある建物が密集しているので狭く感じるが、郊外は広々として緑豊か。市内にも多くの公園がありよく整備されている。日本では「森」というと山を想像するが、ここでは平野のため「林」と言うべきか。車をストップし、清流が流れ、多くの市民が散策を楽しんでいる。

百万人以上の都市は、ベルリン（三百四十万人）・ハンブルク（百八十万人）・ミュンヘン（百三十万人）・ケルン（一〇三万人）の四つしかなく、地方分散と分権が徹底している。「東京のコピー」みたいなことはなく、ここではどんな地方都市へ行っても、その街の自慢と風情を感じる。

古い物が大切　◆アンティークもほどほどに

ドイツは、古い物を大切にする国。ミュンヘンは、ナチスゆかりの地であったことから、先の大戦で壊滅的な破壊を受けたが、ことごとく復興させた。

焼け跡から煉瓦の破片一枚一枚を掘り起こし、設計図通りに修復したと聞く。何百年も昔そのままの建造物を前にすると、ドイツ人のすごさを感じる。

一方、築後百年以上経っている家屋は、法律で勝手な修理は出来ないようで、「外観は素敵だが内部は不便」という話もよく聞く。

ドイツの家庭では、どっしりとした古い家具にお目に掛り、めったに捨てないのに驚く。下宿で日本への荷物の計量に、奥さんが持って来たのは分銅を動かして計る戦前の代物。効率化が当たり前の我々から見ると程度問題で、適当に捨て

ミュンヘン市内東部のイギリス庭園

ミュンヘン中心部のノイハウザー通

た方が快適で、経済の活性化にも寄与すると思うのだが。

② 札幌・ミュンヘン・ミルウォーキー

以前サッポロビールが使った、ビールの都市を緯度で結んだキャッチコピー、あれは間違いである。日本地図をヨーロッパの上に持って来るとよく分かる。東北地方が、南欧イタリアのシチリア島に重なる。札幌は北緯43度、ミュンヘンはドイツの南部でありながら北緯48度で、これはサハリン（樺太）の位置である。だから冬の寒さは厳しく、マイナス15～20℃まで下るが、日本のような厳しい季節風は無いし、ドカ雪も降らない。どこの家も冬向きに出来ており、ハイツングというスチーム暖房が完備しているので、それ程の寒さは感じない。

面白いのは、ドイツでは逆に南の方が寒く、北の方がむしろ暖かい。これは、大西洋の海流のせいで、ドイツより北にあるイギリスの方が暖かいとも聞く。南に行くと高度を上げ、ミュンヘンの標高は520mある。最南部でオーストリア・スイスと国境を画する。国境山脈がドイツアルプスで、最高峰のツークシュピッツェ（2962m）は、オーストリアとの国境にある。したがって、登山対象の山岳やスキー場は、南部のバイエルン州ということになる。

気候上での日本との違いは湿度で、年間の降雨量は日本の半分以下であるが、年間の差が無く、夏乾燥し冬に湿り気を感じる。下宿の地下の部屋でも不都合はなかった。そのお陰で、ビールが実に美味しく、毎冬悩まされたアカギレが全然

街の中心部のフラオエン（聖母）教会

ミルウォーキー市章

ミュンヘン市章

札幌時計台

ミュンヘン市街地図

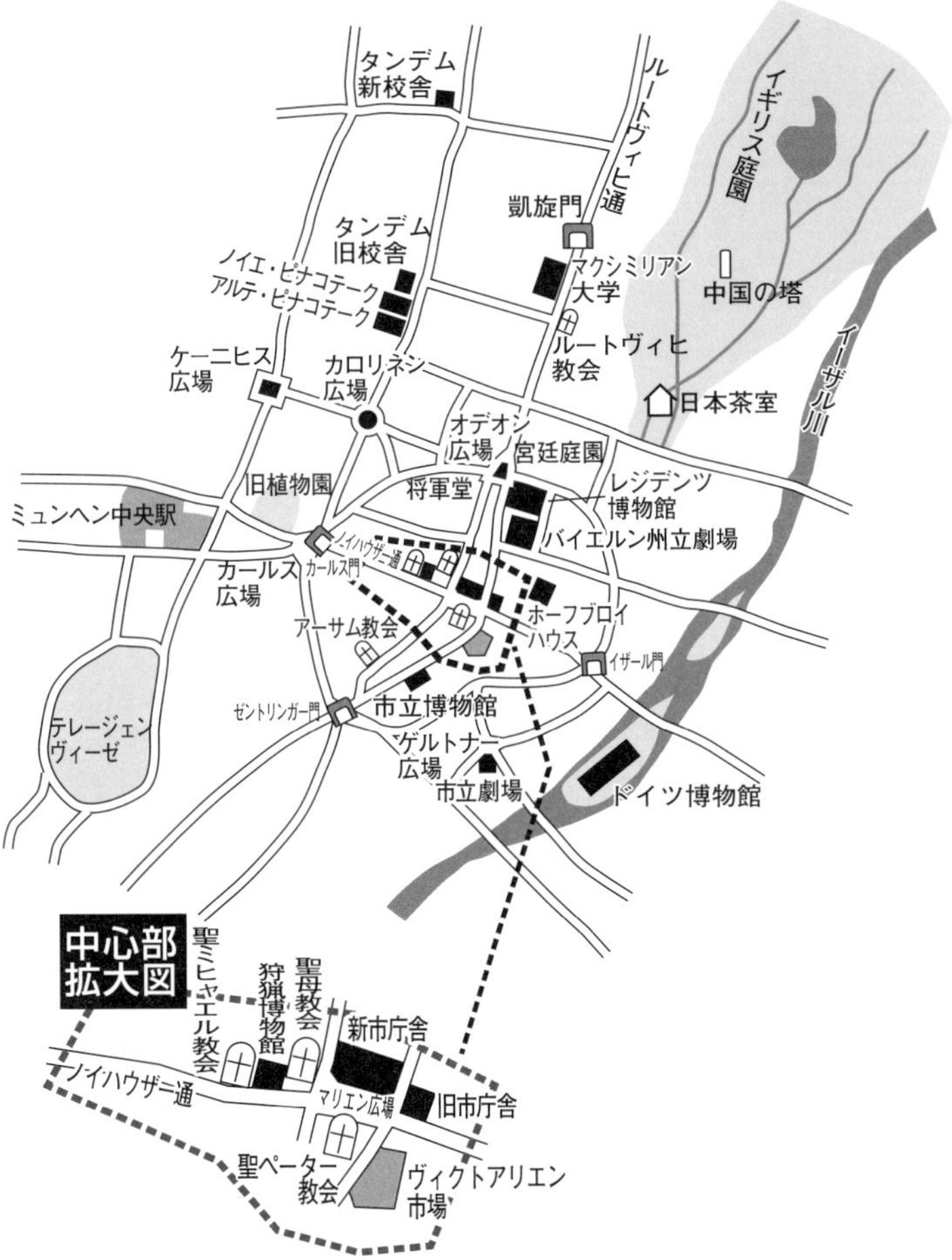

ミュンヘン中央駅

◆ 地名などの表記

V（フォア）とW（ヴェー）

Hannover ハノーファー・Weimar ヴァイマール・Würzburg ヴュルツブルク・Lodwig ルートヴィヒ・Wagnar ヴァーグナーなどはドイツ読みとし、Wien ウィーンとWein ワインは英語読みとした。

S（ジ）

Siegburg ジークブルクと Siemens ジーメンス（電機大手）はドイツ読みとした。

現れず有難かった。

③　今でもバイエルン王国

平野が少なく、山や海に挟まれた日本の都市は、街道に沿って長く続くが、平野の国ドイツの都市は円形で、その周りを城壁と運河が囲む。街の中央には広場があり、その周辺に市役所・教会などの公共施設が集中し、そこから放射線状に道路が伸びている。

ミュンヘンの街もこうした構造で、市の中心のマリエン広場の正面には、市庁舎が建っている。現代の中心は、鉄道の中央駅 Haupt bahnhof となろうか。駅から東に行き、カールス門を潜って東に続くノイハウザー通がメインストリートで、マリエン広場までの700mが車の乗り入れ禁止になっており、平日でも大勢の人出に驚かされる。

旧城壁跡の西門はカールス門で、ロータリーの噴水には多くの人が休んでいる。マリエン広場を東に500m行った東門がイザール門で、ここから見ると旧城壁の跡がよく分かる。更に東南に400mでイザール川に至る。旧城壁跡の南側はゼントリンガー門で、北側のオデオン広場には大きな将軍堂が建ち、二将軍と二頭のライオンの青銅像が街を守っている。

オデオン広場から広いルードヴィヒ通を北に1km行くとルートヴィヒ・マクシミリアン大学の広いキャンパスがあり、その北にジーゲルストゥーア（凱旋門）がそびえている。

凱旋門

北の守り神：将軍堂

カールス門

誰もが住みたい街

ミュンヘンは魅力ある街今住みて
大阪京都名古屋を合せし

ミュンヘンの名物は、ビールと白ソーセージということになっていて、ドイツの中・北部から来た者は馬鹿にする。しかし、歴史建造物や文化財・近代的都市機能・経済力と三拍子揃った魅力ある都市で、ドイツ全土でのアンケートの結果、三分の二の人がミュンヘンに住みたいと望んでいるようである。

そんなミュンヘンを僕は、「大阪と京都と名古屋を一緒にしたような街」であると思っている。「ベルリン（東京）への対抗心旺盛（大阪）」と「古都（京都）としての存在感」と「偉大なる田舎」（以前名古屋で自慢・自嘲的に言われた）の共通項である。

ルートヴィヒⅡ世

バイエルン州の住民は、中央への反発心も含めて、「愛国心旺盛」で、今なお「バイエルン王国」との思いが強い。ノイシュヴァーンシュタイン城・ロマンティック街道・ドイツアルプス・多数の湖 etc. と、観

ルートヴィヒⅡ世

ノイシュヴァーンシュタイン城

ルートヴィヒ教会

光資源には事欠かず、財政的にも最も富める州と言われている。その中で、ドル箱の筆頭はノイシュヴァーンシュタイン城である。これを含めた三つの城を作って国家財政を破綻させたのは、当時の国王ルートヴィヒⅡ世である。

このため、統一ドイツの統治をプロイセン（ベルリン）に委ねざるを得ず、彼自身も謎の死を遂げている。しかしながら彼の人気はとても高い。ミュンヘンに住んでみて理解出来たような気がした。

Grüß Gott！ グリュース・ゴット

バイエルンを含めた南ドイツとオーストリアのチロル地方の挨拶で、朝・昼・晩に共通して使われる。「神のご加護を」という意味だが、もっと軽く「こんにちわ」の代わりで、多くの人が多用する。

使ってみると意外に便利で、ベルリンなどの中・北部の都市に出掛けた時も構わず使ったが支障がなく、ミュンヘンから来た者とすぐ分かってもらえて好都合であった。しかし、いい気になってスイスで使ってみたら、変な顔をされたのには困ってしまった。

④ 生活と街の様子

教会

ヨーロッパ人にとっての教会は、日本での神社仏閣のような存在。絵になる建

聖ミヒャエル教会と聖母教会（後方）

聖ペーター教会の塔

アーサム教会の内部

築で内部の造作装飾も素晴らしい。出入り自由なので時々訪れた。

新市庁舎西のフラオエン（聖母）教会は、双塔の頭がネギ坊主のようで、遠くからでもよく見える。大きな建物で、王家ヴィッテルスバッハ家の墓所。マリエン広場南の聖ペーター教会は最も古い教会で、92ｍの塔へは外側の螺《ら》旋階段を使って登る。マリエン広場や新市庁舎を見下ろすのが面白い。内部の装飾が素晴らしいのがアーサム教会で、マリエン広場から南西４００ｍの位置にある。

フラオエン教会西側の聖ミヒャエル教会は、ルートヴィヒⅡ世の墓所。三角屋根の綺麗な建物と内部の様式が素晴らしい。帰国後の豊田市のパイプオルガン演奏会で、奏者の土橋薫さんからここの奏者をしていたと伺った。

ドイツのキリスト教は、カトリックとプロテスタントが半々だが、南部のバイエルン州は保守的でカトリックの勢力地域。

マリエン広場と市庁舎

市の中心はマリエン広場で、正面の新市庁舎は、一八六七年～一九〇三年に建てられた新ゴシック様式の素晴らしい建物。東方の旧市庁舎は一四七〇年～一四八〇年建築であるが、先の大戦で大破し修復されたので、新市庁舎より新しく見える。玩具博物館などに使用され、今なお現役である。

市庁舎は、どこの都市でも市の顔である。その姿は絵になり、主要な観光資源となっている。僕もマリエン広場が好きで、学校の帰りによく立ち寄った。新市庁舎の塔にある仕掛時計は有名で、等身大の三十二体の人形が、オルゴールの調

塔で演じられる人形劇

新市庁舎（左の写真）と旧市庁舎（右の絵）とその前のマリエン広場

べに合わせて歴史劇を繰り広げる。これを目当てに沢山の人が集って来る。日本の都市で、「真っ先に市役所を見たい」と思うような都市があるだろうか。

中庭や地下にはレストランもあり、85mの塔へはエレベーターで上がれ、ドイツアルプスまで見渡せる眺めが素晴らしい。

商店が健在

ミュンヘンに来て感心したのが、商店の健在。これは、スーパーがどれも小規模で、駐車場が無く徒歩か自転車利用の影響か。コンビニは無く、キオスクや屋台がこれに代わっていた。

ドイツでは法律で、日曜と土曜の午後四時以降の閉店を義務付けられていたので、土曜日の午後は買物に必死になった。そのため、二段式のリュックサックを買い、下段に学校の教材を入れ、上段には学校帰りの食料品を入れた。

飲食

ドイツのパンは、硬くて味の付いてないのが主体だが、トーストパンもあったのでトースターを買い、朝食は日本流にした。

ドイツの簡易食は、硬いパンにハムやソーセージを挟んだサンドウイッチで、通学途上で買い学校の休憩室で食べた。チーズやハムは豊富でいろんな種類を切り売りしていた。

夕食は、下宿でご飯を炊き、料理を作って食べた。ドイツは安全上ガス火は使

ドニスルの店でのサラとマリの送別会

白ソーセージとブレッツェル

わないので、全ての料理を200ボルトのホットプレートで調理する。炊飯器が無かったので、鍋で炊くご飯の熱加減・水加減に苦労した。時間が無い時には、駅前のレストランを利用し、メニューはピザが重宝した。

ヴィクトゥアリエン市場

二百年の歴史を誇るミュンヘン最大の青空市場。マリエン広場の南にあり、毎日多くの人で賑わっている。スタンドもあるので友人と訪れ、飲物と食料を買っておしゃべりを楽しんだ。

高級食品店

マリエン広場北東にある「ダルマイヤー」でワインを買っていたら、「こんな高い店で買うものではない」と下宿の主アンナに怒られた。日本人客の会話「このワインは、日本で買うと倍の値段」を耳にしたからだが、デパートは品数豊富だし、スーパーで十分と反省した。チョコレートなどが豊富なので、見ているだけでも楽しいが。

名物

ミュンヘン名物の白ソーセージは、マリエン広場に面したレストラン「ドニスル」が有名。学友と訪れたが、遅い時間だと品切れになる。ポルトガル人のサラや日本人マリの送別会などにここを利用した。

ヴィクトゥアリエン市場

ダルマイヤーの店舗

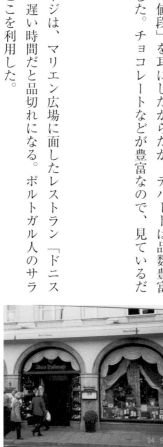

ドイツの主要農産物の一つが馬鈴薯《しょ》。マリエン広場近くのレストランで、ギリシャ人のジョージと注文したのが、「全部がジャガイモ」のコース料理で、初めは美味かったが、後になるほど苦労した。

ブレッツェルという、表面を硬く焼いたハート形の捻《ね》じれパンは、ドイツ独特で、塩味が効いてビールのつまみに重宝した。日本で探しても同じ歯触りと味は見付けられなかった。

医者

日本の医学はドイツから入ったので、カルテ・メス・オペなど多くがドイツ語。耳鼻咽喉科は、「ハルス・ナーゼン・オーレン（喉‐鼻‐耳）」と逆に言うのが面白い。

ある日左の耳が全然聞こえなくなり、学校の授業を右の耳で必死に聞いていた。同級生のユミが見かねて、自分が行っている耳鼻科を予約してくれた。医者に掛かることは考えてなかったので、このツテは有難かった。

診察台に座って待っていると、先生は「グリュースゴット！」とにこやかに握手して下さり、「どうしましたか？」「詰まったようです」――verstopfen（詰まる）というドイツ語を知っていてよかった。洗浄・除去後、徹底的な検査をして下さった。外へ出て、車のワダチの音がやたらうるさく、世の中こんなに騒音に満ちていたのかと、喜びよりも驚きの方が大きかった。

風邪薬

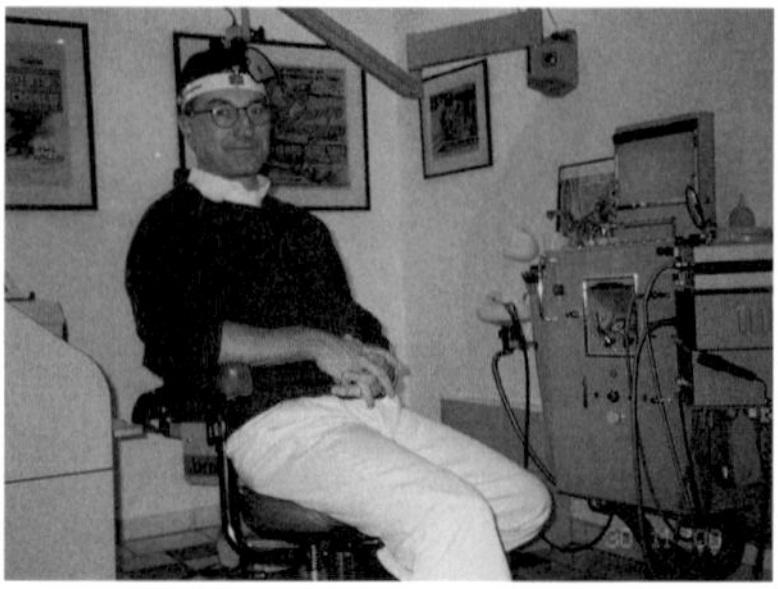

耳鼻科の先生

11月になるとさすがに寒くなり、風邪を引いてしまい良くならない。風邪薬の日本からの取り寄せが上手く行かず、学習パートナーのクラウスに相談する。彼がくれたのが「アスピリン」で、未だに常用されていることにびっくりする。ガラスの瓶に大きな粒が沢山入っており懐かしかった。

床屋

髪が伸び我慢出来なくなり、学校帰りに近くの床屋へ寄る。予約制でノートに名前を書いてくれた。理容師は若くて可愛い女性で、帰国までに数回訪れた。

ニュースダイジェスト

ミュンヘン在住の日本人は、住民登録者で三千人と教えられ、日本人会への入会を勧められる。

土曜日発行の「ドイツ・ニュースダイジェスト」購読を9月16日から3月10日まで続ける。日本人関連のドイツやヨーロッパの記事が主体で、アルファベットにおぼれる中で一息付けた存在。

旅行会社

旅行代理店の「トラベル・オーバラント」では、窓口女性が親切に応対してくれ、国内旅行やヨーロッパ旅行に無くてはならない存在だった。

デュッセルドルフに、日本人経営の旅行代理店があることを「ニュースダイジェ

理容師さん

スト」で知った。仮ビザ取得の一時帰国で利用、料金を振り込めば航空券を郵送してくれた。日本で購入する価格の半額以下なので、帰国時には片道を捨てても得であった。また「里帰り便」「呼び寄せ便」というのもあって、在留日本人によく利用されているようであった。

狂牛病

アメリカ・イギリスで猛威を振るった狂牛病が、遂にドイツに侵入した。連日新聞で報道され、農業団体の大規模なデモ行進を時々目にして、その深刻さを知った。学校の授業でも取り上げられたが、ＢＳＥは英語で、ドイツ語にはまだこれに代わる言葉がなかった。

トラベル・オーバーラントの窓口女性と会員カード

《Kolumne/Column/ コラム》

(1)交通と費用

交通機関と割引制度

ミュンヘンの交通網は、非常に整備されており、DBドイツ鉄道会社経営のSバーン（近郊電車）とUバーン（地下鉄）が縦横に走り、路面電車とバスとで網羅している。

ドイツの駅には改札がないので、切符には自分で使用済みの刻印を入れる。地下鉄・バス・路面電車とも時々検閲があり、普通の格好の女性の二人組なので、生徒の間では「要注意」と言われていた。

各種の割引制度は、公共交通機関の利用促進のためで、各機関で共用出来る。全ての外国人にも適用されるので、差別しないドイツ人を有難く思った。

身近な割引は、市内区域で一回4マルクの所を、三日乗車券で22マルク、一週間乗車券で25マルクと優遇。一日乗り放題切符だと14・50マルクで『大人二名＋子供三名＋犬一匹』が利用出来る。犬にはびっくりしたが、よく躾られて座席の下に座らされている。これはレストランでも同様の光景。自転車も自由に持ち込めるので、列車との併用で機動的に動ける。駅の階段の脇の板のスロープは不思議に思ったが、これは自転車用で感心した。ベビーカーも、子供を乗せたまま乗車出来る便利さに感心した。

定期券・週末チケット

学生にとって有難いのがグリューネ・カルテという定期券で、午前9時以降の限定で、全区域・全機関共通で一か月83マルク（約四千円）の安さ。週末チケットは、一枚の乗車券で五人まで一緒に使え、特急は使えないが、ドイツ中どこへでも日帰りで自由に往復出来、たったの40マルクである。学校の友達と誘い合って日帰り旅行を楽しんだ。オーストリアのザルツブルクへもこの乗車券で往復出来た。

バーンカード

バーン（鉄道）カードに入会すると、年会費が270マルク（六十歳以上のseniorだと半額）で、DBドイツ鉄道の全区間・全列車が一年間半額にな

《Kolumne/Column/ コラム》

る。僕の場合だと、ベルリンまでの片道で元を取れた。

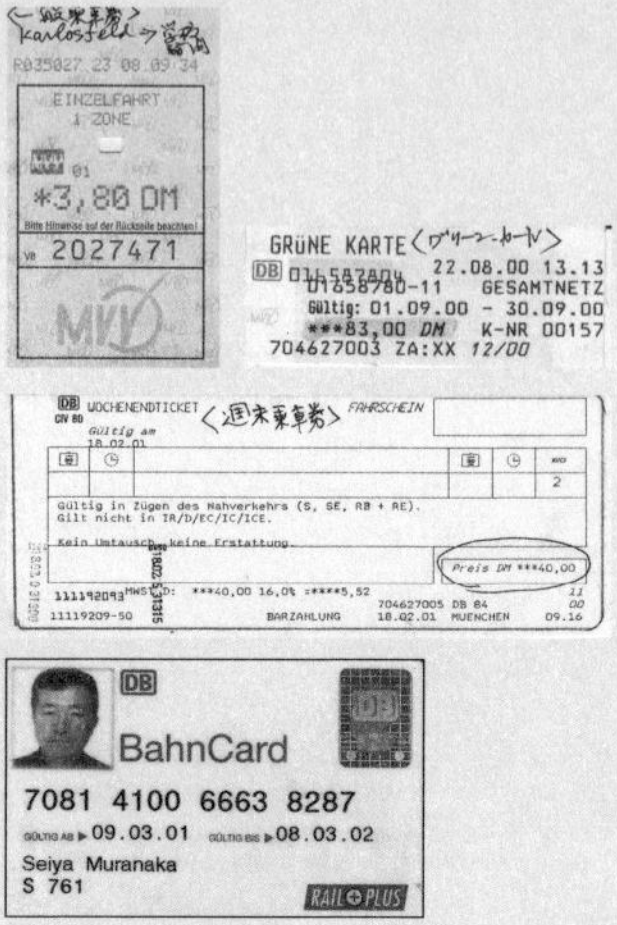

上から：一般乗車券・定期券・週末乗車券・バーンカード

駅のトイレ

日本の地下鉄のように全駅完備でなく四～五駅間隔。「彼等の膀胱《ぼうこう》はどうなっているのか」と腹立たしかったが、トイレの有る駅を調べて地図に書込み対抗した。

またトイレの設備も汚く、日本だと一昔前の品物で、この面では後進性を感じないでは居られなかった。

トイレの番人

ドイツでは、大抵トイレの入口に番人が居る。中年女性が多いが、硬貨を入れる皿を置いてにらんでいる。彼等がトイレ掃除をするので持ちつ持たれつなのだが、管理費を客に負担させるのに抵抗を感じた。しかし後日上高地に行った時、環境保全のための「トイレ一〇〇円協力箱」を見て、少し気持ちが柔らいだ。

運転免許証

名古屋の警察で国際免許証を取得したが、ドイツとスイスは、ジュネーブ条約締結国ではないので、日本の運転免許証で運転出来る。ただし、これの公的な「ドイツ語への翻訳書」を併せ持つことが必要で、大阪の領事館で翻訳してもらった。このペーパーを学校で見せたら、「すごい、優秀ドライバー！」―ゴールド免許だからそう訳されていただけのこと。しかしながら、反対車線（右側）を走行する感覚に抵抗を感じ、遂に使用することはなかった。

ミュンヘンの語学学校入学

⑤ 世界の若者達と肩を並べて　◎語学学校タンデム

語学学校「タンデム」は、ミュンヘンの都心にある。市の中心から北に、路面電車で四駅（現在は更に三駅北に移転）、地下鉄だと二駅の所で、地下鉄の駅名Universität ウニヴェルシテートが示すように、ルートヴィヒ・マクシミリアン大学やミュンヘン工科大学の近くで、六階建ビルの一階を教室に借りていた。

タテ社会からヨコ社会へ

タンデムは、日本でのドイツ語の先生フランクが探してくれた。小さいけれども家族的で、世界各国から来ている若者達と肩を並べての生活は、四十二年間苦しめられた「タテ社会」から、上下関係のまったくない「ヨコ社会」となり、新鮮で刺激的な毎日であった。

「ハロー・サイヤ！調子はどう?」「ダンケ・グート！君はどう?」「グート・ダンケ！」——これが毎日、学校や下宿で顔を合わせた人達と交わす挨拶。僕の名前はSeiyaであるが、ドイツ語での「ei」は「アイ」と読むので、「サイヤ」と呼ばれ、三年前スイスで呼ばれて以来これで通した。

生徒間も先生に対しても、全てファーストネームで呼び合い、ほとんどが姓は知らない。家内から「学校に電話したがうまく通じなかった！」と文句を言われ

学校の2Aのテキスト

タンデムが入居していたビル

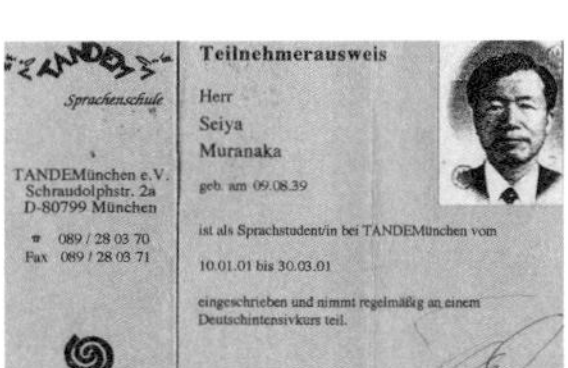
TANDEM
Sprachenschule
TANDEMünchen e.V.
Schraudolphstr. 2a
D-80799 München
☎ 089 / 28 03 70
Fax 089 / 28 03 71
TANDEM®

Teilnehmerausweis
Herr
Seiya
Muranaka
geb. am 09.08.39
ist als Sprachstudent/in bei TANDEMünchen vom
10.01.01 bis 30.03.01
eingeschrieben und nimmt regelmäßig an einem Deutschintensivkurs teil.
München, den 10.01.01
Direktorin

タンデムの学生証

たので、「姓でなく名前で呼び出してくれ」と念を押した。

また、人称代名詞のSie（英語のyou）は、フォーマルな用法で、親しい間柄では du を使う。下宿・学校でこれを常用するのが嬉しかった。

先生方

支配人のマルセロ・アバロスは、スペイン系で優秀な経営者、独・英・スペイン語が堪能。奥さんのユタ・フーバーが、雑務を一手に引き受け、生徒思いでよく気が付き、支えている。最初の先生はフェロニカ（カラー頁・ミュンヘン語学留学Ⅰ）。世話になった先生は、マニュエラ、エルケ、ウーテ、ウルリケ、ドリス（246頁・タンデム最後の授業）の女先生と、トーマスの男先生。エルケの教え方は上手かった。マニュエラは美人で、一年間休職してスペイン語習得のために留学したのには驚いた。フェロニカが他の学校に転職、送別会で「エーデルヴァイス」を歌ったら、涙を流して喜んでくれた。

授業

授業は週五日80時間なので、クラス毎に午前と午後を交代する仕組みだった。生徒のレベルに応じて、A~Dの四クラスに分けられており、テストでBクラスになった。

ウルリケ先生と

トーマス先生（後列）と

ウーテ先生からのバウムクーヘン

エルケ先生と

マニュエラ先生と

当然のことであるが、日本国内と違って、全てがドイツ語で進められる授業であり、当初はこれが実に新鮮に感じ、聞き漏らすまいと必死になったものである。文法用語は、日本の教室では「名詞・動詞・現在形・過去形」などと言うが、こんなことは言ってくれないので、ドイツ語表現に慣れておいてよかったとつくづく思った。

授業の工夫

テキストは、フーバー社の「タングラム」を中心に他の教材と併用する。レベルに応じて1A・1B・2A・2Bを購入したが、2Bはかなり難しくなった。

教科書は良く出来ており、生活・地理・歴史などを、外国人が授業を通じて身に付ける工夫がなされている。有名人の生涯では、クララ・シューマン（音楽家）とポーラ・ベッカー（画家）が、自立した女性として取り上げられていた。

授業では、体の部位を書いた紙を探して体に張り付けたり、動詞の現在形と過去・過去分詞とを合わせるトランプゲームなど工夫が凝らされていた。ロールプレイングも多用されたが、ヨーロッパ人達は活発だった。僕は筋書き通りでは面白くないので、創作して演じると、大笑いして喜んでくれた。

クナイペ（飲み会）

クナイペという飲み会は、近くの安価なレストランを予約し、学校が度々計画してくれたので、出身国の話しをつぶさに聞くことが出来た。

体の部位のカードを付けて覚える

動詞の活用形のトランプゲーム

ドイツではレジがなく、担当のウェイトレスがテーブルで徴収する。彼女がメモにキチンと記録して計算してくれるので、取り漏れはない。ここでも個人主義なので、好きな時に、自分の飲食代を払ってさっさと帰って行く。最後まで残る日本人との違いを感じた。

アルファベット育ちと競う

月が改まると、クラス編成替えがあり、下のクラスから上がって来るヨーロッパ人達の苦労する姿を楽しみにしていたが、初めて手にするテキストをいとも簡単に読みこなし理解して行く姿を見て、いやになってしまった。アルファベットで育ち、言語に共通点の多い彼等とは大変な差があり、我々は大きなハンディを背負っている事に改めて気付かされた。

隣に座っているイタリア娘のミケラなど、高校・大学で英・仏・スペイン・独語を習い、「イタリア語と合わせて五つ目だ」と涼しい顔をしている。ヨーロッパでは、多言語が当り前で、「三か国語では不足」というのをこの時知った。

人間としての魅力がないと!!

世界の若者達との生活は、同じ視点で居ないと、一日も過ごせない。そして、肩書きや昔の権威など一切通用しない裸の付き合いであり、人間としての魅力がないと誰も相手にしてくれないことを痛感した。

クナイペ（飲み会）での歓談

ロールプレイングでミケラと

日本はすごい国?!

よく職業は何かと聞かれるので、「年金生活者だ」と答えたら、「日本はすごい国だ！」と言われた。理由を聞くと「その年で年金がもらえるのだから」。僕は若く見られるが、「四十代半ば」と言われたのには驚いた。

また失業率も聞かれたが、日本の４％台など失業率の内に入らないと言われた。当時南欧諸国は15％を越えており、ドイツの企業に勤めたり、飲食店でアルバイトをしている生徒も多かった。

学生食堂（メンザ）

学生食堂はMensa メンザと言い、隣のミュンヘン工科大学と提携して生徒の便宜を図っていた。プリペイド制のカードを使用し、希望の品を自分で選べる。学生や教授の隣に席を取り、ドイツの学生生活をちょっぴり見ることが出来た。また、近くのルートヴィヒ・マクシミリアン大学も、自由に見せてもらえた。

校外活動

研修生の女性の引率で、ザルツブルクなどの郊外への日帰り旅行を定期的に実施してくれたが、オリンピックスタジアムでのスケート大会は学友たちが喜んだ。マニュエラ先生が上手く、フィンランドからの二人は特に張り切っていた。

ボウリング大会も面白く、９個のピンは小型で天井から紐で吊り下げられていた。数の多さを競うのでなく、特定の数を高得点にしたり、順番にそろえたりと、

マクシミリアン大学とミュンヘン工科大学

工科大学の食堂でノブコと

ユタの工夫に感心した。

⑥　学友達と仲良く

8月28日(月)の授業開始日には、大勢の生徒が入学した。常時入学出来るが、夏休みの関係でこの時期が多いのだろう。ヨーロッパ・アメリカ・中南米・アジア…世界各国から来ているが、ドイツの経済力を反映して、イタリア・スペイン・ポルトガル・ギリシャの南欧諸国が多かった。

日本からの生徒

日本からは四人が入学した。いずれも東京の女子大生で、ユリと二人のマリと僕である（二人は区別のために、先生からUとKを付された）。一週間前にサワコが来ていたので総勢五人であった。

初日の午後に、研修生が市内を案内してくれて、マリエン広場で解散したが、最後まで残った七人のうち日本人が五人…律儀さがよく分った。

英語が幅を利かせる中で、ドイツ語にチャレンジする気概が嬉しく、気心が知れて心強かった。マリKの下宿の問題は、協力して学校側とかけ合った。100%の解決には至らなかったが、改善出来て嬉しかった。

その後男子学生も入校したが、やはり少なかった。ヨーロッパからは三十歳代の生徒が居たのに。そんな時、ミュンヘンの大学で教えている先生の奥さん二人も入校したので、多くの面で助け合えたのが有難かった。

8月28日の市内案内で最後まで残った7人
（右から4人目が学校の研修生）

同期入学の日本人4人で

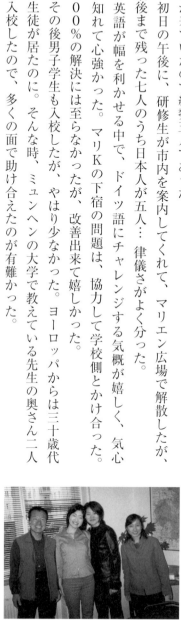

個人主義

ヨーロッパの生徒は遅刻は常習である。学校の行事でも好きな時に来て、自分の都合でさっさと帰って行く個人主義が徹底している。その代わり人に迷惑を掛けることだけは避ける。そして、ヨーロッパ人にとって一番大切なものは、「自分の時間」である。誰に聞いても、「一年間に三十日の連続休暇は、ノマール（普通の状態）」だという答えが返って来る。日本の現状との格差を思う。

二十歳に社交を教わる

学校帰りには立ち飲み屋へ寄ることが多かった。こんな時の主役は南欧人で、夢中になって話し込んでいると割り込んで来て、「君はもうこの人とは十分コミュニケーションを取ったはずだから、違うテーブルへ行きなさい、一人でも多くの人と接することが大切」と注意されてしまう。やはり彼等は小さい時から自然に習って来たのかと納得。

南欧人は、大雑把なようでいて人付き合いには細やかである。スペインから来ていたフェルナンドは、タンデムに居たのは一か月であるが、その後もよく学校を訪れ、飲み会や学校の行事、あるいは送別会には必ず参加した。律儀で皆に親しまれたが、長く付き合ったうちの一人である。そんな彼等を見て、ヨーロッパ人達の考え方…「友情」をとても大切に考えることを知った。

学校の休憩室での歓談：右端がユタ

右から２番目がホニュールソン（ブラジル）
３番目がフェルナンド（スペイン）

パートナー制度

学校の「パートナー制度」に早速申込んだら、クラウスという三十歳位の青年を紹介された。適宜会って、ドイツ語と日本語を教え合う。相手がかなり日本語を知っているので、かゆい所に手が届くと言うか、込み入った表現の習得には随分役立った。

彼の自宅を訪問したり、オクトーバーフェストやトールウッド（冬期のミニオクトーバーフェスト）に一緒に行ったり、一人では行けない所に案内してくれ嬉しかった。また彼の友人を連れて来てくれた。特に親しくなったのが、マニュエルとアンドレアの夫婦で、彼らとはずっと交友が続いた。

彼は弁理士をしており、弁護士のアンドレアは、仕事上の片腕でもあった。その後二人でスイスで事務所を設けたり、オランダに出張したりと、縦横の活躍振りであった。

生活者としての言語

交通機関・デパート・スーパー・銀行・商店・役所など、日本とのシステムの違いに戸惑い、当初は「聞けない、通じない」の連続であった。今まで何度もスイスやヨーロッパに来ているが、こんな不自由は感じなかったのにと腹が立ったが、「旅行者としては何んでもないことが、生活者としては重くのしかかって来る」ということに気付いたのである。

トールウッド（冬期オクトーバーフェスト）で

クラウス宅でクラウス・アンドレア・マニュエルと

三か月の壁

出発前に山岳会の女性から、「三か月の壁を乗り越えて下さいね」と言われた。三年間のアメリカ生活からのアドバイスであるが、理解出来なかった。

12月14日、クラウスの車にマニュエル夫婦と同乗し、「トールウッド」に出かけた時、彼等三人の話すことがスッと聞き取れた。「これが三か月の壁か」と嬉しくなった。「生活・話題・仕組」に少し思いを至らすことが出来るようになったのである。

漢字で筆談　◇仲良し四人組

9月下旬、Bクラスに中国人の若い娘が入学して来た。Zhuoja ツオゥジャと呼び、英語名を Nancy と名乗った。ロンドンのハイスクールと大学を卒業、英語は完璧であったが、ドイツ語はおぼつかなかった。

最初の日に、僕に相談を持ち掛けて来た。彼女は英語、僕は独語でかみ合わないが、「下宿で悩んでおり、変わりたい」ことが分かった。学校の支配人に掛け合うが、オクトーバーフェストのタイトな時で、何ともならない。僕がなおも食い下がるのを見て、ツオゥジャが止めた。「もう十分です。有難う！」

沢山の生徒や先生が居る中で、どうして僕に相談を持ち掛けて来たのか？　東洋人同士の親しみ易さか、年の功からか…　それから彼女と親しくなった。上海出身で、父は技術者・母は先生で、日本に留学した兄が居る。一人っ子政策国では恵まれた家庭。

仲良し４人組のツオゥジャ・ノリコ・ビンと

料理の腕をふるう

話したら理解出来ない?!

10月には、Aクラスに居た台湾出身のBinビンと日本人のノリコが加わり、東洋人同士の「仲良し四人組」がBクラスに出来た。休み時間や放課後に行動を共にし、旅行にも一緒に行った。有難かったのは、話が込み入って来た時、漢字の筆談で意志が通じることである。従って外出時にはメモ帳を必ず持参した。こんな僕達の様子を見て、他の生徒は、「書いて理解出来るのであれば、話しても分かるだろう?」と質問するが、「話したら、サッパリ理解出来ない」と答えると、ケゲンな顔をしていた。

授業では、先生は辞書を使うのを極端に嫌い、別の言葉で分かるまで説明してくれる。ある日「Marsmenschはどんな色か?」が出された。他の生徒も身ぶり手ぶりで説明してくれるが、Marsがどうしても分からない。その時ツオゥジャが「火星人」と書いたメモをそっと渡してくれた。

寿司パーティーと餃子パーティー

スイスでもそうだったが、ミュンヘンでも寿司を沢山作ってやって喜ばれた。マリエン広場近くのミカドは、日本人経営で日本食の食材を売っていた。マグロは、デパートで売っていることを見付けた。

餃子作りは、ビンとツオゥジャが主役。豚肉・小麦粉・玉ネギを買って来て全部元から作るので手伝ったが、水餃子にするのと、食べ切れない程沢山作ること

寿司作りでツオゥジャ・フェルナンド・ヤヌスと

餃子作りでツオゥジャ・ビンと

に違いを感じた。

法律はどうなっている?!

同じ中国人でも、一月に北京から来た娘にはびっくりした。裕福な家庭の育ちのようだが、言動はピントが外れていた。授業中に生の人参をかじるしとにかく世間知らずで、ツオゥジャとは大違い、二人は気が合わなかった。

彼女から子供の数を聞かれ「四人」と答えたら、「法律はどうなっている、法律は?!」とまくし立てられてびっくりした。彼女から、ユミと一緒に下宿に来てくれと招待されたが、理由を作って断った。

歌の教室

三月は生徒が少なくなるが、Cクラスは僕一人になってしまった。もうこれ以上ドイツ語は上達しないと思い、思い切ってウルリケ先生に頼んで、ドイツ語の歌を教えてもらった。彼女は歌が好きで、快く応じてくれた。教室から歌声が漏れたが、「ローレライ」や「野バラ」そして「歓喜の歌」は実に楽しかった。

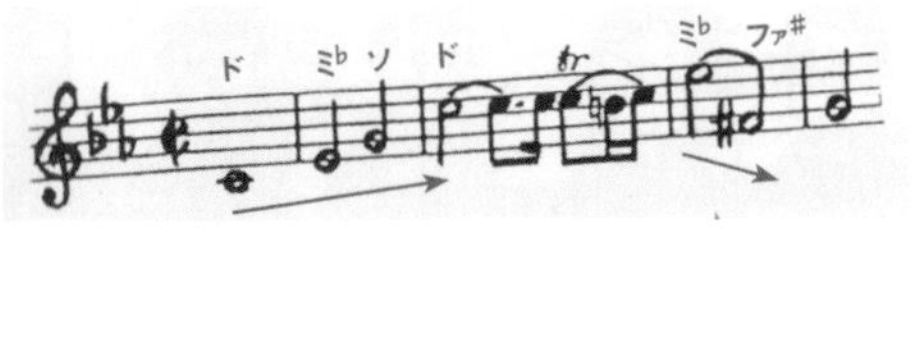

《Kolumne/Column/ コラム》

(2) 学校と費用

入学の申し込み

学校は、２０００年４月に、日本でのドイツ語の先生フランクに探してもらった。彼は既にドイツに帰国していたので、手紙と電話でのやり取りであった。

彼からは、フランクフルトとフライブルクとミュンヘンを候補に挙げて来たが、総合的に考えてミュンヘンのタンデムを選んだ

タンデムからは、５月に申込書と2ページの質問状が届いたので、辞書と首っ引きで記入した。申込金として３００マルクの請求書が送られて来たので、銀行口座に振り込んだ。

大学生の同級生達は、こうした一連の手続きを、大学の生協がやってくれるので、苦労はしていないはずである。

授業料

スタンダードクラスは、週五日80時間で月間７６０マルク（約四万円）であった。最初は一か月分の請求があり、後は数か月単位で支払った。

初回だけ、申込手数料70マルクと下宿斡旋料50マルクを請求された。日本から振り込んだ申込金３００マルクは、次回に清算された。

為替レート

当時の電信為替相場は、１マルク＝52円、１スイスフラン＝65円程度であった。円が強かったので、年金生活者にとっては有難い思いであった。

ビザの取得

三か月以上のドイツ滞在にはビザが必要で、日本で取得したのは仮ビザ。大阪の領事館に提出する申請書は、辞書片手に奮闘、「ナチスに関係ないか」「逃亡の事実はあるか」などの難問が並んでいた。

第二関門が「外国人登録役所」で、生徒達の多くが苦しめられていた。ドイツ語がおぼつかないのに、厳しい質問をまくし立てる。女性公務員ながら腹が立った。ブラジル人のホニュールソンが、苦労しただけに心配して同行してくれ、お陰で無事通過。パスポートに鷲のマークのシールが貼られた。

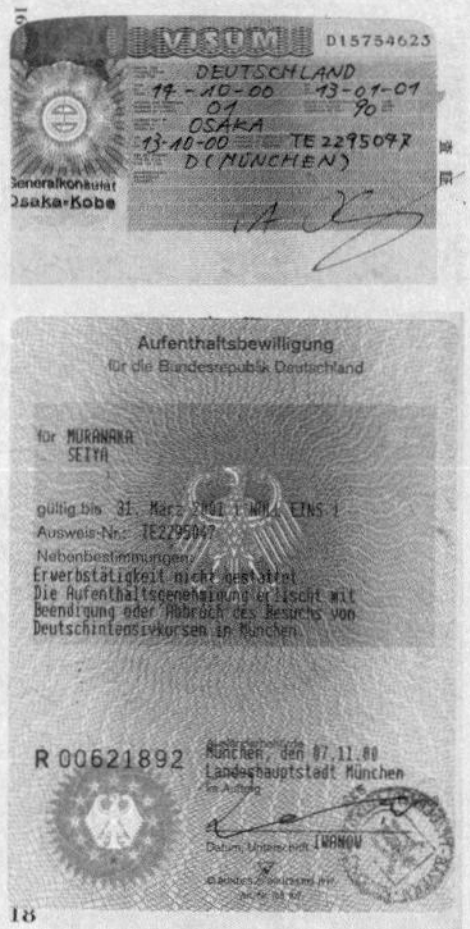

仮ビザ（上）と本ビザ（下）

預金口座

ドイツでの学生ビザ取得には、一定額以上（滞在費・授業料などが基準）の預金残高が必要になるので、ミュンヘンのシティバンクの支店で、ドイツで使うための普通預金を作成した。

日本で持っていたシティバンクの普通預金は、一定額以上の残高があると手数料なしで、世界各国のＡＴＭからその国の通貨で引き出せる。滞在当時は、ユーロでなく各国が別通貨だったので、ヨーロッパを旅行するのに重宝した。

健康保険

ビザの取得には、健康保険加入が必要だった。苦労して代理店を探して保険料を支払った。利用したのは耳鼻咽喉科に掛かった一回だけだったが、領収書を添付して自分で保険会社へ請求するので日数が掛かり、帰国前にあわてて督促し、ギリギリ預金口座に振り込まれた。

パソコンとE-mail

ノートパソコンと小型プリンターを日本から持って来ていたので、手紙の作成のほか、E-mailでの通信に重宝した。インクなどの付属品はデパートで買えたが、通信回線への接続には苦労した。二番目の下宿では、接続を断られたので、もっぱら学校のパソコンを使用した。一台が自由に使え、授業終了後に独占することが多かった。コインをビンに入れるようになっており、一回２マルク程度だったと思う。また、インターネット・カフェも利用したが、あまり使い勝手は良くなかった。

学友達との待合せ時刻・場所の連絡にはE-mailが貴重な手段だった。現在は、携帯電話取得が容易になっているので、余り参考にならないと思うが。

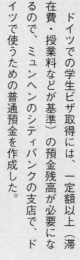

⑦ 下宿がベース　◇人情味豊かな二つの下宿

アンナの下宿　◇Anna は人情家で国際人

最初の下宿は、ミュンヘン中央駅からSバーン（郊外電車）で北西に六駅目のカールスフェルトにあるマンションで、主は、Anna-Maria Wansing アンナ・マリア・ヴァンジンという僕より三つ年上の独身女性。

アンナは、電機大手のジーメンスに長年勤務し、同社のマレーシアとチェコでの海外勤務の経験がある。海外旅行ではほとんどの地域を訪れている。

多くの外国人に接しているので、よく聞き分かり易く発音してくれる。最初の日から発音を直された。学校の宿題は「ハオスアオフガーベ」といって毎日のように出されたが、アンナに助けられて何とかこなせた。

僕が学校の始まる一週間前に着いたので、スペイン人のカルロスと重なってしまった。心配する僕を尻目にアンナは、自分は居間のソファーに寝て、自分のベッドを僕のために開けてくれたのには、頭が下る思いがした。

有効活用と義侠《きょう》心

住居のあるカールスフェルトは、静かな郊外の住宅街で、一戸建て住宅が主流で、どの家も広い庭を持っている。少し歩くと隣の市で、境界には緑濃い林の中を5m幅の清流が流れ、心をいやしてくれた。

五階建ての三階であるが、ヨーロッパでは、一階を地階と呼び二階を一階と呼

アンナの下宿のマンション

アンナの下宿の部屋で

ぶので、日本では四階に当たる。彼女の住居は、居間と台所と寝室が二つあり、一つを学生の下宿用に貸している。こんなことは日本では考えられないが、こちらでは当り前で、多くの女性が男性にも部屋を提供している。これは、部屋の有効活用と思うが、ドイツを慕って来る若者達を思っての義侠《きょう》心だと後で気付いた。こうした人達は学校に登録されてネットワークを作っている。
アンナが別の下宿に移ったカルロスと僕とを、郊外のサイクリングやドイツアルプスの軽登山に誘ってくれた。汗をかいた後に緑陰で飲むビールは、殊のほか美味かった。

洗濯物持参で訪問

9月16日、四週間で下宿を変わる。アンナのタイの友人が、オクトーバーフェストに合わせて来たからである。残念であったが、こんな所にもアンナの人柄を感じた。そして引っ越してからも、毎月ワインのビンを持って訪ね、僕の後の下宿人と一緒に歓談した。申し訳なかったが、「持って来い」と言うので、洗濯物持参でお邪魔したものである。

ダッハウへは行けなかった

カールスフェルトからSバーンで北西に一駅行くとダッハウがある。ナチスの強制収容所があった所で、ぜひ見ておくべき場所であったが、引っ越したこともあり、訪れることが出来なかった。

アンナとカルロス

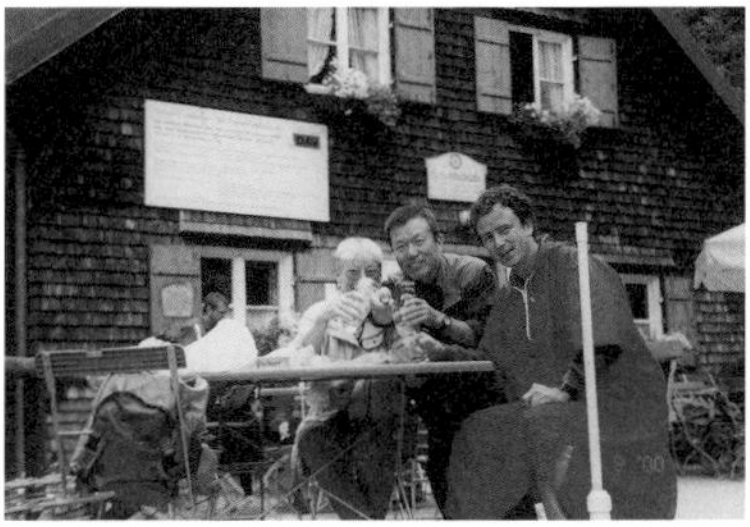

軽登山のヒュッテで

シュルツの下宿　◇典型的なドイツ人

二番目の下宿は、市の南西部の住宅地にあり、二階建の大きな家で広い庭がある。地下の部屋が与えられた。ベッドルームと台所とが区切られ、炊事設備とトイレとシャワー室が付いていた。明り取りの窓があり、湿度が低いので、地下室でも不自由はなく、独立しているので有難かった。ここで3月31日の出国まで六か月半暮らした。二階に空き部屋があったので、友人が来た時に利用した。

家主は、Joahim Schulz ヨアヒム・シュルツで、奥さんのレナーテと息子のパトリックの三人暮らし。ヨアヒムは、自宅で物品販売の仕事をしており、「キンキラ」と呼ぶ酒に入れる金箔を日本から仕入れ、有力商品にしていた。レナーテは会社勤めをしており、夫婦とも典型的なドイツ人。融通が利かずに困ったが、控えめな人情も持っていた。

風呂が恋しくて

アンナの下宿は、バス付きなので入浴出来たが、夜11時を過ぎると、近所迷惑だからと使用を止められた。

シュルツの下宿は、シャワー室が付いていたが、冬の寒い日には温まりたいので日本の風呂が恋しかった。シャワー室にこぼれる限界まで湯をためて足を温め、そのお湯で下着を洗濯した。

墓地公園の近く

シュルツの下宿の建物

下宿の部屋

ヨアヒム・シュルツと

学校へは、アオリケルシュトラッセからバスに乗り七つ目のパルトナープラッツで地下鉄に乗り換え、ウニヴェルシテート（大学）まで八駅で行けるので便利。

バス停の東側は、広大な「ヴァルトフリードホフ（森の墓地）」。外からは森としか見えないので、どんな所かとのぞいて見たら、まったく綺麗で整然、沢山の花が飾られており、暗いイメージが無いので安心した。11月2日は、Allerseelen アラーゼーレン（万霊節）で、死者のために花や供物をする。日本のお盆に当たり、大勢の人が来ていた。

息子の結婚式

翌年の8月25日の再訪は、丁度一人息子パトリックとミカエラの結婚式。夕方からの自宅の庭での披露パーティーを手伝い同席する。面白いのがPorterabendポルターアーベントという儀式。招待客は全員古い皿持参でやって来て、玄関でたたき割る（ガラス製品は危険で禁止）。割れた皿がある程度貯まると、新郎新婦がホウキとチリトリを持って来て片付ける。この二人で協力する「初仕事」を皆ではやし立てるのである。

七十五歳の留学生

僕は六十一歳からの老年留学生であるが、角谷千枝子さんは七十五歳で三か月間の留学を果たした。旦那さんの精三さんはアコーデオンの名手で、毎年パリ祭で演奏する腕前。彼のフランス語に対抗してのチャレンジで、タンデムとアンナの下宿を紹介した。好奇心と熱意があれば、何歳になっても可能な例。

皿割りの後片付けを手伝う

バス停前の墓地公園（ヴァルトフリードホフ）

《Kolumne/Column/ コラム》

(3)下宿と費用

下宿

下宿は、学校が提携先を紹介してくれる。一戸建て・集合住宅と内容も様々。空き部屋の有効活用が目的で、学生の便宜を図っている。

最初のアンナの下宿はマンションの一室で、光熱費込み・朝食付きで、一か月６００マルク（約三万円）という安さ。学生には割引が義務付けられている。

この制度を利用して、三週間程度の留学も多い。授業は半日なので、空き時間を利用してあちこち見て回るのに、安い宿泊費が助かるからである。

二番目のシュルツの下宿は地下の二部屋で、朝食が付いていなくて同じ金額。朝食用にトースターを買った。冬になった時、光熱費がかさむと言うので、余分に支払ったら喜んでくれた。

合理的な住居表示

二番目の下宿は、「Petunienweg 20, 81377 München」つまり、「ペトゥニエン通20番」である。ドイツでは全ての道路に名前が付いており、スタート地点から左側を奇数、右側を偶数にして番号を付けて行くので直ぐ分かる。タクシーの運転手に地図を見せたら、「そんな物不要だ」と言われた。この考え方は「通りを主」にした京都と同じで、合理的と思えた。

ゴミの分類

大型のゴミ箱は、主だった道路脇に設けられているが、四つの投げ込み口が「普通ゴミ・缶・透明ビン・色付きビン」に分けられていた。早くも分別を導入していることに感心したが、ビンの二分類は理解出来なかった。

ミュンヘン流の楽しみ方

⑧ 世界は皆友達　◎オクトーバーフェスト

ミュンヘンへ来て三週間で、「ビールの祭典」として有名なオクトーバーフェストを迎えた。世界三大祭りの一つに数えられるだけあって、その熱気は大変なものである。文字通り世界中から「祭り好き」「ビール好き」が集まり、期間中にはミュンヘンのホテルはどこも満員で、四苦八苦する状態となる。

オクトーバーフェストの起源は、１８１０年に、バイエルン王となるルートヴィヒI世とテレージア姫との華燭《しょく》の祭典に由来する。初めは王家が市民に酒食を振る舞っていたのが、後に市民の祭りとなり、以来二百年続いている。場所は、ミュンヘン中央駅南西のテレージェン・ヴィーゼ（芝生）と呼ばれる十万坪の広大な広場で開催される。期間は、９月中旬の土曜日から10月の第一週までの約三週間で、毎年祭りの主催者から発表される。２０００年は、９月15日～10月３日であった。本来は、名前の示す通り10月の祭りであったのが、寒過ぎるので９月が主体になったようである。

祭りの初日と二日目にはパレードがある。初日は、終点となる祭会場のゲートの下で、アンナの友人のタイ人女性ナルモンと見物した。二日目は、スタート地点となるルートヴィヒ通で、学校の友人達と見た。ビール会社の豪華な馬車仕立

パレードのスタート地点で

オクトーバーフェストのパレード

てから市民団体の民族衣装を凝らしたグループまで、実に華麗で多彩。初めて見るドラマは、二時間に及びまったく飽きさせず感動的であった。

プロースト（乾杯）！

祭り会場には、ビール会社各社の巨大ツェルトが並ぶ。テントのことをドイツ語ではツェルトというが、四〜五千人も入れる巨大なもので、木造のテーブルと長椅子が、整然と並べられており、中央には、十数人編成のブラスバンドの舞台が設えてある。ツェルト内に一歩踏み入れると、やかましさとビールの臭いと音楽に圧倒され、いっぺんに祭りのムードに巻き込まれる。どこも満席で苦労するので、9月17日には、学校の支配人マルセロがテーブルを予約しておいてくれた。

ビールは全て1ℓのジョッキ入りで、12マルク（約六百円）であった。ガラス製のジョッキはずっしりと重く、取っ手に手を差し込んで抱えるようにして飲む。テーブル同士が、「プロースト！」と何度もジョッキをぶつけ合い、舞台で音楽が始まると、椅子の上に立ち上り、肩組み合って一緒に歌い盛り上がる。軽快なバイエルン音楽が素晴らしく、オクトーバーフェスト用の歌も出来ている。

巨大ツェルトの中は、底抜けに楽天的なムードに支配される。この中に居ると、各地の紛争がうそのようで、「世界は皆友達」という思いにさせられるから不思議である。ビール二杯に少しのつまみで、六時間を学友達と過ごした。

オクトーバーフェストには、期間中四回足を運んだことになる。それ程酒が強い訳ではないのに、この祭りのムードに引き込まれたということになる。

巨大ツェルト（テント）の中でプロースト（乾杯）!!

⑨　市民の楽しみ

ホーフブロイハウス

オクトーバーフェストは期間限定だが、年中楽しめるのが、マリエン広場の東北300mにあるホーフブロイハウス。十六世紀に建てられた宮廷醸造所を、後にビアホールに改造したもので、三千五百人収容の広いホールは、さながら「ミニ・オクトーバーフェスト」で、いつも賑わっており、こんな所にも「ビールの都」を感じさせる。

ビール王国

ドイツには、千三百以上の醸造所があり、五千種類の銘柄があると言われていた。いわば日本の地酒のようなものであり、その土地々々で自慢のビールを飲むのが最高であるが、僕には、ミュンヘンのビール「ヴァイスビーア」（ヴァイツェン＝小麦ビール）が一番美味しく思えた。

ドイツでは、十六世紀に「ビール純粋令」という法律が作られ、原料は、「麦芽（大麦）・ホップ・水・ビール酵母」のみと定められており、添加物の入ったものはビールとして認められない。

３５０cc入りの缶ビールが１マルク（約五十円）なので、毎日夕食のお茶代わりに飲んだ。安いのは酒税が日本の十分の一だったせいか。

レジデンツ博物館

ホーフブロイハウスでクリスティアネ・ジョージ・ノブコと

彼等はビールは常温で飲む。日本人が訪問すると冷蔵庫で冷やすが、一緒に飲み始めず、30分位して「そろそろ温まったから飲もうか」となる。これは気温のせいか空気が乾いているからか、テンポの合わないことである。

イングリッシュ・ガルテン

イザール川西岸のイングリッシュ・ガルテン（イギリス庭園）が最大で、川が流れ広大な芝生に多くの市民が憩っている。目立つ建物は「中国の塔」で、ビアガーデンや博物館のほか日本茶室もある。

ニンフェンブルク城

市の西部にある元ヴィッテルスバッハ家の夏の離宮で、ルードヴィヒⅡ世の生まれた城。華麗な建築とフランス式庭園との調和が素晴らしい。アンナの下宿近くなので、カルロスと一緒に自転車で案内してくれた。

オリンピック公園

１９７2年第二十回オリンピックの会場跡で、市の北部の高台にあり、２９０ｍの塔からの見晴らしがよい。日本は男子バレー・体操などで十三個の金メダルを獲得したので、印象深い大会となっている。スケートリンク・サッカー場などのスポーツ施設や芝生の広場があり、家族連れで楽しめるようになっていた。

イギリス庭園の中国の塔

ニンフェンブルク城で

オリンピック公園

《Kolumne/Column/ コラム》

(4) 友情は、天から降って来ない
——学校のテキストから

熊さん人形と手紙

下宿に帰ると一人ぼっちなので、日本からの手紙が待ち遠しかった。地下の自室へ降りる階段の踊り場の椅子に熊さん人形が座り、その膝の上に届けられた手紙が置かれていた。

帰ると真っ先にそこを見、「熊さん有難う」と言って受け取ったものである。その中で、一度も手紙やEメールをもらえなかった人、特に親しい友人には寂しい思いがした。

これは日本を離れていた感傷からかもしれないが、考えさせられた。ヨーロッパ流では、「以心伝心」は通用しないので、もっと「積極的に・意識して」メンテナンスを必要とするものではないだろうか。学校で習ったテキストに、考えさせられる文章があつた。「友情」というテーマで、これを素材に議論するようになっている。僕はこれを次のように翻訳していたが、書き残して置きたい文章である。

『友情は、決して天から降って来ない』
—H・グリット・ゾイバーリヒ

私の最も大切な望みは、友人を持つことです。しかし、父はこう言いました。「友達は、買うことは出来ない。友情は、雨や雪のように、天から決して降っては来ない」そして、「探し求め、しっかりと確保しなければならない。そして、幾ばくかの行為が必要である」と言いました。「それは、貯金箱に似ている。つまり、お金を使うばかりで、入れることをしないと、直ぐ空になってしまう」—これが、父が私に聞かせてくれた事のすべてです。

《Kolumne/Column/ コラム》

Danke ダンケと Bitte ビッテ

「ありがとう」の気持を伝えるのは大切なことで、道を譲ってくれたり何かしてくれた人には、「Danke!」が自然に出るようにと言われた。

「Danke」には「Bitte」と返答し、「Danke schön ダンケ シェーン」と言われたら「Bitte schön ビッテ シェーン」と返答する。schön は「素敵な・とても」、bitte は「どういたしまして」ということで、これが掛け合いのように自然に出ることが大切。

この気持ちの表現は如何にもドイツ的で、生活をして実感し、なじむことが出来た。

年賀状を止める

国外で年を越すのは初めての経験。年賀状が出せないので、これを機会に年賀状を止められるのではと気付いた。ありきたりの文句が大半で、止めたいと思っていたので、絶好のチャンスだった。ミュンヘンの景観で暮れに相応しい絵葉書を二百通購入。クリスマスと越年の挨拶と共に、次の文句を書き添えた。

『一方的お願いながら、これを機会に、以後年賀状は止めさせて頂きますように。しかしE-mail などでの交流は、今後とも変わりなくお願い申し上げます』

帰国後も、E-mail は無くてはならない存在であったが、二十人の銀行の同期会で、半数がパソコンも E-mail も使用してないことにびっくりした。

そして、「年賀状で事足れり」とする風潮。12 月上旬に依頼した返事が来ないので催促したら、「年賀状に書いておいた」と言われて、考えさせられたものである。

⑩　芸術を楽しむ

博物館・美術館

日本で是非にと勧められたのがドイツ博物館。イザール川の中洲にあり、大人も子供も楽しめる正に「世界最大のおもちゃ箱」であった。

豪華で見応えあるのがレジデンツ博物館。マリエン広場から北に５００ｍの所にあり、王家ヴィッテルスバッハ家の肖像画・宝物庫・陶磁器コレクション・貨幣収集・エジプト美術など、豊富な展示物が目を見張らせる。

カールス広場から北へ1.5㎞の所に二つの美術館があり、「ノイエ（新）・ピナコテーク」は、十九世紀以降のドイツとヨーロッパの絵画を展示。「アルテ（旧）・ピナコテーク」は、十五世紀から十六世紀にかけてのドイツ絵画を展示している。ノイエの方が、近代的な明るい絵を楽しめ、僕は好きである。

マリエン広場近くの「狩猟・漁猟博物館」は、鉄砲や釣具の実物と獲物のはく製が沢山展示され、農耕民族の日本では思い付かない博物館と思えた。

夜の博物館・美術館

面白かったのが、「ナハテ・ムゼーエン（夜の博物館）」で、ミュンヘン市内の主な博物館・美術館・バス会社が連携し、10月21日㈯の夜19時～深夜2時まで開

夜の博物館で友人達と

仮装した入場者

夜の博物館チケット

催、各館共通・バス代込みで20マルク（約千円）であった。

普段出向かない人も、この夜ばかりはどっと押し寄せ、大変な混雑振りであったが、川魚の蒸し焼きを食べたり、仮装を楽しんだりと、芸術だけでない楽しみ方に感心した。

『マイ・フェア・レディ』

マリエン広場北東のバイエルン州立歌劇場は、円柱を有した見事な建物で、ほぼ毎日オペラが上演されているが、入場の機会は得られなかった。

マリエン広場南方のゲルトナープラッツに市立劇場がある。ここのヴァイオリン奏者の松田倫永子さんのお世話で、ユミ・アツコ・ノブコ・僕の四人が、ミュージカル『マイ・フェア・レディ』に入場出来た。

通常での入手は難しいが、同級生のユミが、子供と共に彼女にヴァイオリンを習っていた縁で、彼女に84マルクの家族向け入場券を買ってもらった。終演後に楽屋を見せてもらい、職員レストランでの歓談は、日本人同士の気安さに時の経つのを忘れた。

台詞で笑えない悔しさ

『マイ・フェア・レディ』は、ストーリーをよく知っており、イザイラ役のヒロインは美人で、歌声が素晴らしかった。しかしながら、俳優の掛け合いが理解出来ない。「ゼスチャーで笑えて、台詞で笑えない」悔しさを味わっ

松田さん（左から２人目）を囲んで

狩猟漁猟博物館入口の猪像

た。
何ともしゃくに障ったが、帰国後に名古屋市の中日劇場で「東宝ミージカル」の上演があった。大地真央のイザイラは素晴らしく、台詞に大笑いしてりゅう飲を下げた。

辻音楽師は芸術家

ミュンヘンの街では、何時も辻音楽師が色んな楽器を奏でている。外国人で態度が悪いのも居るが、足を止めさせる演奏が結構多く、市民の対応は日本より寛大ではないかと思う。

小銭入れを置いたり、CDを売っているので、時々買ってやった。彼等を「シュトラッセン・キュンストラー（街頭の芸術家）」と呼び、「シュピーラー（演奏家）」と言わないのが面白い。

⑪ クリスマスの街

ドイツでは、11月25日（通常四週間前）からがクリスマス。秋になると、午後3時半にはもう暗くなり、冬はもっと気分がふさぎがちになる。この長く陰うつな冬を、如何に楽しく過ごせるかと考え出されたのが、クリスマスにまつわる仕組みではないかと解釈している。

ドイツのどこの都市でも、街の顔は市役所に面したマルクト広場。Markt は「市《いち》」のことなので、名前の通りここに11月下旬から一斉に市が立つ。見事な電

大地真央のイザイラ（資料提供：中日劇場）

マリエン広場の辻音楽師

飾で、広場全体が浮き上がって見える。小型の木の小屋（ヒュッテと呼ぶ）が整然と並ぶ。クリスマスの飾り・プレゼント・服装・小物・玩具・食料・おやつ・酒類 etc. と実に多彩。日本の祭りの屋台と違って、長期戦だからキチンとしており、清潔である。

ワインの熱燗《あつかん》

午後の授業の日は、学友と連れ立って見て回るのが楽しかった。Glühwein グリューヴァインは、この時クラウスに教わった。「グリュー」とは「燃える」ことなので不思議に思ったが、彼の「ワインの熱かんさ！」になる程と納得。赤ワインに果物の干した皮などを加えるので、少し甘くなっている。これをチビリチビリやりながら歩くので寒さを感じない。日本に帰って試したら、結構オツなので毎冬愛飲している。

シュルツの家では、居間の真ん中に大きなモミの生木のツリーを飾り、もらったプレゼントをここに置いておく。年が明けてから公平に分けるので、僕も沢山のおすそ分けにあり付けた。

マリエン広場のクリスマスのヒュッテ（小屋）

シュルツ家のクリスマスツリー

《Kolumne/Column/ コラム》

(5) どちらが親切?!

親切な街の人達

二番目の下宿を下見で訪ねた時、中学生位の女の子が、ローラースケートで滑りながら家の前まで案内してくれた。また、同級生の送別会で、遠くのレストランへ行く時若い女性が、「私もそちらへ行くので、付いて来て下さい」と、警戒心を持たず笑顔で快く案内してくれた。国情の違いもあると思うが、こうした親切な人達には頭が下がった。

飲み会が多く、酔って帰り電車の中で寝てしまうことが多い。そんな時若者に起こされ、「どこまで行くのですか?」と尋ねられたことが度々あった。行先を答えると、電車内の地図を見て「OKです、気を付けて帰って下さい」と言われ、驚くが親切心が嬉しかった。

しかし、地下鉄の終点で車庫に入ってしまったこともあった。この時はかなり時間が経ってから降ろされ、戻る列車に乗せてくれた。

融通の利かないドイツ人

一時帰国時のミュンヘン空港。荷物検査でパソコンの電源を入れろと言われ、コードを探すのに手間取りバタバタ、ミュンヘン—パリ間のボーディング・チケットを落失する（この時は、充電機能に気付かなかった）。どれだけ説明しても認めてくれない。時間が迫るので仕方なく、いったん外に出てチケットを買い直す。

チェックイン後であるし、パリ—関空のチケットを持っているのだから分かるはずなのに、融通の利かなさに腹が立った。

親切なフランス人

座席に着いて出発を待っている時、前方から「Mr. Muranaka?」と英語で呼ばれる。こちらに来ての英語は初めてだが凄い美人に驚く。「失礼しました」と封筒に入れて800マルクを戻してくれた。

「Danke schön!」「Have a nice trip!」自分の失態に消沈してたので、本当に嬉しかった。エール・フランスは初めてだったが、この時いっぺんに好きになった。

第2章 ドイツ国内と周辺の旅

ドイツへ来たらいらっしゃい

記録をたどっていると、２０００年8月から２００１年3月までのドイツ滞在中に、随分多くの土地を訪ねたことに驚きを覚える。ミュンヘンに来た当初は、学校と生活に対応することに必死だったが、馴れるに従って足を広げられたのは、好奇心と六十一歳という「若さ」のせいか。

土曜日と日曜日に、勉強の合間を縫ってドイツ国内と周辺国へ向かわせたのは、ヨーロッパの中央をなすゲルマンの地の素晴らしさであろう。縁を得て訪ねた知人、学友と訪れた古都、車窓を流れる風景に時を忘れた一人旅… 十四年を経ても鮮明によみがえる。第2章では、この時の感動を再現したい。

ケルン大聖堂で

ローレライ号とライン川岸の古城

①　ケルンとボン　◇フランクを訪ねる　8月24日~25日

ドイツ留学が実現したのは、学校探しなどでもお世話になった、日本でのドイツ語の先生フランクのお陰である。すぐにと思い、8月下旬にミュンヘンから空路ケルン・ボン空港へ。フランクは勤務日だったので、母親のローズマリーが出迎えて下さった。

ローズマリーが古都ケルン市内をあちこち案内してくれたが、僕にとってはドーム（大聖堂）が目玉。双塔の高さは１５７ｍで迫力があり、南塔の方が登れるので、１０９ｍの展望台までらせん階段を歩いて登った。見下ろすラインの眺めが素晴らしく、とうとうと水をたたえ大型船が行き来していた。

夫人のキクコが温かく迎えてくれた。三人で入ったレストランの、川辺のテラス席が素敵だった。翌日には、ボン市内と在学しているボン大学を案内してくれた。西ドイツの首都だったとは思えない程こじんまりしているが、落着きのあるしゃれた街である。ベートーベン・ハウス（生家）を興味深く見学した。

フランクの家

フランクの家は、ボン東方ジークブルク近郊のローマハイデ。二世帯住宅として購入し、左官業者を入れて改造中だっ

ベートーベンの生家の庭

川辺のレストランで キクコ・フランクと

フランクの家

ライン川を行く汽船を見る

たが、業者とのやり取りを見聞きしていて、「フランクは、やっぱりドイツ人だ！」と思わせられた。門から玄関まで敷き詰める小石を選ぶのに、何時間も掛けて議論している。とうとう業者の倉庫まで見に行くので付いて行った。いい加減な所で妥協せず相手を屈服させるまで議論する。到底真似は出来ない。

②　マクデブルクのエミさん一家　11月26日～27日

機中での「ドイツへ来たらいらっしゃい」
訪ねて嬉し一家の歓迎

２０００年2月、ダイトーエムイー㈱の社内旅行でロンドンに旅しての帰路、アムステルダムで乗り換えたＫＬＭ機で、北海道赤平市出身の婦人と通路を挟んで同列の席となった。旦那さんのGunnar グナーはドイツ人で、五歳の女の子と三歳の男の子を連れていた。この二人が僕に懐いて膝の上に来て遊んだ。僕にとっては大変有難い相手であり、同レベルのドイツ語で会話（お喋り）を楽しんだ。お陰で長い機中の時間を楽しく、勉強を兼ねて過ごせた。

この時、夏にドイツ留学の計画があることを話したら、「ドイツへ来たらいらっしゃい」と、両方の住所の記載された名刺を頂戴した。

社交辞令でなく

ロックスフェルトの教会

グナー・エミ・子供達と

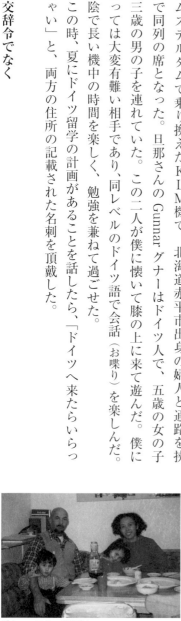

11月26日、ベルリンとポツダムを訪れた後に訪問し、一晩泊めてもらった。ポツダムから列車で1時間30分、ザクセン-アンハルト州の州都マクデブルクに着く。一家全員が駅に迎えて下さった。そして車で40分北に向けて走り、ロックスフェルトという小さな村にあるItagaki家（性は妻側を名乗る）に着いた。

エミは、北海道で父親から鞄の製造技術を身に付けており、ドイツで手作りの鞄を作り始め、近所の人も使って仕事が軌道に乗りつつあった。そんな多忙な時期に、一家で僕を歓迎してくれたことに深い感銘を受けた。普通初対面で受ける誘いの言葉は、「社交辞令」くらいにしか考えないが、僕はそのまま素直に受け取って訪問を実行した。もち論すぐに手紙を出したことは言うまでもないが。

ザクセン-アンハルト州は旧東ドイツであるが、この家は、三年前に方々探した末に、元生協の店舗だった建物を買い取り、グナーが三年がかりで独力で改造、仕事場と住居とが機能的に見事に出来ていた。彼は西側出身であるが、伯父が旧東に住んでいた縁とのことである。

オートバイはKawasaki

ロックスフェルトはこじんまりした静かな村。エミ宅近くの家の前で、若者三人がオートバイを吹かせてお喋りしていた。近寄ると何れも「Kawasaki」。嬉しくなって、「調子はどうだい？」と聞くと「sehr schön!（快調だ）」と喜んで答えてくれた。

ロックスフェルトの素敵な建物：赤の教会と白いお城

素敵な場所を案内して頂いた。グナーが「ロックスフェルトのノイシュヴァーンシュタイン」と言うお城と、双塔の赤の教会は、見応えがあった。

バイリンガルの教育

大変興味深い事例。フランチスカとエンツォの二人の子供には、父親はドイツ語で話し、母親は日本語で話すという、パラレルな言語教育を目の当たりにする。最初に会った時よりも遥かに上達し、両方を見事に話す二人の子供を見ていると、多国語を習うことの重要性を思わないでは居られなかった。

再訪　3月10日～11日

ハルツ山地に行った折に再訪し一晩泊めて貰った。この時、エミに会計帳簿を見てくれと頼まれた。銀行時代と合わせて長年会計に携わって来た経験を基に、自分の感想と意見を述べさせてもらった。お世話になりっぱなしであったが、少し役に立てた気がして嬉しかった。

東の残骸を見る

びっくりしたこと。車で家に向かう時、エミが「路面を見て」と言うので何かと思ったら、モザイク状の舗装で、統一前のままである。コンクリートの節約のために、土と半々にして舗装したと説明される。同様に、乗換駅で列車から降りるのに、プラットホームが無く、直接地面に降りたが、黒い土の上であった。

フランチスカとエンツィオの姉弟

芸能会に着た仮装で

一層驚いたのが駅の構内。至る所に板が張られ、あちこち破れたままになっており、不格好この上ない。これは何だと聞いたら、統一前に、東ドイツ市民の生活実態を西側の人の目に触れさせないように、目隠しをした残骸とのことである。「市民の生活やいかに」と思わずには居られなかった。

列車からの車窓を走る畑が広々としているのは、トラクターでの農作業に邪魔だということで、木々や建造物を全て取り除いてならしたソ連式で、風情がないことこの上ない。

同じ占領軍でも、「アメリカはいろんな物を持って来てくれたが、ソ連はドイツから持って行った」と語り草になっていた。

③　ケルン地区のカーニバル　2月24日～27日

ケルン・ボンの地は、ノルトライン‐ヴェストファーレン州に属し、ライン川流域の大工業地帯を抱え、「Ruhrgebiet ルール地域」と呼ばれて、ドイツで最も富める地域の一つである。

全員仮装が条件

この地方に春を告げる祭りとして、二月のカーニバルは余りにも有名である。フランク宅への二度目の訪問は、カーニバルに合わせて、24日キールからの帰途お邪魔した。訪

仮装して集合 フランク宅で

問するに当たってフランクから示された条件は、「必ず仮装の用意をして来ること」であった。

25日(日)には、地元のローマー・ハイデのZügeチューゲ（行列）を見た。大変な数のグループが出場し、趣向や衣装はそれぞれ工夫が凝らされており、大変楽しいものであった。出場グループは、地区・幼稚園・趣味などの身近な集まり。感心したのが、見物人全員が仮装して参加、思いおもい工夫されており、見物人を見ていても楽しかった。

沿道には、ビールやワインのスタンドが店開きしており、杯を傾けながらのパレード見物は、なんとも楽しいものだった。そして、見物人の「カメーレ！カメーレ！」の声に合わせて、パレードの車の上から、菓子や景品をばらまくのである。日本の餅まきのようなもので、つい夢中になってしまうから面白い。帰宅して、皆が拾った獲物を床に積上げたら、大変な量になっていた。

学友との旅

④ザルツブルク　◎モーツァルトと映画の舞台を訪ねて　9月10日

幼稚園児の乗ったパレード車

城からのザルツブルク市街

学友と訪ねし夏のザルツブルク
思わず歌う「エーデルヴァイス」を

学友との初めての日帰り旅行は、9月のザルツブルクで、学校が企画してくれた。指導研修生のベルタの案内で、スペイン娘のカルメンとイヌマの四人。

人口十五万人のザルツブルク州の州都で、古くからの岩塩の産地。「ザルツブルク（塩の城）」が名の由来で、街中を流れるのは「ザルツァッハ川」。ミュンヘンから東南に列車で片道二時間、国境の川を渡ったら直ぐで、外国であるが「週末チケット」が使え、五人一緒で40マルク（二千円）のお値打ち。支払いはマルクでOK、パスポート検閲など一切無いのも有難い。

モーツァルトが生まれ育った都市として有名で、街の雰囲気も、如何にも落ち着いて華やか。また、「サウンド・オブ・ミュージック」の撮影地としても有名で、舞台となったミラベル宮殿を訪れる。9月初めはまだ夏の日差しがまぶしく、花壇の花々が鮮やかに咲き誇っていた。皆で「大理石の階段」を上がって、映画の舞台を反すうした。

モーツァルトの生家と住家では、彼の生涯が解説され、彼の名曲の数々に酔った。街のシンボルのホーエンザルツブルク城に向かうが、彼女達はバスにもタクシーにも乗ろうとしないので大変だったが、歩いたお陰で街をよく見ることが出来た。城からの眺めは最高、一幅の絵画を見るようであった。

モーツァルトの生まれた家

ミラベル宮殿の庭園で

帰途は気分が良くなり、思わず英語で「エーデルヴァイス」を口ずさんだら、彼女達から大きな拍手。スペイン人の二人は、この映画を何度も見たが、ドイツ人研修生は、「この映画は知らない」と言う。この映画はアメリカで作られ、「ドイツが敵国扱い」のためかと解釈している。

暮れのザルツブルク　12月2日

ビン・ツオゥジャ・イタリア人のデボラ・僕の四人で出掛けた。街には冬のとばりが立ち込め、暗くて9月のような華やかさは無かったが、クリスマスの装いに覆われ、また違った良さがあった。さすが音楽の都、街のあちこちに合唱団が立ち、素晴らしいコーラスを聴かせてくれ、思わずCDを買ってしまった。

⑤　アウグスブルク　10月21日

「仲良し四人組」（中国人のツオゥジャ・台湾のビン・日本のノリコ・僕）で出掛けた。ミュンヘンの西北にある古都で、列車で一時間弱で行ける。紀元前にローマ人により建設され、市名は皇帝アウグストスに由来しており、中央広場には銅像が立っていた。

真っ先にドーム（大聖堂）を訪れ、塔に上がって四方を見回すが、生憎の霧で十分な展望は得られなかった。貴重な建造物は聖ウルリヒ・アフラ教会で、反目して来たカトリックとプロテスタントの二教会が、１５５５年の和議を記念して

暮れのホーエンザルツブルク城で

アウグストス像

ウルリヒ・アフラ教会
（後方はドームの塔）

くっついて建てられた。しかし、カトリックの建物がでっかく、プロテスタントの方が小さく気の毒に思えた。

人気の建物が「フッゲライ」という世界最初の社会福祉住宅。十六世紀にフッガー家が救貧院として建て、訪れた時も年間家賃1マルク72ペニヒ（約一〇〇円）の信じられない家賃で、多くの人が住んでいた。

⑥ フュッセン　◎ノイシュヴァーンシュタイン城

秋の名城　10月22日

ツオゥジャの都合が悪く、ビンとノリコと僕の三人で出掛けた。ミュンヘン南西のフュッセンは、ブーフローエ乗り換えで2時間30分。駅前から高台の城へは4km程で、バスで10分、馬車も出ているが、歩いて向かった。

ノイシュヴァーンシュタイン城は素晴らしかった。1878年完成で、「新白鳥城」と訳される。深まる秋、紅葉の中にすっくと立ちそびえる名城の姿に感動を覚えた。城はどの方向から見ても素晴らしいが、マリエン橋（吊り橋）からの眺めが人気がある。夏の混雑がうそのように人が少なく、大して待たずに入場出来た。城の内部の造りや調度の豪華さに目を見張り、ルートヴィヒⅡ世の偉（狂）業を思うが、作曲家ヴァーグナーとの関係はよく理解出来なかった。

向かいの高台には、黄色いホーエンシュヴァンガウ城があったが、簡単に見て

ノイシュヴァーンシュタイン城の秋

フッゲライハウス

おいた。目当ては、城を下りた所にあるアルプゼー（アルプ湖）。澄んだ水に映る紅葉が素晴らしかったが、日本の紅葉とは少し趣が異なると感じた。

雪の名城　2月16日

冬も良しワイン片手に仰ぎ見る
　雪の名城ノイシュヴァーンシュタイン

日本でフランクにドイツ語を習ったアケミが、ドイツ西端の都市トリアーの大学に留学していた。期末試験終了後に、同級の中央官庁に勤める男性と行くから、「冬の城を案内して」と言って来た。

ミュンヘンから乗った列車がフュッセンに近づくにつれ雪が濃くなり、城に着くと一面の雪景色であった。雪の中にすっくと立つ天下の名城は、誠に素晴らしい眺めで、冬季に訪れることが出来る独占的な幸せを思った。

城への入場は、行列など皆無で、静かな城内をじっくり見ることが出来、築城のスゴさを再確認した。冷えた体を温めるには、何と言ってもグリュー・ヴァイン（赤ワインの熱かん）である。城の下のレストランに入り、城の雪景色を眺めながらの味は格別で、体が温まり、論談に花が咲いた。この時の写真を二人に送るが、「中央官庁氏」からは音沙汰無しであった。

ノイシュヴァーンシュタイン城の冬

ホーエンシュヴァンガウ城

⑦ 冬のキームゼー（湖） 11月19日

11月19日は起きると快晴、苦しんだ風邪も峠を越したので、9月の学校の行事では参加出来なかったキームゼー（キーム湖）へ行くことにする。

ドイツアルプスの北のふもとプリーンの町にあり、山と湖の夏のリゾート地としてにぎわうが、湖の中のヘレン島には、ヘレンキーム城がある。ルードヴィヒⅡ世が建てた三つのうちの最後の城である。

ザルツブルク行の列車に乗り、1時間でプリーン駅に着く。列者を降りた時車掌の笛が鳴った。おやと思ってよく見ると、乗客への注意ではなく、運転士への発車オーライの合図であった。ドイツでは、時刻が来て列車が発車するのは当たり前のことで、余計な注意放送など一切せず、全てが自己責任と考えているようである。

船着場へは歩いて30分掛からなかった。船からは雪を冠った国境の山々が眺められ嬉しくなる。15分程で島に着く。

城は修理中だったが見学出来た。案内人はゆっくり説明してくれるので、かなり理解出来た。ベルサイユ宮殿を模して作られたが、鏡の間はそれをしのぐ豪華さ。湖に向かって伸びる芝生の庭は、ベルサイユを思い起させた。

自己責任の世界?!

びっくりしたのが帰途の船着場。夕暮れ時で気温はマイナス3℃を指していた。

ヘレンキーム城

湖へと伸びる芝生

木造の桟橋は凍結しているがロープなど張られておらず、滑ったらひとたまりも無い。船会社の注意放送など一切無い。「自己責任」は分かるが、日本人には不安である。そんな中を、皆無とん着に船に向かってゾロゾロ歩いていた。近くの子供連れの日本人が目に入り、思わず駈け寄って湖の側に立っていた。

⑧ 学友を訪ねてプロヴァンス（南仏）　3月16日〜19日

3月中旬、ツオゥジャからの誘いで、南仏のプロヴァンスに行く。台湾出身のビンの下宿に三晩泊めてもらうことにし、彼女はドイツ人の男友達の所に泊った。

地質学者のビンは、この時ドイツ語の他にフランス語を学ぶべく、この地の大学に入学し下宿していた。

朝食には、食パンを焼いて食べたが、トースターが無いので、フライパンで焼いたのには、こんな方法もあるのかと感心した。それで3月末にミュンヘンを去る時、僕の使っていたトースターを送ってやったらとても喜んでくれた。

アヴィニヨンの橋

アヴィニヨンでは、市街を取り囲む長大な城壁と中世の法王庁宮殿の規模に圧倒されたが、橋の四分の一が欠け落ちたサン・ベネゼ橋（歌で有名なアヴィニヨンの橋）が面白く、岸辺からスケッ

アヴィニヨンの橋

アヴィニヨンの橋上からの法王庁宮殿

ツオゥジャ・ビンと

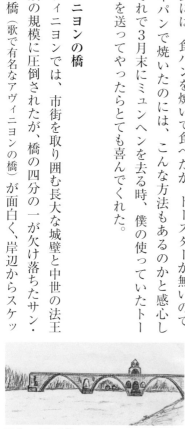

チした。

セザンヌのアトリエ

エクサンプロバンスでは、ビンと二人でセザンヌのアトリエを訪れ、アトリエ近くの高台の道路から、サント・ヴィクトワール山をスケッチした。通り掛りのおばさんが、「セザンヌのようだ」と声を掛け、「他の絵も見せろ」と言うので、めくった橋の絵を見て、『アヴィニヨンの橋の上で』を歌い出した。フランス語だったが、適当に合わせて一緒に歌った。絵と歌の取り持つ縁、大変愉快なひと時であった。

サント・ヴィクトワール山

セザンヌのアトリエでビンと

見落とせない所

⑨ コブレンツ ◎ラインの船旅 10月28日～29日

秋深きラインを上る船旅は
ワインに酔いてローレライを聴く

ドイツへ来たからには、ライン川を船で下ることが夢だった。何時でも行けると思っていたが、10月下旬が最終だということを知り、慌ててフランクフルトまでの飛行機の切符を買い、列車でマインツに来た。駅前の「i」(案内所)で質問していたのを見ていた老人が、日本人と知ってバス乗り場まで親切に案内してくれた。戦争体験世代で、日本には殊の外親しみを感じるようであった。

しかし、船着場に来てがっかりした。切符売り場の小屋の硝子は割れたまま…10月19日が最後の日だった。仕方なく列車でコブレンツへ向かう。車窓からライン川とローレライの岩も見ることが出来たが、満足感は得られなかった。

コブレンツのドイチェス・エック(ライン川とモーゼル川の合流点)に来たら、ここからリューデスハイムまでライン川を逆上る船があり、明朝9時が最終便であることを知り、俄然嬉しくなり近くのホテルに宿を取る。

あなたの時計は壊れている?!

10月29日(日)は絶好の晴天。時計を見ると8時10分、9時まで50分しか無い。フロントに頼んだモーニングコールが無かったことに文句を言ったら、けげんな顔をされた。慌てて荷物をまとめ、朝食も取らずに乗船場まで走った。

しかし、9時になっても船のタラップには鎖が張られたままである。仕方無くこれを乗り越えようとしたら、切符売場の女性が飛んで来て止められた。時計を見せて、「9時なのにどうして船が出ないのか?!」と文句を言ったら、「今8時です。あなたの時計は壊れている!」と言って応じない。仕方なく、時計を1時間

ドイチェス・エック(ライン川とモーゼル川の合流点)

マインツの船着場でのスケッチ

遅らせて待つことにした。お陰で、岸辺でスケッチすることが出来たが。

夏時間が終わった!!

9時ローレライ号は汽笛を鳴らして岸を離れた。5分ばかりしてふとあることに気付いた。それは、「今日が10月最後の日曜日」だと言うことである。つまり、「夏時間が終わった」のである。念のために船のウェイトレスに聞いたら、「今日の午前3時に、時計を2時に戻す」と教えてくれた。学校でも、下宿でも、ホテルでも、一言も教えてくれなかったことが腹立たしかった。しかし、ヨーロッパ人にとっては当たり前のことで、話題にはならないのであろう。時間調整が逆でなくて良かった訳で、「春には注意しなければ、遅刻する」と胸に刻んだ。

ローレライの岩

この時期は人が少なく、左側の一番良い席に座った。リューデスハイムまでの6時間を、何も考えずにゆったりと楽しむことにした。やはり船の中から見るラインの流れと岸辺の景色は素晴らしい。ビールを飲み、ワインを楽しみながら、岸辺に展開するブドウ畑と綺麗な家並みを飽かず眺めた。断崖の絶頂に建つ古城が次々に現れ、目を楽しませてくれたが、平野の国でこんな渓谷があることに不思議な気がした。ローレライの岩は、何の変哲も無い岩の出っ張りであったが、船から見上げる

岸辺の断崖に建つ古城

6時間の船旅のローレライ号に乗る

その姿は、感動的ですらあった。

返信を出さない日本人

ローレライ号では、ハノーファー万博に公務で来ていた日本人二人に同席を求められ、久し振りにおしゃべりを楽しんだ。求められて話した僕の体験談を大変喜び、昼食とワインをご馳走してくれた。ミュンヘンに戻ってから二人にお礼の絵葉書を送ったが、返信は遂に来なかった。日本人ビジネスマンにはこうした事例が多く、寂しいことである。

リューデスハイム

6時間の船旅を終えて上陸したリューデスハイムは、斜面のブドウ畑が色付き見事だった。フランクフルトまでの列車の時刻を見計らい、有名な「つぐみ横町」を歩いて、ここでもワインの「試飲」をしてしまった。

⑩　ベルリンとポツダム

ベルリン　11月24日〜25日

リューデスハイムの船着場とブドウ畑

ローレライの岩

遥か来てブランデンブルクの門に立つ
ベルリンの壁は跡形もなく

２０００年11月24日、ついにベルリンの土を踏むことが出来た。１８７１年のプロイセンによる統一ドイツ帝国の首都となって以来、政治の面でも経済の面でも、ヨーロッパの中心として繁栄を極めた都であった。戦後は東西に分割された悲劇の時を経て、１９９０年、ベルリンは再びドイツの首都となった。ドイツに滞在する者として、見落す訳には行かなかった。

まず高い塔へ登る

テーゲル空港からバスに乗って都心に入り、ホテルで一休みの後市内巡りに出掛けた。真っ先に向かったのは、67ｍのジーゲスゾイレ（十九世紀の三つの戦争の勝利記念塔）である。「山屋」の習癖としてどうしても高い所へ登りたくなるが、街全体を理解し雰囲気を感じ取るには、これに限ると思う。大ベルリンのすごさを実感し、「ティーアガルテン」には街中にこんな森があるのかと驚いた。

ジーゲスゾイレ（戦勝記念塔）

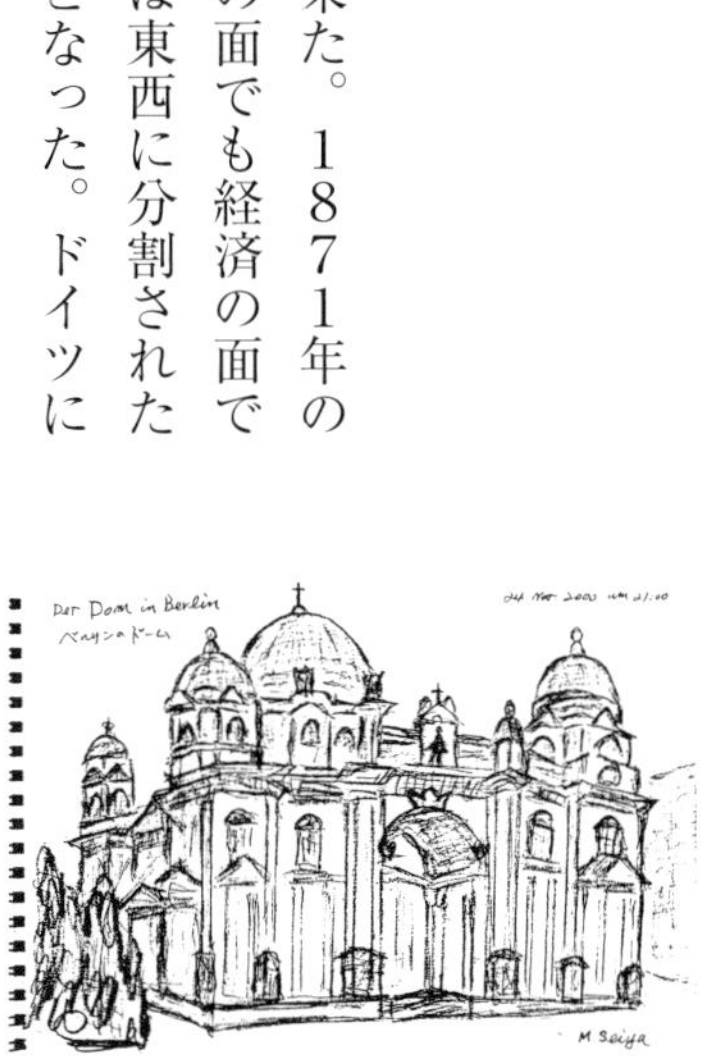

ベルリン・ドームのスケッチ

傷跡を残す

ホテル近くのカイザー・ヴィルヘルム記念教会は、戦禍丸出しの姿を繁華街にさらしている。戦争の悲惨さを忘れないようにと、旧西地区で修復せずに残された。ビールは「クリスタル」を注文、名前の通りの澄んだ感触が、疲れた体には美味かった。

壁は跡形もなく消えて

「6月17日通」を東に向かい、ブランデンブルク門の前に立つ。ドイツ分割と統一の象徴を目の当たりにして、感無量であった。しかし、門の前面を覆っていた「ベルリンの壁」は跡形も無かった。

昔はここが街の西縁で、「ブランデンブルクへ通じる門」として名付けられたが、街がどんどん発展して、ここが街の中心になってしまった。一方のブランデンブルクは、人口十万人のありふれた町に過ぎないが、州の名になって残ることになった。

ペルガモン博物館のヘレニズムや古代ギリシャ遺跡の展示はすごかった。フンボルト大学・ベルリン大聖堂・赤の市庁舎・アレキサンダー広場といった旧東地区の心臓部を回ってポツダム広場に出た。フィルハーモニーの周りを一周してカラヤンを思う。新しいソニービルの所から地下鉄に乗って旧西地区の駅まで、壁があった下を潜ってみたが、そんな感慨は湧いて来なかった。

融合の難しさ

学校のテキストに、1989年11月9日のベルリンの壁が崩壊する場面を描写した文があった。ヴァルター・モンパーという当時のベルリン市長が書いた「Diese

カイザー・ヴィルヘルム教会の夜景

ブランデンブルク門前で

Nacht war nicht zum Schlafen da（その夜は寝て居れなかった）」という文章で、難しい単語が多かったが、大変な感動を覚えた。
しかし、アルテス・ラント（旧西地区）の人間がノイエス・ラント（旧東地区）を訪れたのは、10年経過後もたったの20％以下に過ぎない」ということを聞くと、複雑な思いがした。そして、「偏見」や「無関心」という言葉を度々見聞きした。

日本は休暇が取れない国？

ベルリンからポツダムに向かう列車の中での出来事。中年の男性に質問を受ける。「日本は休暇が取れない国と聞いているが、本当か？」「そんなことはない、取り難いのは管理職だけ。一般の労働者は僕みたいに自由に取っている！」と思わず答えていた。実状は別にして、こういう見方をされると無性に腹が立ち、弁護したくなる。

ベルリン・ドーム（大聖堂）

ポツダム　11月25日

ポツダムの会議の館に佇《たたず》みて
日本と我の来し方を思う

ポツダムは、ベルリンからSバーン（近郊列車）で南西に35分、人口十四万人のフリードリヒ大王ゆかりの都市。翌日訪れたが、何は置いてもツェツィーリエンホーフ宮殿を見たかった。１９４５年７月17日～８月２日に開かれたポツダム会議の場として有名である。僕の父は第二次大戦で戦死しているので、こだわりがあったからである。

親切なドイツ人

内部の見学はすべてガイド付き、一時間待たねばならなかったが、ベルリンから来た二組の夫婦が「自分達の仲間」と言って加えてくれた。ここでも親切なドイツ人に巡り合う。

会議場には、米英ソの三国旗が飾られ、トルーマンを真ん中にして、チャーチルとスターリンの並ぶ写真は、風光明媚な地での過酷な歴史を思い起こさせた。煉瓦造りの英国風なシックな建物には、西側が見えないように窓に覆いがされていた。庭園を通して湖を眺める一番の部屋は、やはりスターリン用であった。

無条件降伏

ポツダム会議では、ドイツの戦後処理と日本を降伏させる策が話し合われたが、ドイツ分割への思いが強く、「ここがどうして日本と関係があるのか？」と疑問に思うドイツ人が多い。そこで、「bedingslose Kapitulation!（無条件降伏）」と答えると、大抵「納得！」という顔をするから不思議である。

ツェツィーリェンホーフ宮殿（ポツダム会議場）

親切なドイツ人グループと

⑪　雪残るローテンブルク　2月4日

ロマンティック街道は、北のヴュルツブルクから南のフュッセンまで、バイエルン州の西部を南下する３５０㎞の有名な観光道路。列車で旅している身には縁がなかったが、その至宝と賞されているローテンブルクだけは見てきたかった。急行で三回乗り換えしたが、雨中の雪の野原が窓外に広がり、気分が安らぐ思いがした。

街は南北に細長いＴ字形で、ぐるりと城壁で囲まれており、中世の状態をほぼ完璧に残している数少ない街。ローテンブルク駅は、東方の城壁外にあり、レーダー門から市街へ入る。雪残る門は風情があり、スケッチをすることにした。中心部へ向かう石畳は歴史を感じさせ、マルクス塔を潜って市庁舎のあるマルクト広場に出る。

マイスタートルンク

市庁舎隣りの市会議員宴会場の壁面の仕掛時計「マイスタートルンク」が人気で、人が集まって来る。十七世紀の三十年戦争で、新教側に転じたローテンブルクが旧教軍に破れた時の駆け引きで、当時の市長がワイン３ℓを一気飲みして町と住民を救ったという伝説に基づく人形劇である。

しかし、「あの話は作り話さ、本当は皆が相当な金を払ったんだ」という説もある。そうだとすると、これ程の観光客が来ただろうか？　伝説を信じることに

西側からのローテンブルク市街

レーダー門のスケッチ

しよう。観光客がほとんど来ない季節であったが、帰途三十人ばかりの日本人の団体とすれ違い、「こんな時期によくも」と感心する。僕は、この雨に濡れて体が冷え体調を崩してしまった。昼食に入ったマルクト広場のレストランで、赤ワインの熱かんを飲んで回復、ほっとした。

市街を囲む城壁は、木のひさしと手摺りがあり、上がって歩ける。高い位置からは、赤い屋根の古い街並みがよく眺められた。西方のブルク公園からは、タウバー川の流れへと下っている緑の谷と、背後の赤い街並みが見渡たせ、安野光雅の画集『ドイツの森』の絵の通りだと感心する。ユースホステル「ロスミューレ」は、屋根の窓が人の目の形をしていて面白かった。

端っこの土地を訪ねて

⑫ **パッサオ（東端）◎三川合流点　2月18日**

ドイツ南東の都市パッサオは、オーストリアとチェコとの国境近くに位置し、ドナウ・イン・イルツの三川が合流する位置にある。ある本で、ドイツ・オランダ・ベルギー

ユースホステルの屋根

城壁の木の回廊

の三国境を探し求めて歩く人の話しを読んだが、何故かこのような地点に心を引かれる。東・北・西・南の端っこの土地を訪れた記録をまとめてみる。

アケミが来た機会に、二人でパッサオに行くことにした。ミュンヘンから2時間10分である。見事な晴天であったが、2月のパッサオは寒かった。真っ先に三川合流点に向かったが、川面を渡って来る風は身を切るように冷たかった。合流点は公園になっており、ここでスケッチしたが、長くは体が持たなかった。近くの小さなレストランに飛び込んで、グリューヴァイン（ワインの熱かん）を注文、やっと生きた心地がした。人出の全くない冬場でも、レストランがちゃんと店開きし、注文に応じる体制に感心した。

パッサオは、古くからの交通の要衝として栄えた都市で、ドナウ・インの二大河川を目の当たりにするとうなずける。両方の川には、今も大きな貨物船が航行している。イルッは小さな川で、目立たない存在だった。ドーム（大聖堂）のパイプオルガンは、大きさ「世界一」として有名なので、CDを買って来て聴いたが、眠くなって困った。

⑬　キール・ラボー（北端）　◎バルト海とUボート　2月23日～24日

雪のバルト海の海岸に立つ

ドーム内のパイプオルガン

三川合流地点のスケッチ

最北のバルトの海の風寒し
不戦伝えよ展示Uボート

日本で買って来たユーレイルパスは、南欧とドイツ国内の旅行で使ったがまだ残っていた。十回使えて一等クラスで八万円ばかりであった。「使用開始後二か月」が期限なので、2月24日まで。最も長く乗れる土地はと考えて、バルト海まで行くことにした。

シュレースヴィヒ‐ホルシュタイン州は、ドイツ最北の州で、デンマークへと伸びる半島の付け根部分に位置する。海は東西に分断され、東側がバルト海で西側が北海であるが、ドイツではオストゼー（東海）とノルトゼー（北海）と呼んでいる。日本海を韓国では「東海」と呼ぶのと似ている。

１９４５年以降に占領政策によって強制併合させられた「ハイフン州（二つの地域を‐で結ぶ）と違い、古くから一つにまとまっていた州である。

州都キールは、両方の海を結ぶ運河の基点に位置しており、海運と造船業で経済的な発展を遂げているが、第二次大戦中はドイツ海軍のUボート（潜水艦）基地が置かれていた。北東20㎞のラボーの海岸には、実戦に使われていたUボートが置かれている。

2月23日9時、ミュンヘンを発った。ＩＣＥ（特急）を使ってもハンブルクまで

ラボーのペンションの主

U995 潜水艦内部

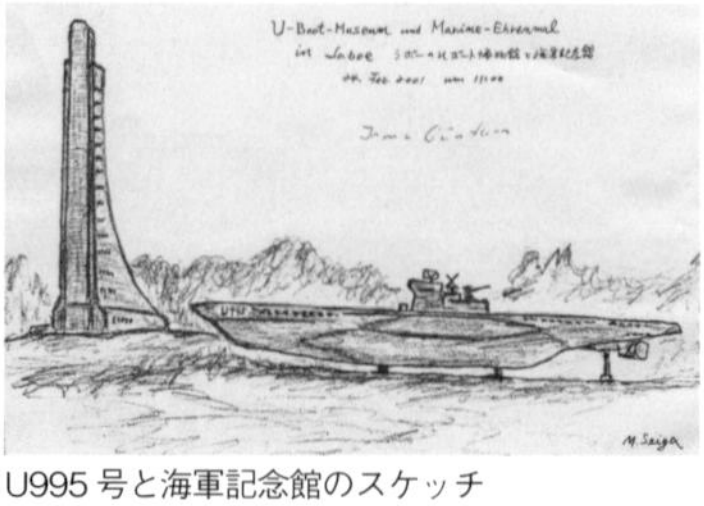

U995 号と海軍記念館のスケッチ

6時間、乗り換えてキールまで1時間、更にバスで40分かかった。しかし、車窓に展開する雪の大地の広がりを見ることが出来、満足であった。総面積は日本と変わらないのに、ドイツの実質的な大きさを思い知らされた。

雪積もるラボーに着いたのは、夕方になっていた。バルト海から吹く風はさすがに冷たかったが、念願の土地に立てたことに満足であった。船着場近くの雑貨店で、ペンションの紹介を頼んだら電話してくれた。大きな声で「日本のお客さんだ、ゆで卵を付けて38マルク（約二千円）」と大きな声で話している。

間もなく現れたのは、田舎丸出しのおばちゃんで、ジープで迎えに来てくれた。古い建物で客は僕一人だったが、親切にしてくれた。翌朝は、間違いなくゆで卵付きで38マルクであった。

『彼らは、我々のために死んだ』

Uボート「U995」は、バルト海岸の砂浜に置かれてあった。鑑全体が博物館になっており、前部から入って後部まで艦内を潜り抜けるようになっている。中は狭く一人が通り抜けるのがやっとだが、機械装置がずらりと並んでいた。これが連合国海軍を悩ませたUボートかと思うと、感慨深かった。

上方の陸地には、船首を形取った85mの塔のある「ドイツ海軍記念館」が建つ。厳粛な思いで中に入ると、床に小さな円があり、上から吊るされた万国旗が取り囲んでおり、その中にはカギ十字旗もあった。壁面の大型パネルの『SIE STARBEN FÜR UNS（彼らは我々のために死んだ）』の文字に心を打たれた。

海軍記念館の慰霊の碑と旗

⑭　トリアーとルクセンブルク（西端）

古都トリアー　2月27日～28日

ドイツ西端のトリアーは、２０００年の歴史を持つドイツ最古の都市で、古代ローマ由来の西方の中心地で、ポルタ・ニグラ（黒い門）はその遺跡である。

モーゼル川の流域にあり、モーゼルワインの集積地としても有名。また古くからの大学街で、カール・マルクスの生誕地でもある。入学のし易さから、各国からの学生、とりわけ中国・ロシア・東欧からが多いようである。

アケミの「案内してやる」で訪れたが、フランク宅から戻らず、ホテルを探して一泊した。帰ってから、キツイ手紙を出しておいた。

仏語のルクセンブルク　2月27日

ルクセンブルクは、トリアーから列車で50分の距離にあり、どこが国境かと探しているうちに中央駅に着いてしまった。駅構内の「ｉ」（案内所）で地図をもらい、駅前の銀行でルクセンブルクフランに両替する。市の中心までは歩いて20分である。少々寒かったが、のんびりと街を歩き、スケッチした。

ルクセンブルクは都市国家で、小さいが経済力があり、国語がフランス語のせ

トリアー：マルクスの生家とレリーフ

トリアー・ポルタニグラ前で

いか、シャレた街の様相はフランスを想わせる。昼食に小さなバーに入り、ピザと赤ワインを注文。店の女性とは、ドイツ語と英語のちゃんぽんで十分会話を楽しめた。

⑮ 冬のリンダウ ◎ボーデン湖畔（南端） 3月4日

タンデムのほとんどの生徒が一か月程度という中で、お互いに在学期間の長い中国娘のツォウジャは、特に大切な友人であった。いろんな事で協力し合い、そして気が合った。

チェコの首都プラハは、交通の便と物価の安さとで、ドイツ人に人気の観光地である。格安バス旅行の広告を彼女が持って来て、年が開けたら一緒に旅行しようと話し合っていた。しかしチェコへの入国は、EU諸国や日本人は自由であるが、中国人や台湾人は、ビザの取得が必要と判明。

そんなことから、「迷惑を掛けるから、サイヤ一人で行って欲しい」ということになった。そこで別な場所を探し、ボーデン湖畔のリンダウへ行くことにした。

リンダウは、ボーデン湖の東に浮かぶ小さな島の上にある町で、陸地とは堤防と橋によって結ばれている。ボーデン湖は、ドイツ・スイス・オーストリアの三か国にまたがる最大の湖で、夏のリゾート地として人気の街である。

3月初めに訪れたリンダウは、雪こそ無かったものの、まだ冬のとばりに包まれていた。博物館は閉鎖されたままで、湖はくすんだ色で生気がなかった。しかし、

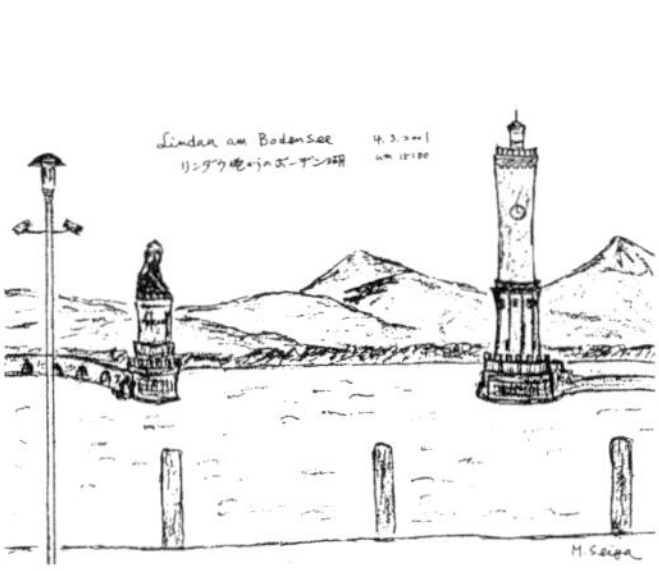

港の入口から南（スイス側）のスケッチ

ルクセンブルク：カテドラルのスケッチ

ポック砲台跡で

人出のほとんど無い静かな街と湖畔を歩くのは、違った良さに満ちていた。湖畔のカフェに入り、体を温めるために飲んだグリューヴァイン（ワインの熱かん）が美味かった。

葛西・原田の名が出る

列車は、ドイツアルプスの北の山ろくを走るので、まだ沿線は相当な雪である。帰途の駅で、大勢の人達が乗って来て満員になった。ブーツを履いたり、旗や横断幕を持っている者が多いので、どこに行って来たのかと聞いたら、「Skispringen シーシュプリンゲン」と答えた。きょとんとしていると、「Kasai」「Harada」という名前が出て来て、「スキージャンプ」のことかと納得が行った。

港の入口に立つライオン像前で

拘りの場所を訪ねて

自分の目で見て確かめておきたい「拘《こだわ》りの場所」は誰にでもあると思うが、気になっていた幾つかを訪れる機会を得た。

⑯　変な看板を訪ねて　◎テュービンゲン　2月10日〜11日

11月に、知り合いの岡田園子さんから手紙が来た。「ドイツ西部の街を旅行した時、お城の下にあるレストランの看板が目に止まったが、何のことかさっぱり意味が分からない。しかし、通行人はこの看板を眺めて笑って通り過ぎて行く。何ともシャクに障るので、ドイツ滞在中にこの謎を解いて下さい！」

早速ウーテ先生に質問した。「これはドイツ南部の方言で古語」と首をひねっていたが、すぐ理解出来たようで、親切に回答してくれた。

《変な看板の文字》

看板文字→ Dohoggeddiadiaemmerdohogged
分　解→ Do hogged dia dia emmer do hogged
現代語訳→ Da sitzen die die immer da sitzen
日本語訳→ そこに座る人はいつもそこに座る
（この店は常連客に愛される店です）

ホーエンテュービンゲン城

答えは岡田さんに直ぐ返信したが、この看板を実際に自分の目で見てみないことには、宿題が解決しないように思えて、ずっと気になっていた。2月10日の土曜日テュービンゲンに向けて出発、ハイデルベルクとヘッヒンゲンとを併せて回ることにした。

問題のレストランと城からの眺め

ホーエンテュービンゲン城であろうと見当を付け、城への道に差し掛かった時、右手の建物の壁に例の看板を見付けて胸が高鳴った。看板を写真に撮っていると、やはり通行人が笑って通り過ぎて行くのに、納得した思いがした。

城から中央駅に戻る時、大変な人混みで迂回したが、通りの行列を見てびっくりした。醜い顔の仮面にごわごわの服、いかつい棒を持っている。この地方独特の民話に基づくパレード（カーニバル）と見受けた。時間があればゆっくり見てきたかったのに残念。

テュービンゲンは、ヘッセ・ヘーゲル・ヘルダーリン・ケプラーなどの詩人・哲学者・学者の多くが若い時を過ごした美しい町。中央部の「ヘッケンハウアー書店」は、ヘッセが四年間働いていた本屋として有名。

ネッカー川畔には、「ヘルダーリンの塔」と呼ばれるとんがり帽子の丸い家がある。精神を病んだヘルダーリンが閉じ込められたと伝わるが、丸い部屋は誰でも落ち着かなくなるので、原因と結果が逆ではないかと思った。

ハイデルベルク　2月10日

早春の哲学の道に登り来て
ハイデルベルクの街並み眩《まぶ》し

ネッカー川とヘルダーリンの塔（中央部）

テュービンゲン市内の行列

古くからの学生の街として知られ、ゲーテやヘルダーリン、ショパンなど多くの詩人や芸術家が訪れ愛した街として、日本人には特に人気がある。街中は簡単に見ておき、ネッカー川を挟んだ対岸にあるフィロゾフィエンヴェーク（哲学の道）へ向かった。

京都にも「哲学の道」はあるがこちらが本家。山の中腹にあるので、急な坂道で息が切れたが、そこから見下ろすネッカー川とハイデルベルクの街と高台に立つハイデルベルク城の眺めは素晴らしかった。山吹のような黄色い花とコブシの花に、春の訪れを感じた。

ヘッヒンゲン　2月11日

冬の日は天下の名城も我一人
山上に建つホーエンツォレルン

11日は、早く起きてヘッヒンゲンまで足を伸ばし、ホーエンツォレルン城を目指した。この城は、統一ドイツのプロイセン王家（ベルリン）の発祥の地に建つ名城で、ノイシュヴァーンシュタイン城と並び称される。平地のSchloßシュロス（宮殿）に対して、こちらはBurgブルクで、要害に築かれた城さいを言う。

シーズンオフなのでシャトルバスはなく、30分歩いて登った。城の開門時刻を

ハイデルベルクの哲学の道とネッカー川・アルテ橋のスケッチ

待って入ると、僕一人のために説明役の立派な男性が付き、案内してくれた。「英語で行きますか、ドイツ語にしますか？」の質問には、当然「ドイツ語でお願いします」と答えたら、がぜん喜んで一層親切に案内してくれた。

お陰で、撮影禁止の場所を特別に目をつむってくれた。特筆は、フリードリヒ大王の王冠と嗅《か》ぎ煙草のケース。この嗅ぎ煙草のケースこそ、大王がピストルで撃たれた時、弾を跳ね返して命を救った品物である。

良い気分で城を下り、タクシーに案内してもらった場所で城をスケッチしたが、早春の日差しが暖かく、時の経つのを忘れる思いであった。

上：フリードリヒ大王の王冠と嗅ぎ煙草入れ

下：親切な案内人

城からの眺めとホーエンツォレルン城のスケッチ

⑰ ブロッケンと魔女の里　◎ハルツ山地のゴスラー・ヴェルニゲローデ

ブロッケンの妖怪現象見えずとも
雪の森ひた走るＳＬ嬉し

ブロッケン現象は、霧が立ち込めた高山で、太陽を背にして立つ人の影が、霧をスクリーンにして映し出され、影の回りに光の輪が現れる現象である。一年の内二百六十日は霧が現れるというブロッケン山でよく観察されることから、この名前が付けられた。

日本では、長年の登山で幾度かお目に掛かったが、「ブロッケン現象の本山」は一体どんな山であろうかとの思いは、ずっと心の中を占領し続けていた。ドイツへ来たらどうしても訪れたい土地の一つであった。

ゴスラー　3月8日

寒さの緩んだ3月上旬、ハノーファー行きのＩＣＥ（特急）に乗り、ゲッティンゲンでＲＥ（急行）に乗り換えてゴスラーの駅に降り立った。ゴスラーは、ハルツ山地の銀鉱の採掘に伴って発展し、11～13世紀頃に中心地となり、一五〇〇年代に最も繁栄した。この頃建てられた木組家屋の街並みは見事で、訪れる人が多い。ハイネもこの街を愛し、東山魁夷もその一人である。

都心に向かうローゼントーア通りの入口には、城壁が残っており、城壁の一部を外壁に取り込んだ高級ホテルが目を引いた。ハルツ山地は、魔女の住みかとしての伝説があり、土産物店には、魔女人形があふれていた。高台に建つカイザー

ゴスラーのホテル

魔女人形

プラッツ（皇帝居城）を訪れた帰路、「楽器と人形博物館」を見てから駅に戻った。

ヴェルニゲローデ　3月8日〜9日

ゴスラーからREで50分であった。この街に降りてびっくりした。木組家屋の街並みはゴスラーよりもっと素晴らしく、中世そのままの落ち着いた雰囲気に圧倒される。ゴスラーが旧西ドイツであったのに対し、ヴェルニゲローデは旧東ドイツだったので、手付かずのまま残ったようだが、旧東の保養地として人々に愛された。

ブロッケン山へ

駅前から出ているＳＬに乗って登る。ハルツ狭軌鉄道と言い、十輌編成の列車は小型で風情があった。軌道の幅は、一般の鉄道が1.4ｍなのに対して、1.0ｍだと運転士が答えてくれた。一番前の車輌に乗り、機関車から出るばい煙を間近に嗅ぎ、その音と振動を全身で味わった。標高１１４２ｍの山頂駅までの1時間40分は乗り甲斐があり、ＳＬのひた走る雪の森を飽かず眺めた。

この鉄道は、市民の足としても利用されており、赤ん坊を連れた若い婦人が降りる時、乳母車を降ろしてやった。思わず「Kann ich Inen helfen？（お手伝いしましょうか）」としゃべっており、ドイツに来て初めてこの言葉がすっと出たことにびっくりした。

雪残る山頂は、一面の霧と強風で視界ゼロに近かった。乗客のほとんどがレス

ハルツ狭軌鉄道

ヴェルニゲローデの市役所と木組みの家

トランのある建物に消えた。統一前は、ソ連軍のレーダー基地やワルシャワ条約軍の施設があって一般市民には立ち入り禁止の場所であった。

円い山頂はどこがピークか分かり難くかったが、霧の中を歩き回って、石組とプレートを発見してほっとした。ゲーテとハイネの石像もあった。霧が濃過ぎて、期待したブロッケン現象は無理であったが、この場所に立てたことで満足であった。

⑱ 文豪の足跡を訪ねて

ライプツィヒ　3月23日

学友と再会果たすライプツィヒ
ゲーテゆかりのファウストの酒場へ

タンデムの同級生マリは、9月中旬に東京の大学へ帰ったが、折に触れてE-mailで近況を知らせてくれていた。
そんな彼女から2月に手紙が来た。ベルリン大学へ一年間留学することが書かれており、長期滞在に際してのアドバイスを求められ、再会の希望が述べられていた。自分の経験に基づくアドバイスをすぐ送ったが、3月最後の土曜日に、ライプツィヒで会うことになった。

ブロッケン山頂のハイネ像と頂上の標石

ブロッケン山を望む

ザクセン州（旧東地区）のライプツィヒは、人口五十二万人で州都ドレスデンを上回る。バッハやゲーテゆかりの街として有名であるが、ショッピング街など多機能を備えた中央駅舎や、高層ビルを備えた、近代的な都市でもある。ライプツィヒ大学は、ハイデルベルク・ケルンに次いでドイツで三番目に古い大学で、ゲーテやニーチェ、森鷗外が学んでいる。現在では、メルケル首相（物理学）の母校として話題になった。

ヴァイマールと共にどうしても訪れたい都市であったが、マリとの再会が二つの都市を訪問する機会を与えてくれた。ミュンヘンからは遠いが、ベルリンからは一時間の距離。ライプツィヒ中央駅に迎えてくれたマリは、一段とたくましく見え、再会を喜び合った。

ニコライ教会　◇壁崩壊の母体

真っ先に訪れたのはニコライ教会。この教会で月曜毎に行われていた祈祷集会が、民主化要求デモへと発展し、１９８９年11月のベルリンの壁の崩壊の大きな第一歩となったことから有名になった。木の椅子に座り、高い天井を眺めて感慨に浸り、暫くの時間を過した。

バッハが、指揮者兼オルガン奏者として二十七年間務めたトーマス教会は、時間が無くて外から眺めて写真を撮るだけにした。

ファウストの酒場

ニコライ教会の内部

トーマス教会

アオアーバッハケラーで　マリと

ゲーテが学生時代に足繁く通い、自作の『ファウスト』に登場させたアオアーバッハケラーに入ったが、生憎休息時間の閉店となり、ワインを飲むことはかなわなかった。近くのレストランに入ったが、時の経つのを忘れて語り合い、夕方になってしまった。

ヴァイマール　3月23日～24日

文豪のゆかり求めてヴァイマール
ゲーテ山荘スケッチ嬉し

ライプツィヒでマリと分かれて向かったヴァイマールは、生憎の小雨だったが、落ち着いた街で、ゲーテとシラーのゆかりの場所を訪ねて歩いた。旧東地区だっただけに、ホテルやレストランの料金など物価の安いのには改めてびっくりした。ゆっくりスケッチしたかったが、帰りの時刻の関係で、短時間で描ける建物を選び、ゲーテ山荘をスケッチした。

ミュンヘンに帰る列車では、今回がドイツ最後の旅となったことに感慨深いものを感じた。窓外を流れて行く景色に、八か月間に旅したドイツ各地の情景と、出会った人々の顔が重なって胸が熱くなった。

ゲーテとシラー像

ゲーテ山荘のスケッチ

ゲーテの住んだ家

帰国の旅

帰国の時が来た。ドイツ滞在ビザの期限は２００１年３月31日。ビザ申請でこの日を設定したのは、年金生活者としての立場もあったが、快く送り出してくれた家族の気持ちを考えた線引きであった。

タンデムのクラスは、A・B・C・Dの四段階。「Deutsch-Intensivkurs der Grundstufe 1・2・3」の修了証書をもらった。つまり、「基礎コースの中の上」というレベルか。D(4)まで行きたかったが、2月頃から限界を感じたのも事実。文法と単語と表現は、現地でないと分からない多くを習得出来たし、日常会話には不自由しなくなったので、初期の目的を達したと納得することにした。

タンデム最後の授業

3月30日、13時キッカリに授業終了。CクラスとBクラスの合同となり、ドリス先生の授業が最後となった。13時～14時、長期在学の四人の送別会を、会費制でなく学校の費用で行ってくれた。僕と中国人のツオゥジャ、スペイン人のベアーテとサラのために、大勢が集まって、別れを惜しんでくれた。

ドイツよさらば

下宿では、ヨアヒムとレナーテがお別れの夕食会をしてくれ、北ドイツのビー

送別された四人で

ドリス先生を囲んで

ル・ピルスナーで乾杯する。夜遅くマニュエルとアンドレアが、ルードヴィヒⅡ世の写真本を持って来てくれ別れを惜しむ。31日朝、八か月間のさまざまな思いを詰めたリュックサックを背に、アオリケル通のバス停に向かう。早春の風が心地よかった。

⑲　古都プラハとウィーン

プラハ　3月31日～4月1日

ミュンヘン中央駅からプラハ行きの列車に乗る。ツオゥジャと一緒の計画は果たせなかったので、プラハ～ウィーンを回るルートを帰途に選んだ。

四人のコンパートメントで、楽しく語らったので、ドイツを去る感傷は起きなかった。狂牛病の最中だったので、国境を越えたチェコ側の駅でホームに降りて、消毒薬の付いた布を踏まされた。

プラハの中心は旧市街広場で、イースターに向けて屋台を作っているところであった。チェコの英雄ヤン・フス像があり、旧市庁舎の天文時計が有名で、火薬塔・ティン教会が回りを囲んでいる。ヨーロッパの他の都市との違いを感じ、「マネーチェンジ」と呼びかけて来る物売りの多さと、ミニスカートで街角に立つ女性に、東欧圏を実感した。

有名なカレル橋を渡る。一番大きな橋柱の像は聖フランシスコ・ザビエルで、

広場の中心のヤン・フス像

旧市庁舎の天文時計

担ぎ手は四体の東洋人であった。また橋の上で奏でる辻音楽師の哀調に、異国に来ていることを感じた。対岸のプラハ城は、夜間でも中へ入れたので有難かった。

チャスラフスカの再来？

翌朝、再度カレル橋まで行ってスケッチした帰途の広場、天文時計前でチラシ配りをしていた女性に思わず戻ってしまう。金髪の美人で「チャスラフスカの再来か？」（カラー頁156P）と思った。

ベラ・チャスラフスカは、1964年の東京オリンピックの体操の金メダリストで人気をさらった女性。写真の許可には、にっこりほほ笑んで応じてくれた。

ウィーン　4月1日～2日

プラハから南下する列車は、一面の畑と質素な家並みを走り、しゃれた街並みを意識するともうウィーンだった。ホテルで一服の後夜の街に出る。魚料理が見えたので入ったレストランは失敗。「陸の国」ということを忘れていたが、言葉はドイツ語なので、助かった思いがした。

美しき青きドナウ

翌朝、真っ先に地下鉄で「アルテ（古い）ドナウ」へ向かう。ドナウ川の現在の本流は、人手が加えられた平凡な川であるが、旧流は『美しき青きドナウ』で、スケッチしてその美しさを脳裏に刻む。

カレル橋とプラハ城のスケッチ

美しき青きドナウのスケッチ

名物のザッハー・トルテ

街の中心部では、シュテファン寺院やペータース教会を仰ぎ、シュテファン広場とローテントゥルム通を歩いて、ウィーンを実感する。オペラ座をひと回りし、隣のホテル・ザッハーの路上カフェに座る。お目当ては「ザッハー・トルテ」と「ウインナー・コーヒー」で、甘い舌触りを楽しんだ。

スイスへ戻る　4月4日

インスブルックに一泊の後、列車がスイスへ入ると、安心感が込み上げて来た。ダヴィット始め皆が、写真やスケッチを見て土産話に耳を傾けてくれ、家族同様に思ってくれていることが嬉しかった。この時期は初めてだったが、びっしりと雪をまとったマッターホルンが迎えてくれ、スイスに戻ったことを実感した。

桜満開の名古屋へ帰る　4月8日

名古屋空港に家内が迎えてくれた。八か月振りの我が家は桜が満開。帰って来た喜びをかみ締め、目的を果たした安ど感を味わう。

愛犬の小太郎がどんな反応を示すか興味があったが、僕が到着すると家の周囲をぐるぐる何度も走り回り、しまいには犬小屋に入り込んでしまった。余りの喜びように、こちらも嬉しくなり安心した。

オペラ座とザッハー・トルテ

満開の桜の下で小太郎と

第3章

友ありてこそ旅は楽し

◎

南欧三か国の旅とその後の広がり

語学学校のクリスマス休暇は12月23日～1月9日の18日間もあったので、スペイン・ギリシャ・ポルトガルの南欧三か国の旅行を計画した。ドイツからだと時差が無く費用が安い折角の機会である。初めての土地への好奇心が一番の動機で、学校で一緒だった級友達を訪ねるのも目的だった。

あこがれの土地は素晴らしかった… それは訪ねる知人が居て、温かい出会いがあったからこそ。わずか一か月間学校で一緒だっただけであるが、年齢差を感じさせず友人として心から歓迎してくれ、家族ぐるみの歓待を受けた。また多くの人の善意に助けられた。

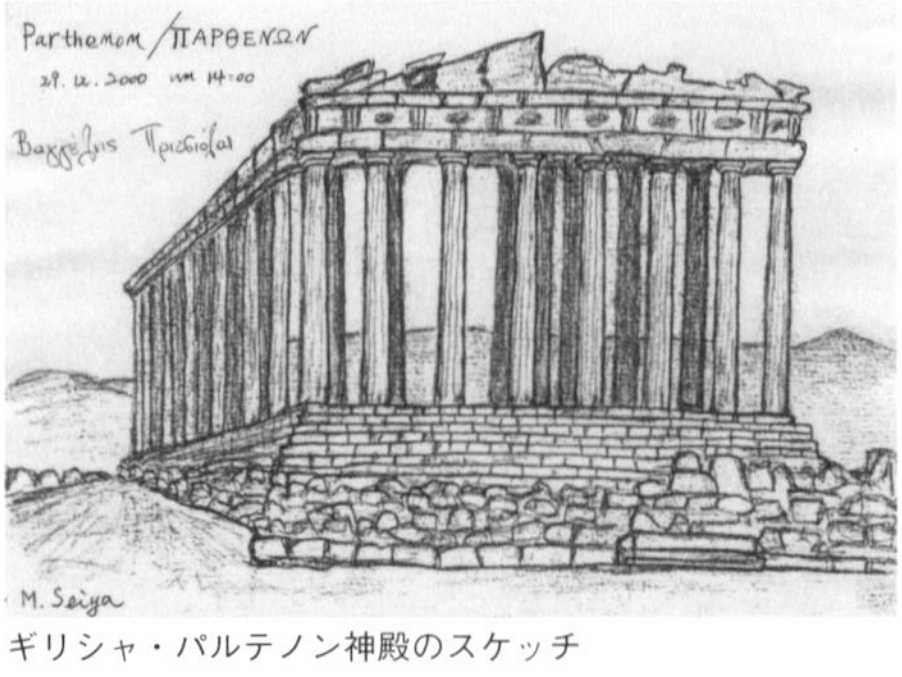

ギリシャ・パルテノン神殿のスケッチ

世界には名所・旧跡は多いが、いくら金を掛けても、それだけでは無味乾燥ではないかと思う。人との触れ合いがあってより素晴らしいものになる訳で、今回はそれを実感し、多くのことを教えられた… まさに「友ありてこそ旅は楽し」の旅であった。

スペイン ◎クリスマスを過ごす

① 首都マドリッド 12月23日～1月9日

マドリッドは人口三百万の大都市。ここを中継地にすることで、効率よく回れる計画に学友カルロスは快く応じてくれた。彼の家は集合住宅の五階で、前後四晩泊めてもらったが、自分のベッドを僕に譲って、彼はソファに寝てくれた。

24日は聖夜、九十一歳の祖母宅に集まるのが恒例で、家族と一緒に招かれ、一族二十人と一緒に過ごし、大変な歓待を受けた。部屋の奥には、祖母自慢のキリストの馬小屋での生誕を物語る人形が飾られていた。

にわかクリスチャン

午前0時を挟んで教会に出掛け、一緒にミサを体験する。祭壇の前で司祭の礼

地区の教会でのクリスマスミサ

カルロスの祖母の祭壇前で

マドリッドの建物

を受けた時、口を空けてウエハースのような小さな菓子を入れられた。一番の体験はスペイン語の讃美歌、何度も繰り返していると歌えるものである。カトリックの厳粛な重要行事で異教徒が混じっていることに、いささか後ろめたさも覚えたが、家族全員が僕の姿勢を評価し、司祭もほほ笑んでくれて安心した。

ゴヤとピカソ

市内の主な場所は、カルロスが案内してくれた。第一印象はとにかく広大で建造物がでっかいということ。アメリカ大陸を制覇し、世界の富を集めた歴史を感じさせる。念願の見学施設はプラド美術館で、ゴヤの絵を多数見ることが出来た。この豪華版で入館料ゼロには驚き。広大な館内をスペイン語の案内で見るのは至難の業だが、カルロスが最短の経路を考えて案内してくれた。もう一つがソフィア王妃芸術センターのピカソ。多くの絵の中でもやはり「ゲルニカ」、大画面の迫力に圧倒された。

カルロスは仕事で朝早く出るので、朝食は近くのカフェに行き、気さくなウェイターのホセとおしゃべりし親しくなった。スペインは魚が豊富にあるので、市場に出掛けてマグロなどの材料を買い、寿司を作ってやったら、友人も呼んだ小パーティとなり随分喜ばれた。

② グラナダ　◎アルハンブラ宮殿　12月25日〜26日

気が合ったホセと

プラド美術館でカルロスと

25日には一泊でグラナダへ列車で出掛け、アルハンブラ宮殿を訪れた。アラブの占領時代の都で、広大な丘陵に築かれた荘厳華麗な建造物群に圧倒された。

グラナダは、七世紀から始まるイスラム教徒の流入によるイベリア半島支配の拠点で、長く繁栄を誇ったが、十五世紀末のキリスト教徒によるレコンキスタ（国土回復運動）で、イザベル女帝に敗れてモロッコへ脱出した。そこでの生活は、さながらアラビアンナイトを想像させる。

女性にうつつを抜かしていると!?

街を見下ろすテラスに来た時、日本人の団体客に女性ガイドが解説していた。「昨年アメリカのクリントン大統領がお越しになった時、『政治を疎かにして、女性にうつつを抜かしているとこのようになります！』と説明したら大笑いされた」に、一同がどっと沸いた。

アルハンブラですごいと思ったのは、キリスト教徒が取り戻した後も、華麗な宮殿は破壊されることなく、旧を残して上手に手を加え、両方の文化が共存していることである。見応えのある遺跡で、足を伸ばした価値があった。

③ セビーリャ　12月26日～27日

スペイン南部のセビーリャは、アンダルシアの中心都市で人口七十万人。学友

街を見下ろすテラスで　左は皆を沸かせた日本人ガイド

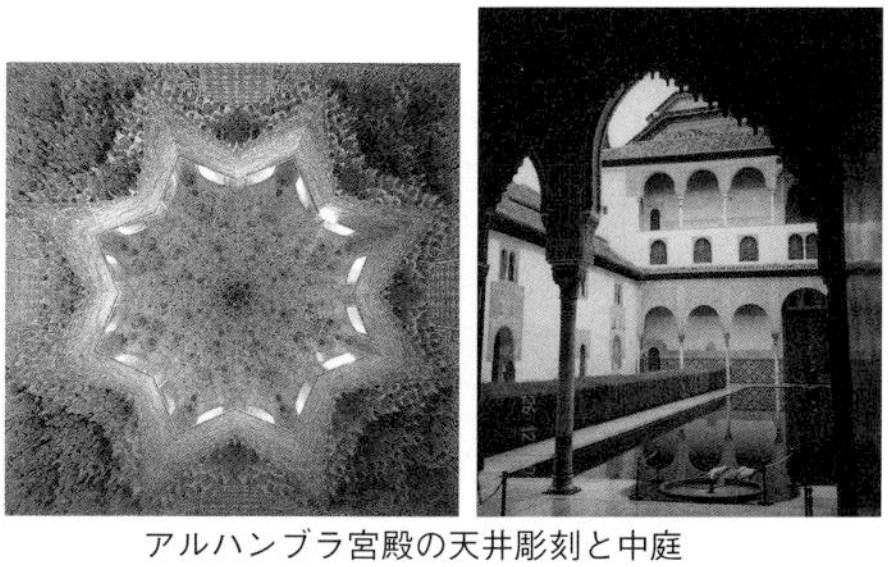

アルハンブラ宮殿の天井彫刻と中庭

のフェルナンドの伯父が住んでおり、「丁度クリスマスで行くことになっている。素晴らしい街だからぜひ来い」というので寄ることにした。

列車に取り残される

セビーリャは、グラナダから列車で3時間の地中海沿いの古都である。車窓に走る光景を眺めた。白い壁の家々と乾いた大地、オリーブの畑。日本とは異質の自然と文化に見とれていると、ある駅で列車が停まり乗客が皆降りてしまった。南欧ではよくあることとタカをくくっていたら、車掌が慌てて飛んで来てバスに乗せられた。線路が不通になったそうであるが、スペイン語だけの車内放送ではどうしようもない。

代行バスに揺られる車中で心配になったのは、フェルナンドへの連絡のしようがないことである。予定より一時間以上遅れて列車の駅と離れたバスセンターに到着した。とても不安だった気分は、バスに駆け寄ってくれた、フェルナンドと彼の従妹の姿で吹き飛んだ。

伯父の家には、一族十五人が僕の到着を待っていてくれ、歓迎の昼食会を開いてくれた。伯父は空港の管制官をしており、伯母と母親が姉妹とのことである。

その日の夜には、フェルナンドと父親とで、見事なクリスマスの装飾に覆われた夜の街を案内してくれ、翌日には、彼と父親と従妹とで、昼の街を隈なく案内してくれた。

黄金の塔前で
フェルナンドの父と

白い家並み

グラナダの市街

グァダルキビール川畔の黄金の塔は歴史的建造物。最後に訪れたスペイン広場は、一言で言えば広大、その規模に圧倒された。

昼食には、再度レストランに集ってくれ、イカや魚介類を使ったアンダルシア料理をご馳走してくれた。家族挙げての歓待に、友人や客人をもてなすスペイン人を見直した。

コロンブスの棺

壮大なカテドラルは、ローマ・ロンドンに次ぐ大寺院で、コロンブスの棺があった。高さ97ｍのヒラルダの塔から見下ろす市街は素晴らしく、アルカサルの緑豊かな庭園が心をいやしてくれた。

ギリシャ　◎21世紀を迎える　12月28日～1月3日

十八日間の南欧旅行の目玉は、「ヨーロッパ文明発祥の地ギリシャ――そのシンボルのパルテノン神殿で21世紀を迎える」ことにあった。宿も丘のふもとにある「ホテル・パルテノン」にするほどに凝った。

首都アテネは、三千四百年の歴史を有する人口三百万人の大都市。到着後すぐ

ホテル・パルテノン

コロンブスの棺

フェルナンドの家族と

に歩き回って概要をつかんでおいたが、とにかく遺跡だらけ、どこを掘っても出て来るはずである。

12月29日、パルテノン神殿が建つアクロポリスの丘を目指す。頂上は広くて平らで、中心のパルテノン神殿に釘付けになる。石の円柱と梁だけだが、均整の取れた麗厳な姿は、日本の神社と同様な霊気を感じる。時間を掛けてスケッチする。

悪徳タクシー　◆楽園で鬼に会う

丘を一回りし、博物館を見て、満ち足りた気分で下りて来たら、客待ちのタクシーの数台が目に入った。その時ふとガイドブックの「リカヴィトスの丘から眺めるアテネ港の夕日」が思い浮かんだ。「まだ間に合う！」との思いが他の思考を遮ってしまい、先頭のタクシーを呼び止めていた。

運転手は調子がよかった。街中の看板や建物を指して、日本の企業であることを教え、こちらもいい気になって応答した。リカヴィトスの丘が近付いた頃運転手が「ふもとにするか、上まで行くか？少しの追加料金だが！」と聞くので、夕日に間に合わせたい一心で「上まで」と頼んでいた。タクシーは急坂を走り、頂上少し手前の海を見下す所で停り、「ここまでだ、料金を」と言うのでOKすると、メーターのボタンを押す。突然料金は一桁跳ね上った。

「インチキだ！」と抗議したが、夕暮れで辺りは誰も居ない。運転手は携帯電話で仲間と話し出した。「これは俺の負けだ！」と悟った。「丘の上まで行くことは了解しているし、仲間の車に取り囲まれたら身ぐるみはがされてしまう」と考

リカヴィトスの丘で

アクロポリスからリカヴィトスの丘を望む

え、大枚を叩き付けて外に出た。湾の夕日がくすんで見え、丘の上にはためく青縞の国旗が恨めしく思えた。「アテネではタクシーに注意すること」は、どのガイドブックにも出ており、空港からはバスを利用した程であったのに。誰にも話せない恥ずかしい事だけに悔しかった。

④　クレタ島

29日、アテネ空港からクレタ島を目指す。ギリシャ本土よりも古い歴史を持つ、地中海に浮かぶクレタ島はどうしても訪れておきたかった。島中央北部のイラクリオンへは十数人乗りの小型機。揺れて困ったが、紺碧のエーゲ海と島々を手に取るように見下ろす飛行は、怖さを忘れさせ素晴らしいものであった。

目的はもち論クノッソス宮殿の遺跡。20世紀初め、イギリスの考古学者エヴァンスが発掘して、神話・伝説が実在したことを証明した。迷宮と呼ばれる地下は、古代のロマンに満ちており、好奇心を十分に満たしてくれた。隣接の博物館では、豊富な出土品が素晴らしかった。

地中海に面した海岸線も素晴らしく、遠路来ていることを忘れて歩き、ベネチュア統治時代に築かれた要塞が目を引きスケッチした。

旅行代理店マリソル　◇地獄で仏に会う

傷心して渡ったクレタ島だったが、博物館で日本人姉妹と一緒になり、日本人

クレタ島ベネチア時代の要塞

発見者エバンスの胸像

クノッソス宮殿遺跡

の経営する旅行代理店「マリソル」のことを教えてもらった。
ギリシャが大好きで、大企業の駐在員所長を十七年勤めて脱サラした平島彬氏のことである。島から戻ったその足で、都心のビルの四階にある事務所を訪ねたが、あいにく休日であった。幸いホテルに帰って掛けた電話が通じ、夜遅くにホテルを訪ねて下さり、行きたかったペロポネソス半島へのバスツアーの切符を手配して下さった。観光バスも、悪徳業者が多いとガイドブックに出ており、タクシーで懲りた後なので、本当に有難たかった。

⑤　21世紀はパルテノンで

12月31日は大晦日、ドイツ語でジルヴェスターと言うが、ここでも人々にとって特別な日。パルテノン神殿は夜間閉鎖されると分かり、すぐ南西の高さ20m程の岩の丘があるのを、前もって探しておいた。明るく照明されたパルテノン神殿を見上げ、アテネの街を見下ろす格好の場所である。

時計が0時を指すと、街のあちこちから花火が打ち上げられ、アテネの夜空に大きく描かれる色とりどりの光の輪に思わず拍手が起った。また、花火のごう音が神殿の建つアクロポリスの丘の岩の斜面に反響し、光と音の共演に酔いしれた。持参の缶ビールで乾杯し、回りに居た人達と握手し合って21世紀を迎えたことを祝い合った。丘の上には、当初十人ばかりだったのが二十人程に増えており、「同じような事を考える奴が居るものだなあ！」と感心してしまった。

パルテノン神殿前で

パルテノン神殿を望む丘の上で

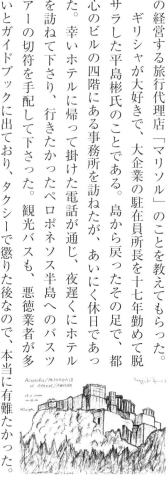

⑥ 新年はペレポネソス半島へ

２００１年１月１日、バスはアテネを出てコリントスでペロポネソス半島へ渡る。古代オリンピック発祥の地で、アテネと並ぶ都市国家スパルタの栄えた所。地表からは見えないが、半島の付け根に運河が掘られており、本土と断ち切られているのが、通行する小舟で確かめられた。

バスは丘陵の斜面を縫って走り、エーゲ海を眺める丘は一面のオリーブ畑で、やせて乾いた土地を実感する。円形劇場や無数の古代遺跡は、バスを降りてゆっくり巡る。どれも興味深く一日のツアーでは惜しい位であった。

英語の下手なお友達

女性ガイドの解説が素晴らしく、機転と心遣いが嬉しかった。自由行動前のアナウンスで集合時刻を間違えると困るので、ゆっくり話してくれるよう頼んでおいた。そうしたら、日本語で「英語の下手な日本のお友達、集合時刻は○時○分ですよ！」とやられたのには、（他の乗客には分らないけれど）赤面の思いであった。港に出た時、一緒にカメラに収まってくれた。

タベルナの味

どこの国でも人々は善人である。しかし一握りの悪い奴のお陰で暗転する。嫌

コリントスの陸の裂け目

ミケーネの遺跡で

な思いは、花火のごう音と光のシャワーが流してくれ、多くの善意に助けられて、素晴らしいものに戻った。平島氏からは、丁重な返信を頂戴した。氏の紹介で二度訪れたギリシャ料理店タベルナ（ギリシャ語で食堂のことで、面白い）のギリシャ料理の味と店員の人柄が忘れられない。

ギリシャ人の友人を得る

面白い縁もある。ミュンヘンに帰った新学期で、日本の女生徒から、アテネ出身の青年ジョージと友人になってくれと頼まれる。彼女が手に負えなくて頼んで来たと思うが、これも不思議な縁。素晴らしい青年で、親しく付き合い、その後も交流が続いている。

ミケーネ遺跡の「獅子の門」前で

ナフプリオンの港でガイドと

ポルトガル　◎ユーラシア大陸最西端に立つ　1月4日〜7日

⑦　ポルト（北部の中心都市）

南欧旅行の最終地はポルトガル。種子島への鉄砲伝来か

ポルト市街

らの古い関係ながら、近年は日本との関係は薄いが、スペイン以上に興味があった。学友のサラが北部の街ポルトに住んでいる。

1月4日の早朝、マドリッドからポルト空港に着く。10時頃に旅行代理店に勤めるサラを訪ねるつもりで時間調整していると、学校での写真を片手に、サラの兄が迎えに来てくれてびっくり。ホテルと列車の予約を取ってもらうだけのつもりが、ここでも家族ぐるみで迎えてくれることになった。

ポルトは、ドウロ川の河口に開けた人口三十万人のポルトガル第二の都市で、歴史を有し、丘陵地に広がる綺麗な街並みとドウロ川の景観とがマッチして素晴らしい。サラが「3ツ星で十分」と言ってホテル・カルトーンを予約してくれた。ドウロ川畔の素敵な五階建だったが、上流のスペインに降った雨で、ドウロ川の水があふれ、高台の5ツの星ホテルに移らされる。ホテルの車で向かった5ツ星は、日本人の団体客が多いのに驚かされる。費用の差額はホテル持ちだったが、カルトーンに泊まれなかったのが残念。

有名なのが「ポートワイン」。イギリス人の技師が、ドウロ川上流の上質ブドウにブランデーを加えて生み出した独特のワイン。日本に以前あった甘い「〇〇ポートワイン」とは別物である。トップメーカー・サンデマンの酒蔵を見学し、ポートワインの試飲が楽しかった。

サンデマンの酒蔵見学とポートワインの試飲

骸《がい》骨寺院

市内はサラが三日間、仕事の時間を調整して案内してくれた。グレゴリオ教会とカテドラルは素晴らしかったが、印象に残ったのは古いサン・フランシスコ教会。地下室に下りるとサラが床板を上げて「下を見て」と言うのでのぞいたらびっくり、折り重なった人骨で満杯、部屋の四方の木の引き出しも同様であった。

ファドの調べに酔う

夕食には、兄のマルコも同行して「レストラン・ティピコ・ファド」へ案内してくれた。煉瓦の壁の落ち着いた雰囲気がなんとも言えない。伝統料理にファドを聴かせるのが売り物で、女性歌手グローリア・マリアの哀調を帯びた歌声に酔った。そしてそれ以上にサラと家族の心遣いに胸が熱くなった。彼女のCDはサラが持たせてくれた。

⑧　首都リスボン

6日の午前、サラの見送りを受けてポルト駅を出発、リスボンを目指す。一等のユーレイルパスを持っていたので、ゆったりと大西洋沿いの車窓を眺めていたら途中で停車、バスに乗せられ30分先の駅まで送られた。4日の雨でここも線路が冠水、ヨーロッパは日本のように堤防が無いので簡単に浸水する。

ティピコ・ファドでマルコと

古いサン・フランシスコ教会の納骨室（左）と階段

バスも乗り換えの列車も猛烈に混んでいたが、英語の分かるアベックにくっついて移動した。セヴィーリャに続いてまたかと困惑したが、リスボン近くで架かった大輪の虹にほっと胸をなで下ろした。

旧式大砲の城跡

リスボンは、テージョ川河口の北岸に位置する人口五十五万のポルトガルの首都。広い湾を有する地形は、大航海を支えたことをうなずかせる。

街並みは綺麗で、スペイン同様往時の繁栄振りをしのばせる。目指したのはサン・ジョルジュ城跡。街を見下ろす丘にあり、眺めが素晴らしく、砲台に設置されている旧式大砲と写真に収まった。旧市街の北西に新市街があり、エドゥアルド七世公園を訪れる。街と海を見下ろす広大な緑の芝生の斜面の下り道は素敵であった。

⑨　最西端の地ロカ岬

7日、サラの手配してくれたチケットで、ロカ岬へのバス旅行に出発する。ロカ岬はユーラシア大陸の最西端、どうしても訪れておきたかった。山好きの性癖、とにかく高い場所と先っぽに立ちたくなる。

バスの最初の訪問地は、テージョ川河口の「ベレンの塔」と「発見のモニュメント」。帆船を勇ましく漕ぐモニュメントは、エンリケ航海王子の五百回忌を記

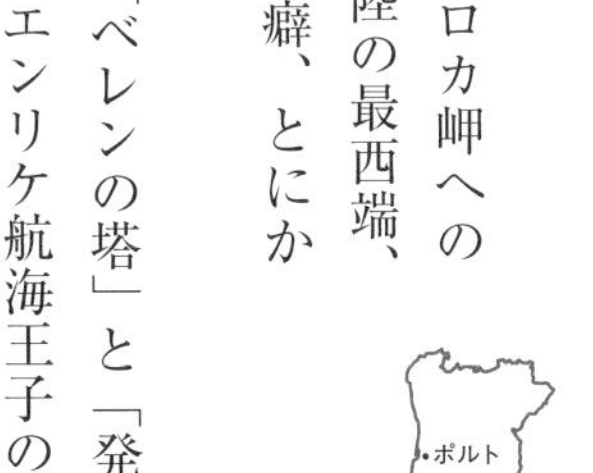
サン・ジョルジュ城跡で

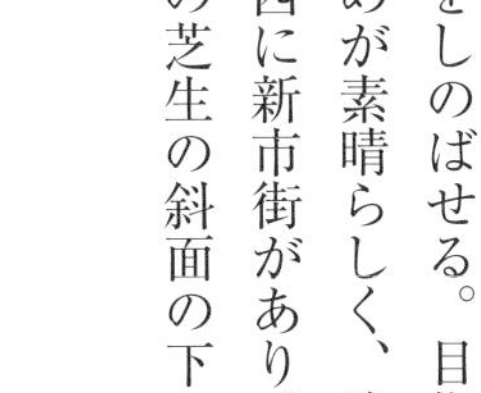

城跡の丘のスケッチ

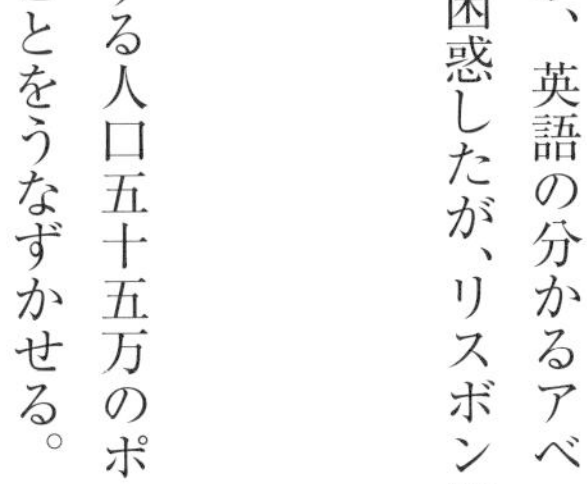
虹の出迎え

念して建てられ、世界に羽ばたいた往時をしのばせる。バスは、馬車博物館を経てシントラの王宮を見学する。ノイシュヴァーンシュタイン城を見た目には驚かなかったが、それを見本にしたことと、ヨーロッパの王族が縁戚で結ばれていたことを説明される。争いが絶えなかった中で、つながる努力を続けて来たことが、EUに結びついたのかとも思う。

四か国語のガイドさん

バスの行程はのんびりしており、「早くロカ岬へ向かってくれ」と何度も念じた。途中はどうでも良かったが、感心したのがガイドの婦人。解説をポ・英・仏の三か国語でやるので、後ろの座席のドイツ人夫婦と相談して「ドイツ語も」と言ったら、以後四か国語で解説。多くのガイドが同様であろう言語能力の高さに感服した。

最西端に立つ

ロカ岬へは、午後3時にやっと到着、日没までに間に合ってよかった。念願の岬に立ち、眼前に広がる波静かな大西洋をあかず眺めた。夕日がゆっくりと大西洋に沈んで行く。なんとも言えない光景、岬に当たる波の音を聞いていると感無量、ユーラシア大陸最西端に居る感慨と共に、友達の有難さが全身に染み渡って行くようであった。

四か国語のガイドさん

発見のモニュメント

ベレンの塔で

エドゥアルド七世公園

雪のミュンヘンに戻る

1月9日の夕方、十八日間の旅を終えてミュンヘンに帰着。30cmもの積雪で、暖かい地域から戻ったので体が驚き、更に夜中に月食になり、異郷での天体ショーのおまけまで付いた。

ロカ岬の石碑とスケッチ

忘れ難き友人達

世話になった人達を日本に招きたいのは人情。ドイツ関係は何人かが実現したが、スイス関係は来てもらえないのが残念。しかし多くの友人が、スイス旅行時に立ち寄ってくれるのが嬉しいことである。

ミュンヘンの滞在期間は一年に満たなかったが、素晴らしい人達に出会い囲まれたお陰で、素敵な体験と充実した時間が持てた。「ギブ・アンド・テイク」が実践出来たかどうか分からないが、長く続くのはE-mailのお陰であり、ドイツ語を忘れない原動力でもある。こうした人達とのその後を述べたい。

⑩ アンナを我が家に迎える　２００２年10月

Annaアンナは、ミュンヘンの最初の下宿でお世話になった恩人。初めての長期

清水寺前で

京都・嵐山で

の海外生活で、いろんな不安があった中で、彼女のお陰でどれだけ助けられ、勇気付けられたか知れない。そんな訳で、どうしても彼女を我が家に招待したかった。

当初「いいわよ」と言っていた家内が、「部屋は？·食事は？·」と来日が近付くとだんだん不安に駆られるようになった。「普段通りが最良」と言っても納得しない。一般的な感覚だろうか、友人を泊めたり外国人を招くことについての抵抗感を、痛感させられることとなった。「各地を案内するから」ということで何とか納得してもらった。

私が飛んでいる！

10月10日、名古屋空港に彼女を迎えた時、滑走路を見て「あ、私（ANA）が飛んでいる」と言って笑わせたのに始まり、気さくで笑いを振りまく彼女に接して、家内も子供達もいっぺんに緊張が解けたようである。そして、日本食を何でも喜んで食べる姿を見て、大いに腕を振るってくれた。

名古屋市内は、勤務先の安藤七宝店・UFJ銀行貨幣資料館・徳川美術館を案内し、喜んでくれた。地元尾張旭市は、市民祭の会場を案内し、屋台やたこ焼を喜び、茶席で同席となった谷口市長と握手を交わした。遠隔地は、京都市内・東京都内・熱海を案内した。

彼女は二十年前の冬に一度来日しているが、余り良い印象は持たなかった。今回は好天に恵まれ、案内したどこも日本の秋満載で、大いに気に入ったようである。

東京・皇居前で

地元の秋祭りの茶席で谷口市長と

友人たちのお陰

アンナが喜んでくれたのには訳がある。各地で僕の友人たちが集まってくれて、歓迎のパーティーを開いてくれたり、行動を共にしてくれたのである。地元では友人達や音楽仲間が、京都では銀行時代の仲間が、東京ではミュンヘン時代の同級生が、熱海では山友達が、それぞれ旧来の友のように付き合ってくれた。これが何よりも彼女を感激させたのである。

アンナの滞日の二週間は終わった。どれも満足してくれた中で、唯一の不満は、この時だけ天候が悪くて富士山が見られなかったことである。

10月23日、アンナの乗ったルフトハンザ機は快晴の名古屋空港を飛び立った。空港で彼女は、友人達の全部の名前を出して、お礼を述べた。僕も家内も、協力してくれた多くの人たちの友情に感謝し見送った。

姪のハイケ一家

アンナの姪のハイケが、ミュンヘン市内の近くに住んでいる。空港への送り迎えや、家に招いてくれたり、パソコンの世話をしてくれたりと有難い存在。旦那さんのペーターは人柄の良い方で、自分の船で河川の航行を楽しむ。娘のジュリは、国際人でアメリカで活躍している。

⑪ 徐志彬を京都に迎える　2003年7月

台湾の台北市に住むBinビン（徐志彬）から「明後日京都へ行く」という

ハイケ宅近くの湖畔で

ミュンヘンのハイケ宅で

熱海の寿司店で浜田さんと

E-mailが入る。朝の新幹線で八条口のホテルへ駆け付けた。

ミュンヘン時代のビンは三十歳前で、台湾に家族を残して来ており、地質学者であった。その後フランス留学を経て帰国し、音沙汰がなかった。台・韓・日による商談を兼ねた会議で、部下四人を引き連れての来京であった。台北の中堅電機メーカーの電子事業部の責任者で、変貌振りに驚き見直したものである。

ビンとは、２０００年９月から翌年の１月まで一緒だった。中国のツオゥジャ（孫卓佳）と日本からのノリコと僕の四人が「仲良し四人組」で、漢字をキーに結束した。パソコンでは、アルファベットで入力して、「四声」で決定するのをこの時知った。

京都では、ビンと彼の部下二人を龍安寺・清水寺・三十三間堂へ案内し、喜んでもらった。ビンはもうすっかりドイツ語を忘れ、僕が苦手とする英語でのやり取りであったが、この時もメモ帳は威力を発揮した。ＥＵの様には無理としても、「漢字圏」の国でまとまらないものかと思ったものである。その意味では、１９７０年から始まった韓国の漢字廃除の政策が残念に思えた。

２００７年４月には、会社の社員旅行で立ち寄っている。黒部・立山・長野を巡るコースで、奥さんと長男を連れていた。近くを案内し夕食を共にした。

２０１３年12月には、東京での商談で来日。名古屋に迎えて昼食を共にし、六年半振りの再会となった。会社は同じだが、新燃料部門の三十人の長で、出世振りに嬉しくなる。

清水寺で　ビン（左端）と彼の部下と

名古屋市内でビンの家族と

⑫ フランクフルトでの再会　２００４年４月

タンデムの学友のマリは、大学卒業後外務省の期間職員に採用され、フランクフルトの領事館に勤務していた。再会を果たすのが、三年振りの訪問のキッカケとなった。

　フランクフルトは、ドイツのヘソの位置にあり、人口七十万人でドイツ五番目の大都市。欧州の金融センターとして目覚ましい発展を遂げ、ＥＵの中央銀行も置かれている。フランクフルト空港は最大のハブ空港で、乗り換えのため何度も訪れていたが、空港から一歩も外に出たことはなかった。4月9日、マリが空港に迎えてくれる。立派な社会人としての活躍振りが嬉しかった。

　正式名称はフランクフルト・アム・マインで、「マイン川畔のフランクフルト」。もう一つは、フランクフルト・アン・デア・オーデルで、東部のポーランド国境のオーデル川畔にある。人口五万八千人の小さな都市で、知る人は少ない。

　マリに案内してもらう予定が、中東でテロ事件発生、関係者全員が空港にカンヅメとなった。マリは「申し訳ない」を繰り返すが、重要任務を担う立場を称えた。

　空港から列車で15分ほどの都心部は、マイン川沿いに見事な高層ビルが林立するが、旧市街に入ると一変、古い街並みは飽きさせない。ソーセージばかりでなく、ゲーテの生まれた都市としても有名。銅像が建ち、ゲーテハウスやゲーテ博物館もあった。

フランクフルトの旧市街

ゲーテ像と EU 中央銀行ビル

⑬　マドリッドでの結婚式　２００５年５月

２００５年の年明け、「５月の結婚式に来てくれ」というE-mailがカルロスから入った。多くの難問があったが、家内と長女を伴って出席し、ミュンヘンからはアンナも出席した。

５月７日（土）の結婚式は、新婦マリアの里の教会で行われた。マドリッドのホテルからタクシーで40分の郊外にある。当初まばらだった人数は、夕方７時にはほぼ満員になっていた。神父三人で進められた結婚式は、厳粛なカトリック様式のはずであるが、司祭の説教には、参会者全員が大笑いしていたし、頭上にあるパイプオルガンと男女三人のテノールとソプラノは、実に感動的であった。最後に新婦の父親が挨拶して、１時間程で式は終わった。

招待客は百八十名であるが、新郎新婦と顔を合わせるのも、親族や友人同士が顔を合わせ挨拶するのも、式が終わって教会の外に出てから。僕達も、この時カルロスや新婦マリアと言葉を交わし、一緒にカメラに収まった。

披露宴はゴルフ場で

披露宴は、教会近くで行なうのかと思ったが、またも高速道路を走って40分、ゴルフ場のクラブハウスに着いた。ここなら二百名が集ってもびくともしない訳である。宴の開始は21時近くなっていたが、ヨーロッパの夏季は日が長い。全員が芝生に集り、食前酒で喉を潤す時はまだ明るく、残照に映える芝生の緑が実に鮮やかであった。

挙式後の顔合わせで新婦マリアと

教会の内部と建物

宴会は、日本のように媒酌人は無いし、主賓の挨拶など一切無い気楽な会食。テーブルでの正餐の後は席を動いて歓談、その後はダンスに明け暮れる。そんな訳で、僕達はタクシーを呼んで1時にホテルに帰った。

カルロスの来訪　2010年8月24日〜9月2日

カルロスから突然のE-mailが入る。「来月日本に行くので泊めてほしい。子供二人は十分しつけしてあるので心配なく」とあった。急いで電話を入れて確認すると、「アメリカ留学時に一緒だった大阪の男性と横浜の女性の世話になるが、それぞれ仕事と家庭を持っていて十分な応対が出来ない」… それで僕に助けを求めたと分かり、何だと思う。

カルロスのことでは断れないので、外出を多くする計画を立てて宿を確保する。息子のボスコは四歳半、娘のマオシイは一歳半のやんちゃ盛りで手を焼くことになる。上高地の日本山岳会の山研に泊まるが、わがまま放題で、風呂の入り方を教えたのに、フタは開けっ放しで、バスタオルを流しに投げ出したまま。売り物の記念品は、引っ張り出して台無しにし、買い取らざるを得なかった。

帰途の車中でいろいろ聞いてやっと納得が行った。共働きなので、住込みのグァテマラ出身のメイドを雇っており、家事一切と子供の世話はメイド任せ。二十七万円ほどの月収で、メイドには住込みで食事を与えて八万五千円を支払っている。日本では考えられないが、スペインは旧宗主国の関係から簡単に安く中南米人を雇えるのである。

上高地河童橋で

鳥羽真珠島で

トヨタ博物館でロボットのトランペット演奏

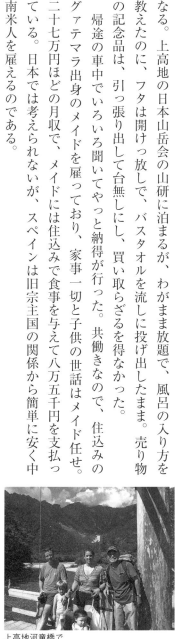

アンナに電話して聞いたら、「ドイツでは、メイドを雇うのは余程の金持ち」そして、「カルロスが行ったら、苦労すると思った」…もっと早く言って欲しかったと恨めしく思う。

9月2日、大阪の男性宅に向けて近鉄で送り出す。この時もバタバタしたが、笑顔で手を振り去って行く姿を見ていたら、ラテンの奔放さと人懐っこさを感じて憎めなかった。

⑭ 学友たちとのその後

語学学校タンデム

ミュンヘンへ来た時は、タンデムへは必ず訪れている。2004年には、前の場所から路面電車で三駅北のビルに引っ越していた。三階の教室は広くて機能的。マルセロとユタ、先生のトーマスが喜んでくれた。イタリアン・レストランでのヴァイスビーア（ミュンヘンのビール「ヴァイツェン＝小麦ビール」）が美味しく、隣の店でチョコレートの土産を買ってくれた心遣いが嬉しかった。

マルセロとユタ

支配人のマルセロと夫人のユタは、何時まで経っても親切で、E-mailや手紙にキチンと応えてくれる。「もう単語も文法もすっかり忘れて」には、「しっかりしたドイツ語ですよ」と励まされた。

タンデムの新ビル

タンデムでマルセロとトーマスと

パトリシアとヴィクトアリエン広場で

サッカー少年だった二人の息子は、揃って医学の道に進み、「苦労したが、老後は安心?!」との嬉しそうな便りに接した。

パトリシア

２００１年８月、学友で残っていたのはブラジル人のパトリシアで、マリエン広場へ出て昼食を共にした。彼女はＤクラスに達しており、僕をしのぐ上達振りにびっくりする。帰国後は首都のブラジリアで伴侶を得て、法律関係の仕事に就いて活躍している。

フェルナンド

２００４年４月、スペイン人のフェルナンドとの再会が嬉しかった。同郷のテレーサと同棲しており、夕食に自宅に招いてくれた。電機大手のジーメンスに勤務し、テレーサはデンソーのドイツ法人に勤めていた。

２００５年５月には、郷里サラゴサでの結婚式に招待されたが、カルロスの結婚式と同月だったので出席出来なかった。その後帰国して猛勉強、航空管制官になり、男の子三人を得てバルセロナで暮らしている。

クラウスとマニュエル

学習パートナーのクラウスは、２００４年４月、新しい自宅にマニュエルとアンドレアと一緒に招いてくれ、庭で炭焼きしたステーキを振る舞ってくれた。伴

クラウス宅でのバーベキュー

フェルナンド宅で

侶を得て男の子の父となっていたのが嬉しかった。弁理士として、スイス・オランダなどでも活躍している。
クラウスの友人のマニュエルは、可愛い女の子を得て、郷里のシュトットガルトに移りベンツに勤務。奥さんのアンドレアは、弁護士としてドイツやスイスで活躍している。

ツオゥジャ

中国人のツオゥジャは、共に長期間の在学で最も親しかった学友。再会の機会はなかったが、E-mailで時々近況を知らせてくれ、ドイツ人の友人と結婚してロンドンに住んでいる。男の子の可愛い写真が送られて来た。

サラ

ポルトガル人のサラは、在学は短期間だったが、E-mailでの長い交流で最も信頼出来る友人。２００１年１月の南欧旅行では温かく迎えてくれ、２００５年５月のカルロスの結婚式の時ポルトを再訪。家内と長女を家族ぐるみで歓待してくれた。

ジョージ

２０１２年春来日の予定が、２月に僕が交通事故に遭遇して延期。ポルトガル経済の悪化で旅行代理店を離職。父親の病気もあって実現困難になった。

ドウロ川畔で長女とサラ

ポルト訪問時のサラ宅で

チューリヒ郊外でジョージと

ギリシャ人のジョージは、ドイツ人のクリスティアネと同棲していたが、スイスのチューリヒに移住して結婚。ジョージがＵＢＳ本店に勤務し、クリスティアネが、ライバルのクレディ・スイス本店に勤務。二人がかつての僕と同じ金融マンになったことが嬉しかった。

２００８年7月、アルプス登山の帰途再会を果たし、一泊して飲み語り合った。その後双子の男の子に恵まれ、２０１３年1月には、チューリヒ北西の村に一戸建住宅を購入。この歳でしかも外国人で、立派だと感心する。

日本の学友達

多くが女子大生で、協力し合いミュンヘンを楽しんだ仲。彼女達は皆優秀で、帰国後大学や大学院で活躍し、立派な職に着き、素敵な伴侶を得ている。十年以上 E-mail やクリスマスカードが途切れないのは、ドイツが好きで、行動的で親切な人柄の共通項からか。

２００２年10月のアンナの来日時には、銀座ライオンに集まってくれた。久し振りにドイツの雰囲気とドイツ語に浸ることが出来、双方が喜んでくれた。２００３年2月にも、四人が銀座ライオンに集まった。

２０１０年5月には、皆が日本に居たので、マリの結婚祝とサワコのドイツ勤務の歓送会を兼ねて、六本木のドイツ料理店ベルンズ・バーに集まった。皆元気で、それぞれの道での健闘を称え合った。そして、久し振りのドイツビール・ドイツワインとドイツ料理が懐かしく美味しかった。

六本木のベルンズ・バーで

銀座ライオンでのアンナの歓迎会

第4章　アルプホルンに魅せられて

秋空に木曽の仲間と響かせる
汗して作りしアルプホルンを

２００１年7月22日、塗装の仕上がったアルプホルンを手にした喜びは、言葉に表わせなかった。そして10月29日チームの練習に参加、公民館の講堂に二十二本が整列し、一斉に鳴り響く様は、正に壮観であった。

アルプホルンに引かれたのは、１９９７年8月スイスのクライネシャイデックの駅頭で、アイガーを背にした演奏を聞いた時（第１部１２１頁）。自分もやってみたいと思い、インターネットなどで探したが見付からなかった。たまたま中部

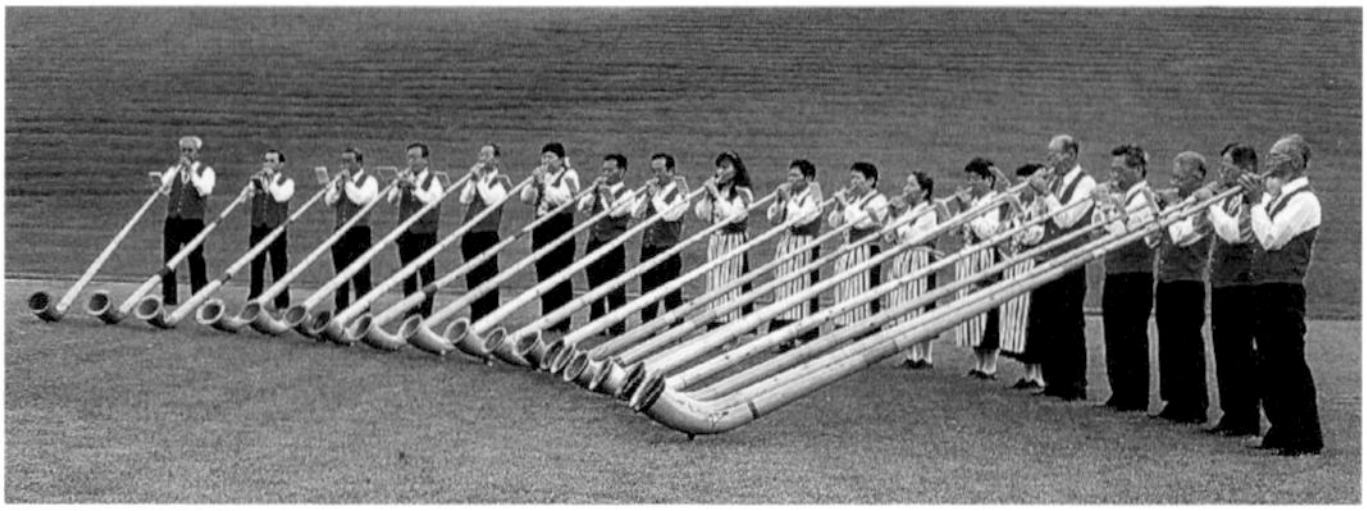

宮城県鬼頭温泉で

経済新聞の小さな記事「木精の響き～木曽の木造楽器の集い」が目に止まり、早速リーダー名を聞き出して手紙を書き、大桑アルプホルンクラブの一員に加えてもらった。「興味ある所には道あり」ということか。

アルプホルンの製作　◎ヒノキの間伐材から手作り

２００１年5月、ミュンヘンの語学留学から戻ってすぐ大桑村に駆け付けた。リーダーの田中昭三さんが、僕のために材料を確保して下さり、帰国を待ってくれていた。

第二陣として参加したのは十人、公民館の庭の木陰にビニールシートを敷き、電動ノミやグラインダーを振るった。羽根正熹さんと第一陣の有志が指導に当たってくれた。材料は、木曽ヒノキの間伐材を使い、先端の太く曲った部分は雪で曲がった根曲り材を使う。荒削りは自宅で行なったが、後半の工程は大桑村（長野県）に通い、木工所の機械を借り、完成に三か月を要した。

厚木から始まる

日本におけるアルプホルン作りは、厚木市の神奈川県森林研究所の職員だった中川重年さんが、１９８１年に独自に製作したのが始まりで、翌年スイスに渡っ

アルプホルンの材料ヒノキの間伐材

中川さんを囲んで同期の製作者と

て確認し磨きをかけた。1989年には玉川アルプホルンクラブを結成し、長野・大阪・北海道・沖縄など全国へ伝授して来た。

　中川さんは、あまり評価されない間伐材や、曲がった木々の利用促進に「遊び心を持たせた」訳で、これを運動に仕上げた発想と手法に驚き、素晴らしいと思った。

木曽の木工技術と人情

　長野県木曽郡大桑村は、木曽福島町の南部にある九割が森林に覆われた村。木曽ヒノキの供給地として林業が重要な位置を占めるが、森林は間伐しないと十分に生育しない。村がこの活動に着目して支援、間伐材は村が無償で支給してくれた。

　木曽は木工が盛んな土地柄で、アルプホルンの活動にピッタリであった。羽根さんは村にある木工会社の専務をなさった方。会の製作部長として毎年春からの製作に、大勢の人たちの指導に当って来た。今は小学校の旧校舎を利用し、一連の木工機械を設置し、僕の製作時とは比較にならない環境になっている。

大桑アルプホルンクラブ

　1998年夏に、大桑アルプホルンクラブが結成された。会長の田中さんは元中学校の校長先生で、編曲・指揮・練習の指導をしてくれる。事務局長の坂家重吉さんは村の職員で、企画・運営・渉外と幅広く人情味豊かで、この人無くては

大桑村でのアルプホルン作り　左が羽根さん

玉川アルプホルンクラブの中川さん
資料提供：全国林業改良普及協会

進まない。

　地元だけでなく、県外からも多くの愛好者を受け入れて来た。中核となるのは三十名ほどで、異なった環境での交流が新鮮で、「よそ者」でなく「古くからの仲間」のように扱ってくれることが何よりも嬉しかった。アルプホルンはスイスの楽器である。スイスを親とすれば、厚木が子供で、大桑は孫に当たる。２００１年12月、厚木市の七沢自然教室に、在日スイス人家庭の家族を招待したクリスマスパーティーに参加した。大勢の家族が参加してくれ、日本との関係の厚みにびっくりしたが、親元へのささやかな恩返しが出来て嬉しくなった。

演奏の難しい楽器

　アルプホルンは全長３ｍ40㎝で、三本の管をつないで一本にし、途中に穴はまったく無い。金管楽器のトランペットやフレンチホルンと同じで、唇の閉め具合と吹き方だけで音の高低を出す。金管楽器は、ピストンやロータリーで半音や一音の調節を行い音階の全部を出すことが出来る。しかしアルプホルンはこれが無いので、ドミソの倍音しか出せない。しかし高音域ではドレミファソ位まで出せる。調は「嬰へ長調」（Ｆ＃＝Ｆｉｓ）で、アルプホルンの「ド」はピアノの「ファ＃」に当たり、他の楽器とは合わせ難い。

　ホルンの演奏は、管楽器の中では最も難しいと言われ

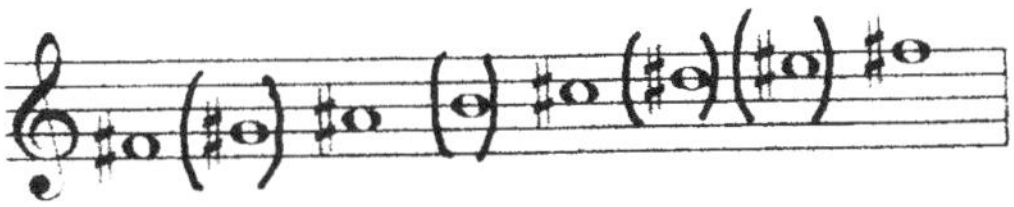

嬰へ長調の音階

厚木市でのクリスマスパーティーで

大桑アルプホルンクラブ10周年演奏会で

ている。我々は、高・中・低音の三パートに分かれて合奏するが、木管独特の柔らかく澄んだハーモニーが素晴らしい。音の種類が少ないのでレパートリーには制約があるが、スイスでは何百もの曲が作られている。

大桑での演奏活動　◎地域から全国へ・国際交流へ

大桑アルプホルンクラブでの最初の行事は、御嶽山五合目の田ノ原での開山祭であった。以後多くの行事に参加させてもらい、貴重な経験と多くの人との交流の機会を得て来た。定番は開山祭だが、御嶽山では３０００ｍの王滝頂上で、木曽駒ヶ岳の千畳敷では２６００ｍの雪上で演奏させてもらい、正に夢の舞台であった。

楽しかったのは、乗鞍高原での「花に捧げるコンサート」で、長野県下のアルプホルンクラブが参集、乗鞍岳を映した「まいめの池」畔での演奏は素晴らしかった。

東京では、幕張メッセや代々木の森でのコンサートが忘れられない。電気のふる里と消費地を結ぶ行事や県人会のイベントで、長野県代表としてアルプホルンを演奏した。その他、各地のイベントに多数招待され、メディアでも盛んに取り上げられ、「全国区」として認知されるようなった。

御嶽山５合目ロープウェイ駅の開山祭の御嶽太鼓

豊田市の外国人研修生支援団体「おいすか」での演奏会で、トンガからの若者達との歓談は楽しかった。

遠方では、宮城県鬼首《おにこうべ》温泉のアルプホルンフェティバルに二回招かれた。この時、仙台の「ヨーデルチロリアン」の佐藤憲男さんと高山圭子さんにお目に掛り、以後ずっとお世話になっている。南相馬の仁科静夫さんにこの時声を掛けられ、全長を黒の漆で塗った自慢の楽器に触らせてもらった。東日本大震災では津波の被害に遭われ、長期の避難所生活を余儀なくされた。ささやかなお見舞品を送ったが、自宅に戻られたお礼に鷹の一木彫の置物を送って下さり、宝物として飾っている。

仁科さんからの鷹の一木彫

海外では、韓国・中国・モンゴルと交流。２０１２年７月のスイス旅行では、アイガーとマッターホルンのふもとでの演奏が実現した。大平信一さんから、スイスでの経験を生かした計画を促されていたが、２月の交通事故で、参加も協力も出来ず申し訳ない思いがした。

▲名古屋市久屋公園の全国県人会祭で
◀ヨーデルチロリアンの佐藤・高山さん

名古屋支部設立　◎地元の行事で演奏

２００９年一月、名古屋支部を発足させる。前年10月の名古屋城本丸御殿再建のイベントで、ヒノキの供給地ということで演奏したのがキッカケで、この時のメンバーが中心となる。北名古屋市の「もえの丘」を練習拠点に、二十名のメンバーが集った。指導者には、名古屋音楽学校で僕がフレンチホルンを教わっていた吉田章先生にお願いした。

２００９年９月の新生楽舎（デイサービス）を皮切りに、多くの地域行事で演奏させて頂いた。僕の地元の尾張旭市では、市制四十周年の植樹祭に招かれた。市長と一緒に写真に収まり、市長からの感謝状を頂いた。

ユニークな行事は、愛岐《あいぎ》廃トンネルの春秋の一般公開での演奏会。中央線は定光寺から山中に入るが、複線のトンネルが出来て土岐川（庄内川）沿いが廃線となっていたのを、ＮＰＯが遊歩道として整備し、大きな反響を呼んでいる。２０１０年11月から演奏し好評を得ているが、友人が聴きに来てくれるのが一番嬉しい。

２０１１年11月には、お囃子《はやし》会の仲間が大挙して駆け付けてくれた。お囃子会は東海銀行OBの同年代十三人の集まりで、林勇一さんを中心にまとまっている素敵な仲間達である。

愛岐廃トンネルでお囃子会のメンバーと
（右端が林勇一さん）

尾張旭市記念植樹祭で谷口市長と

日本山岳会での演奏　◎会の活動にマッチ

僕の所属する日本山岳会では、アルプホルン演奏は貴重で喜ばれ、ヨーデルの伊藤啓子さん率いる「エンツィアン」と共演出来た。２００５年10月の東海支部による百周年式典での演奏の翌日、御在所岳の集中登山でふもとと頂上で演奏、アルプホルンが全山に響き渡った。

２００６年12月の年次晩餐会は東海支部が担当、地方で唯一名古屋キャッスル・ホテルで開催した。皇太子殿下が急用でお越しになれず残念であったが、全国の参加者が喜んでくれた。２０１１年11月の東海支部五十周年の記念行事では、演奏後に井上靖の『氷壁』のモデル石原國利氏と写真に収まったのがユニークな体験となった。

２００２年５月には、日本山岳会同期の「クラブ92」の仲間と上高地の山岳研究所に宿泊した。翌朝皆がアルプホルンを担ぎ出したので、否応なく河童橋上で演奏させられた。今では上高地は、特別保護地域で騒音が御法度だが、得難い経験となった。

上高地ではその後、松本市職員の加藤市朗さんとのご縁で、市営アルペンホテルでの演奏が実現。梓川の清流を前に多くの宿泊客に喜んでもらえた。

河童橋上で演奏（後方は焼岳）

日本山岳会 2006 年年次晩餐会で

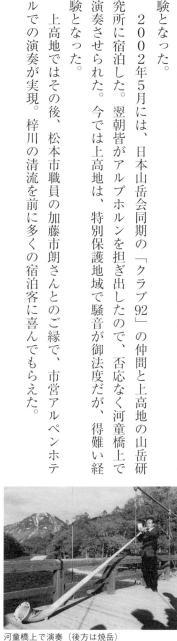

万博にアルプホルン響く

◎愛知万博に百三十七本が勢ぞろい

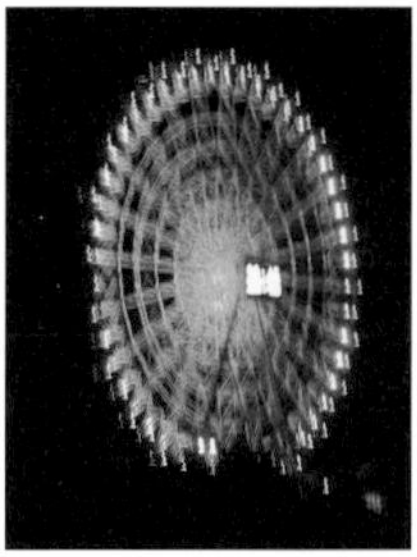

２００５年3月25日に雪舞う中で始まった「愛・地球博」（愛知万博）は、9月25日に閉幕した。多くの反対意見が出て多難なスタートであったが、大盛況で会期を終えた。多くの方が関わりを持ち、様々に楽しまれたと思うが、世紀のイベントに出演出来たことで、一層身近に感じ忘れ難いものとなった。

「万博でアルプホルンを演奏したい」…それは、地元で開催される大イベントへの四年来の夢であったが、日本におけるアルプホルンの大御所である中川重年氏の力で実現した。

4月30日、瀬戸会場の市民パビリオン前に勢ぞろいした、全国の中川門下生のアルプホルン百三十七本が入場する様は、壮観であった。「万博に百三十本を林

大桑アルプホルンクラブの演奏

立させる」ことが、「本邦初」として中川氏の夢であった。瀬戸会場の舞台は余りにも小さすぎ、客席の前段まで使い苦労して楽器を並べた。スイス国旗をタクトにした中川氏の指揮で、「アルプホルンでご挨拶」の曲が大和音となって会場に響き渡った時は、胸が熱くなった。この様子は、翌日の中日新聞に掲載された。

5月1日には、大桑アルプホルンクラブのメンバー四十名で、得意の曲目を演奏する機会を与えられた。その途中での代表十名による演奏は、生涯の宝物としての思い出。演奏の舞台はすり鉢型の底辺にあり、客席が半円に取り囲んで見下ろす設計になっている。舞台正面のスクリーンに映され、音が客席に上って行く。緊張したが、大役を果せてほっとし、満足であった。

演奏会に駆け付けてくれた、元東海銀行山岳部の仲間や知人との再会が嬉しかった。また、木曽でアルプホルン作りを指導した韓国仁川のヨーデルクラブ員との再会も嬉しく、彼等の素晴らしい演奏の後、呼び掛けに応じて観客が舞台に上がって一緒に「赤とんぼ」を歌った場面は、感動的であった。この時左隣りから声を掛けられ方が東海銀行OBの乾昌博さんで、びっくりすると共に、共通の思いが分かり嬉しかった。

「自然保護と国際交流」がテーマのお陰で出演させてもらったが、半年間の会期中、多くの友人や親戚を迎えて交流を果せたことも、万博の大きな効用であったと感謝している。

韓国仁川のヨーデルグループ

モンゴルの大草原で　◎モンゴル民族芸能との交流の旅

２００７年7月24日、我が大桑アルプホルンクラブの二十本の音色は、澄み切ったモンゴルの空に吸込まれて行き、夢とあこがれが大草原に舞った。地平線は見えないが、丸みを帯びた彼方の丘陵まで広がり行く草原は、異郷に居ることの実感と音楽を通じた交流の喜びを与えてくれた。

「犬も歩けば」と言うが、モンゴルは意外であった。活動を通じていろんな出会いがあり、文化芸能アカデミーとの交流が実現した。モンゴルは伝統芸能を重視・大切にする国で、関係者の地位は高く、総裁やリーダーはウランバートル大学の教授でもある。

交流会は、首都ウランバートル郊外の観光施設「チンギスハーン村」のゲル（木とフェルトで出来た遊牧民の移動式住居）とその草原で行われた。哀愁を帯びた馬頭琴の調べと民族歌謡の「長歌」が体の奥底に沁みて行くようであった。そして、ホーミーという喉を共鳴させる独特の歌唱を聴くと、幼い頃の過去や悠久の空間へ誘い込まれて行くようであった。

会で作ったアルプホルンを贈呈し、素適な馬頭琴を贈られた。この時エネビッシュ総裁から、「なぜ遠く離れた日本に、スイスの音楽が普及しているのか」と

モンゴル民族芸能幹部との交流演奏会：チンギスハーン村で

質問された。地球温暖化の波はモンゴルでも例外ではなく、この日の正午の気温は37℃の猛暑であった。そして、人口の都市集中による草原破壊が進行している。木の少ないモンゴルでは、森林に覆われた木曽の自然は想像出来ないであろうが、木と草の違いはあっても、自然と共生する思いを理解してもらえた。何よりも、音楽を通じた交流の大切さに、お互いの思いが通じたことである。

公式行事の一つに、ウランバートル市長表敬訪問と、スフバートル広場での演奏があった。国会議事堂にも面しており、日本で言えば「皇居前広場」である。内外の多くの観光客を前にして演奏する気分は最高であった。

僕にとって忘れ難いのは、日本人墓地の参拝と慰霊演奏である。ウランバートル北方の小高い丘の中腹にあり、先の大戦での千五百の英霊がまつられている。立派な施設で専任の管理人が居り、日本からは皇太子殿下始め要人も参拝されている。

慰霊碑に向かって演奏した後、僕から特に頼んで、もう一度市街を見下す南に向かって演奏させてもらった。場所は遠く離れているが、僕の父はフィリピンで戦死している。同じ思いであったろうと、はるか南の空に届けと力を込めて吹奏したが、涙が止らず音程が乱れて困った。

今回の訪問の力添えは、ウランバートル市唯一の葬儀社の女性実力社長である。モンゴルに火葬を普及させるべく尽力している。郊外のラマ教様式の火葬場での、全職員の歓待を受けての演奏も印象的であった。

日本人慰霊墓地に向かう

火葬場での慰霊演奏

チンギスハーンによる「大モンゴル帝国建国八百年」を記念して催された五百人の騎馬隊による大スペクタクルショーやゲルでの生活体験・乗馬などの観光も素晴らしかったが、優秀な現地のガイド兼通訳を得て、異質の自然と文化に触れ、新たな人との出会いに心打たれた旅であった。

音楽への輪の広がり　◎多彩な音楽家の縁を得て

２００１年三月、ミュンヘンでの留学中に、岡田園子さんからE-mailが来た。「我が家で、知り合いの音楽仲間が集まって開いた『ホームコンサート』は素晴らしかった。来年はサイヤも是非」とあった。

２００２年二月、第二回のホームコンサートに参加させて頂き、庭でオープニングのアルプホルンを演奏した。以後毎年呼んで頂いている。岡田さんは、名古屋少年少女合唱団のボイストレーナーを長年続けているソプラノ歌手。平屋の戸を外した部屋が会場になり、ピアノが二台置かれている。

アコーデオンの角谷・山村、ハーモニカの渡辺、オカリナの堀井、能管の佐藤、ピアノの甚目《はだめ》・松並、シャンソンの渡辺の各氏が常連で、ピアノの高橋、ギターの二村、フルートの湯本・田中の各氏が年によって加わった。

各界の名手ばかりであるが、素人の僕が参加出来るのは、楽器の珍しさが武器

ピアノ：甚目　ハーモニカ：渡辺　アコーデオン：角谷　主催者ソプラノ：岡田の各氏

で、オープニングには無くてはならないと呼んで下さる。ここでの縁で、それぞれの演奏会に招かれ、八ヶ岳のリゾート施設や外車のオートプラネットなどで演奏させてもらった。

プチパリの縁

岡田さんとは面白い出会いから。昼休みの喫茶店で聴いたシャンソンのCDが気に入り、「明日の土曜日、名古屋市東区の小ホール『プチパリ』でコンサートがある」と言われて聴きに行った。その中で只一人マイクを使用しないソプラノが強く印象に残り、翌日曜日にも聴きに行った。「二日続けて聴きに来てくれたの‼」とびっくりされたのが始まり。CDの主の加藤えい子さんのシャンソンは、その後も友人を誘って聴きに行った。

オカリナを始める

オカリナの堀井房子さんの教室に誘って頂き、２０１２年10月から名古屋市熱田区の「みなと生協」の教室に通っている。アルプホルンに比べると小さな楽器であるが、多彩で奥深く、音色が素晴らしい。何よりも有難いのは、楽器の持ち運びが楽で、練習や演奏会を通じて新たな輪が広がっている。

『タウンコンサート』の実施　◇アルプスとヨーロッパの調べを

２００７年９月27日、名古屋市中区鶴舞の大竹書店三階のＭＯホールに百二十

オカリナ教室の仲間と

能管：佐藤　ピアノ：松並　オカリナ：堀井の各氏

名のお客様を迎え、18時50分『タウンコンサート』が開幕した。
主催者としての挨拶を述べると、急いでアルプホルンを取り、オープニング曲を吹奏してコンサートが始まった。

《プログラム》

第1部　アルプスの響き

①アルプホルンでこんばんは！　村中征也・大平信一・羽根正熹

②ヨーデルに乗ってアルプスの高嶺へ

ヨーデルチロリアン　佐藤憲男・高山圭子

第2部　ヨーロッパの大地へ歌声に乗って

①麗わしのヨーロッパ　高山圭子のアルト

②悠久のロシアの大地へ

アレキサンダー・シェヴチェンコ　バヤンによるロシア曲の数々

③フランス語の響き

岡田園子のソプラノ・錦城真理子のピアノ伴奏

企画のキッカケは仙台の佐藤さんから。「シェヴチェンコが大阪へ来る機会に、名古屋で演奏会をやりたい」の申し出に、音楽でお世話になっている岡田園子さんに相談、後押しを得て実現した。シェヴチェンコは、ウクライナ生まれのバヤ

ソプラノ：岡田・ピアノ：金城

ヨーデル：佐藤・高山

アルプホルン：村中・大平・羽根

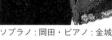

ン（ボタン式のロシア・アコーデオン）の名手で、ソ連時代には苦難を重ねたが、ウィーンを中心に活躍、高山さんとはウィーン時代からの友人。

何しろ初めてのことながら、コンセプト・曲目選定・出演者と伴奏者・会場確保・入場料の設定と費用・チラシ作りとPR・チケット印刷と販売etc.…とにかく大変だったが、山岳会などの人脈に助けられ、岡田さんの力の大きさを実感した。照明は佐藤みどりさんが引き受けてくれ、受付とCD販売は家内が助けてくれた。全て手探りながら、多くの方に助けられて実現出来たコンサート。「良かったよ！」の言葉に苦労が吹き飛ぶ思いがした。

スイスのアルプホルン工房で

2008年7月、ツェルマットからデューディンゲンのファーゼル宅に戻る時、レマン湖を回るルートを採り、途中にあるシェーンリードのアルプホルン工房を訪ねた。ダヴィットがインターネットで調べてくれ、電話でアポイントを取ってくれた。それでも訪ね当てるのに苦労したが、主人のフリッツ・フラオチが快く迎えてくれた。

マウスピースを何本か試し、楽譜を沢山選び、CDを何枚か探す。結構な値段になったが、日本では手に入らないので、有難かった。季節による学校も開催して

バヤン：シェヴチェンコ

演奏後出演者全員で

庭で演奏するフリッツ・フラオチ

いる。フリッツに言われて受講ノートを見ると、玉川アルプホルンクラブの鬼久保洋治さんの名前がありびっくりした。

フリッツに材料の木を聞いたら、建物の周りを指した。タンネ（樅）が至る所に生えている。「練習はどこで」には、庭に出てアルプホルンを二本並べて、一緒に吹かしてくれた。スイスで吹く初めてのアルプホルンであったが、こうした環境をうらやましく思った。

この時の訪問は、アルプホルンに関する知識・情報を得られ、訪問した甲斐があった。ダヴィットは次の仕事で家に居なかったが、両親のチャールズとエリザベートが成果を喜んでくれた。

ＦＲＰでアルプホルンを作る

２０１３年4月13日の北名古屋市の国際交流会で、美濃加茂グループと合同でスイス音楽を演奏した。隣に並んだ小野木富夫さんから声をかけられ、彼の楽器を吹かせて貰ってびっくり、息が漏れず素晴らしい音色… いっぺんに惚れこんでしまった。

小野木さんは彫刻家で、彫刻材料のＦＲＰ（強化プラスチック）でアルプホルンを作ったのである。僕の楽器は製作から十二年、ヒビが入りガタガタで息漏れに困っていた。「作ってやれないが、教えてやる」——美濃加茂市の自宅にお邪魔して二か月掛って完成した。ボディを籐《とう》で巻くので、外観は区別が付かない。「木管」の趣旨からは外れるが「音色」を重視、以来愛用している。

北名古屋市の国際交流会での演奏

フェスティバルのポスターとフリッツ

美濃加茂市は、坪内逍遥の生誕地で、槍ヶ岳開山の播隆上人の墓所もあり、自然豊かな文化都市、新たな交友が広がっている。

今後の活動

アルプホルンの製作から十三年、音楽の素人ながら、楽器の珍しさから、多くの場で演奏させてもらい、沢山の新たな出会いを得た。

共演では、ヨーデルや他の楽器、またオーケストラもあったが、アルプホルンはマイナーな楽器であり、あくまでも前座に徹する心構えが、長続きのコツではなかったかと思う。

アルプホルンは、登山から派生した行為であるが、山からの恵みであり多大な潤いを与えてくれた。澄んだ音色にして山に返したいと思う。

大桑アルプホルンクラブ名古屋支部は、その後「アルプホルンなごや」と改称、代表を堀田貞雄さんが引継いでくれたので、後進の成長・活躍を願って、2014年3月をもって退会させてもらった。

大桑アルプホルンクラブには席を残してもらえたので、日本山岳会と愛岐トンネルの行事を中心に、皆さんの協力を得て、可能な範囲で演奏を続けたいと願っている。

完成を祝って小野木さんと庭で
後方は小野木作の坪内逍遥像

名古屋駅前ウインク愛知「夏山フェスタ」での演奏

あとがき

文章は、一度書き出せば速いものであるが、それでも半年以上を要し、その間は書くことが頭から離れず、生活時間の多くを占める毎日であった。

山岳会や職域の会誌に、せっせと書き送っていたのが役立った。これが無かったらまとまらなかったと思う。それの基となる行動記録の手帳は、東海銀行山岳部で厳しく指導されたお陰である。

カメラ狂と嫌われたが、写真に残しておいて良かったと思う。写真を多く入れることにより、状況描写を補ってもらえるからである。同様に、下手なスケッチと幼稚な短歌も、書き直さずにそのまま恥じを忍んで入れることにした。デジカメを使い出したのは２００４年からなので、写真の大半がプリント、不鮮明だがスキャンして使用した。

人生後期の事柄を、一冊の本にまとめようと決心したのは、２０１２年２月の交通事故である。夜間の横断歩道上で乗用車にはねられ二か月半入院した。二度の手術を経験したが、手術前に長男から「万一を考えて、遺言状を書いておけ」と言われたのが契機で、退院してから大量の文物の整理に取りかかった。

本にまとめるに当たって、日本山岳会の先輩の安藤忠夫さんに一方ならぬお世話になった。安藤さんのアドバイスで、国内登山・故郷・生い立ち・学校・職場に関する事柄は全て外し、「アルプス登山・老年留学・アルプホルン」の三点に絞った。これらは全て登山とそれから派生したことである。

出版社は、安藤さんの紹介を得て、京都の㈱ナカニシヤ出版にお願いすることになり、社長の中西健夫さんや編集部の草川啓三さんに、一方ならぬお世話になった。京都は四年間住み働いた土地であり、不思議な縁を感じる。

推薦文は、尾上昇さんが書いて下さった。尾上さんには、日本山岳会入会以来お世話になり、東海支部の中で思い切り活動させて頂いた恩人である。尾上さんは、第二十三代日本山岳会会長として、公益社団法人への移行始め、多大な足跡を残された。

尾上さんからの過分な言葉に赤面の思いである。「次ぎ何やるの」の質問には、今までの延長線でしか思い浮かばないが、これからは、少しまともな軌道上を歩くのが良いのかも知れない。

七十五年の人生を振り返ると、登山が無ければここまで来られただろうかと思う。体と精神を鍛え支えてくれた。それは、東海銀行山岳部と日本山岳会であり、多くの人たちの指導と友情のお陰である。

そして、「マッターホルンから始まり終結した」と言えるかも知れない。㈱安藤七宝店を退職する時、多数の社員の指導と協力で、『マッターホルンの額』を七宝焼で作製した。七宝の額を眺めては、五十年にわたる山・自然・人・職場に思いをはせている。

記録をまとめていると、実に多くの人達に支えられ、守られて来たかを思わずには居られない。また、自分の限界を知るということも大事なことだと気付いた。それにはとことんやってみないと納得出来ないことであるが。

貧しかった学生時代から思うと、職場に恵まれ安定した社会と平和のお陰である。そして、こんなにも多くの時間と費用を、登山と趣味に使わせてもらったことに、今更ながら驚き、感謝の念に打たれている。

出版に当たっては、ある程度部数を捌《さば》かなければならないので、山岳会・音楽・職域・同窓会関係に協力を依頼した。お世話になった方々ばかりで躊《ちゅう》躇《ちょ》したが、無理強いを引き受けて頂き感謝の念で一杯である。なかにはこの依頼がきっかけとなり、二十年、四十年振りに再会でき、「傾杯」を喜び合ったケースもあった。

七十五年の人生は、エレベーターやエスカレーターには乗れなかったが、階段を歩いて上ったお陰で、多くの事物が見え、多くの人に出会い、多くの体験をすることが出来た。凡庸な能力ながら、丈夫な体と上を向いて歩く精神を育んでくれた人と環境のお陰である。

長い間、自分を支え守って下さった多くの人達と家族に、心からの感謝を込めて、パソコンの入力を終えたい。

そして、本にまとめることにより、余分な文物を捨てることが出来た。隙間の多くなった書架を眺めていると、実に爽やかな気分である。

２０１５年５月15日

村中　征也

原典・参考図書一覧

【原典一覧】

『東友』（東海銀行 OB 会会誌）－年 2 回刊
『さすらい』（東海銀行山岳部会誌）－年刊（廃止）
『さすらいパートⅡ』（東海銀行山岳部 OB 会誌）－年刊（廃止）
『東海山岳』（日本山岳会東海支部機関誌）－隔年刊
『東海支部報』（日本山岳会東海支部会誌）－年 4 回刊

【参考図書】

『アルプス 4000 m峰登山ガイド』
（リヒャルト・ゲーデケ著、島田壮平・洋子共訳）山と渓谷社
『ヨーロッパ・アルプス』（近藤等）実業之日本社
『アルプス登攀記』（E・ウィンパー著、石一郎訳）平凡社世界教養全集
『アルプス・花と氷河の散歩道』（小野有五）東京書籍
『スイス花の旅』（中塚裕）中公新書
『スイス探訪』（国松孝次）角川書店
『七十歳はまだ青春』（脇坂順一）山と渓谷社
『エプロンはずして夢の山』（田部井淳子）東京新聞出版局
『登山技術』（岡部一彦）山と渓谷社
『山の本をつくる』（中西健夫）ナカニシヤ出版
『ドイツ・オーストリア』（坂井榮八郎）山川出版社
『ようこそドイツへ』プレステル出版社（ミュンヘン）
『ミュンヘン』美術出版エドムンド・フォン・ケーニヒ
『ヘッセと歩くドイツ』（桑野淳一）彩流社
『ラインのほとり』（小塩節）音楽之友社
『ドイツの森』（小塩節）英友社
『ゲーテさんこんばんは』（池内紀）集英社
『ドイツの見えない壁』（上野・田中・前共著）岩波新書
『ビール大全』（渡辺純）文藝春秋
『アルプホルン作りハンドブック』（中川重年）全国手作りアルプホルン連盟
『ひびけアルプホルン 森は素敵な音楽堂』（中川重年）全国林業改良普及協会

心からの感謝を込めて

Tiefe Dankbarkeit

Tiefe Dankbarkeit

（心からの感謝を込めて名前を記したい）

Mit tiefer Dankbarkeit widme ich dieses Buch den Menschen voller Freundlichkeiten.
Sie sind wunderbare Freunde und haben sich um mich wie ein Familienmitglied gekümmert.
Wenn ich ihre Hilfe nicht gehabt hätte, hätte ich nicht die Alpen besteigen und in Europa leben können.
Schweiz und Deutschland sind meine zweite Heimat geworden.
Voller Dankbarkeit möchte ich im folgenden ihre Namen aufschreiben.

【Schweiz-Switzerland】スイス
David Fasel　Charles Fasel　Elisabeth Fasel
Sandra Fuchs　Philipp Fuchs　und ihre Familie
Herbert Zbinden　Franz Zbinden　Hanni Zbinden
Beat Zbinden
【Deutschland-Germany】　ドイツ
Anna-Maria Wansing
Heike Stier　Peter Stier　und ihre Familie
Renate Schulz　und ihre Familie
Marcelo Avalos　Juttta Huber
Tandem's Lehrerinen und Lehrern
Frank Rüffler　und seine Familie
Klaus-Dieter Banse
Manuel Reichle　Andrea Pucknus
Emi Itagaki　Gunnar Itagaki　und ihre Familie
【Spain】　スペイン
Carlos de Carcer　und seine Familie
Fernando Ona Losantos　und seine Familie
【Portugal】　ポルトガル
Sara Castro Fereira　und ihre Familie
【Greece】　ギリシャ
George Gallianos　Christiane Gallianos

心からの感謝

この本を友情豊かな人々に心からの感謝を込めて贈りたい。

彼等は素敵な人達で僕を家族のように扱ってくれた。

もし彼らの助けが無かったなら、僕はアルプスに登れなかったし

ヨーロッパでの暮らしが出来なかったと思う。

スイスとドイツは僕の第二の故郷である。

彼等の名前を右に感謝を込めて記したい。

《著者プロフィル》

村中　征也（むらなか・せいや）

1939年8月9日　三重県伊勢市に生まれる。

住所：愛知県尾張旭市霞ケ丘町南141-12

職歴：1958年三重県立宇治山田高等学校卒業後、
㈱東海銀行（現三菱東京UFJ）に入行、32年間勤務。この間業務出向で、新三工（現サンコー）商事㈱の経理部長兼総務部長を2年間務める。
銀行を定年扱で退職後、ダイトーエムイー㈱の常勤監査役を10年間務め、㈱安藤七宝店総務部に9年間勤務する。

登山：1958年から始め、1962年東海銀行山岳部設立と同時に入部。

1965年愛知県山岳連盟常任理事・会計を3年間担当。

1992年日本山岳会に入会、東海支部常務委員・会計を10年間、常務委員・支部友会委員長を4年間担当。


その他：2000年ドイツ・ミュンヘンの語学学校に8か月間留学。

2001年長野県大桑アルプホルンクラブに入会。

2009年同・名古屋支部を設立、代表を4年間担当。

白く高き山々へ
六十歳からの青春 — アルプス登山と語学留学の奨め

2015年8月11日　初版第1刷発行　定価はカバーに表示してあります

著　者　村　中　征　也
発行者　中　西　健　夫
発行所　株式会社ナカニシヤ出版

〒606-8161　京都市左京区一乗寺木ノ本町15番地
電　話　075－723－0111
FAX　075－723－0095
振替口座　01030－0－13128
URL　http://www.nakanishiya.co.jp/
E-mail　iihon-ippai@nakanishiya.co.jp

落丁・乱丁本はお取り替えします。ISBN978-4-7795-0979-7 C0025

印刷・製本　ニューカラー写真印刷株式会社
組版・装丁　草川啓三